牡丹と獅子

双雄、幻異に遭う

翁 まひろ

角川文庫
24246

目次

志怪一 陥湖の水神 006

志怪二 泊まれば死ぬ宿 074

志怪三 招魂の真偽 140

志怪四 讖（しん） 天命の書 231

終 302

【Botan to Shishi】

おもな登場人物

イラスト／カズキヨネ

丁洛宝(ていらくほう)

〈百華道士〉と呼ばれる美貌の道士。
人間嫌いでかなりの毒舌。

劉英傑(りゅうえいけつ)

〈眠らずの獅子〉の異名をとる便利屋。
豪放磊落な性格。

斗斗(とと)

虎の仔そっくりの精怪。
洛宝のお世話をしている。

丁文飛(ていぶんひ)

洛宝の亡き兄。

李少鬼(りしょうき)

道観〈桃源苑〉の苑主。変わり者。

沈遠(しんえん)

太保（皇帝の教育係）の地位にある
飄々とした老爺。

郭健明(かくけんめい)

沈遠の忠実な部下。堅物。

楊荘亮(ようそうりょう)

清州刺史。野心あふれる〈簒奪侯〉。

その牡丹(ぼたん)は、忽然(こつぜん)と現れた。

兄の頭上にぽっと浮かんだかと思うと、半開きだった紅紫色の花弁を、一枚、また一枚と開いていった。

秘められていた黄色い蕊(しべ)があらわになり、ほのかな香りがただよいはじめる。

それを、洛宝(らくほう)はただ呆然(ぼうぜん)として見つめた。

「どうかしたのかい、洛宝。急に黙りこんで」

不自然に会話を止めた洛宝に気づいて、兄が不思議そうな顔をする。

だが、洛宝はなにも答えられなかった。

まばたきすら忘れ、艶(あで)やかに咲きほこる大輪の花に目を奪われる。

怪訝(けげん)そうにしていた兄の目が、ふと、見開かれた。

ほんのいっとき、視線を泳がせてから、兄は困ったようにほほえんだ。

「そうか。私はもうすぐ死ぬのだね」

志怪一　陥湖の水神

一

乾帝国の南の辺地にある白淵山は、神仙が住む山だと言われている。たちこめる霧の先に、桃花咲く仙府があり、不老不死の仙人や仙女たちが死に怯えぬ暮らしを送っているという。

一方、人喰いの精怪が棲む魔境だと言う者もある。立ち入ったが最後、虎に似た姿の化け物に頭から喰われてしまうのだ、と。

その麓にある龍渦城市は交易で栄えた水郷だ。緑の水をたたえた翠尾江には、朝靄も晴れぬうちから多くの舟が行きかい、荷をおろしては積み、旅人を乗せては去っていく。朗々たる船頭の歌声とともに、舟が太鼓橋をくぐりぬけるさまは、鼓州一の勝景としても知られ、人々は龍渦城市を皇都・金景をしのぐ美しさと誇りに思っていた。

そんな龍渦城市の玄関口である牌楼の軒下で、英傑はあっけにとられて足を止めた。

「こりゃ、いったいなにごとだ？」

精悍な顔つきの男だ。凜とした眉に、高い鼻梁。砂色の髪を無造作に肩口でくくっている。小柄な者が多い龍渦城市では、きわめて目立つ長身だ。くたびれた旅装をまとった体はたくましく、いかにも武人という風情だ。だが、たたずむ姿はゆったりとし、眼差しには鋭いところがなく、唇にはなにごとも面白がるような笑みが浮かんでいる。

姓は劉、名は英傑。ここら一帯を縄張りとする便利屋で、通り名を「獅子屋」という。獅子を冠したその名は、腰に佩いた大剣〈舞獅剣〉に由来している。

その英傑がいる牌楼を境に、天気が二分していた。背にした街道には、早春の日差しが照りつけている。地面は乾き、少なくとも直近の数日は雨に降られた様子がない。ところが、牌楼の先、城市の内側は、うってかわって土砂降りの雨だった。

晴雨の境目だろうか。しかしまた、ずいぶんくっきりと。不思議に思って、雨の中へと腕を伸ばすが、大粒の雨に打たれた瞬間、びくりとしてひっこめる。

(なんて禍々しい雨だ)

腕に鳥肌が立っている。雨粒に瘴気でも含まれているのだろうか。ともかく尋常な雨ではなさそうだ。英傑は背負っていた荷から防寒用の外套を取りだし、羽織った。外套についている頭巾をかぶり、龍渦城市へと足を踏み入れる。

雨に打たれて白く煙る石畳の道を慎重に歩く。吐きだした息が白い。城市の外は春の陽気だというのに、内はまるで真冬の寒さだ。濁流の流れる水路には当然ながら舟の往来はなく、固く門扉を閉ざした家々にも人の気配が感じられない。

水路に沿って延びる屋根付きの長廊に入ったところで、英傑は頭巾を取りはらった。と、前から人が来るのが見えた。先ほどまでの英傑と同様に深々と頭巾をかぶり、一輪車を押している。無言ですれちがいかけたとき、ふと、相手が顔を上げた。

「ああ、獅子屋か。あんた、帰ってきたのかい」

聞きおぼえのある声だ。英傑は相好を崩した。

「なんだ、袁さんか。ただいま。なんか面白いことになってんなあ」

「なにをのんきなことを。悪いことは言わねえ、あんたもはやく逃げな」

逃げる？　英傑は首をかしげ、眉をひそめた。

男の姿にはどこか違和感があった。なにがおかしいのか——そう、頭だ。頭をすっぽり覆った頭巾の形がおかしい。丸い頭部を覆っているにしては、そのふくらみは妙に細く、また前後に長く、どことなしにいびつだった。

怪訝に思い、頭巾の下をのぞきこんだ英傑は息を呑んだ。

「……おい、袁さん。その顔、いったいなんの冗談だ」

男は深々と嘆息し、重苦しい仕草で頭巾を頭から取りさった。

そこにあったのは「魚」だった。体は人間のものだが、頭があるはずの場所に黒い鱗をした大きな魚がのっている。滑稽な姿だ。だが、笑えない。かぶりものかとも思うが、真正面から見た魚の身幅の狭さからして、この下に人間の顔が収まっているとは到底思えなかった。なにより、ぬめりを帯びた真円の魚眼があまりに生々しい。

「言っとくが、かぶりもんじゃない。本物の魚だ。今朝、いきなり頭が魚に変わっちまったんだ。……水神様の祟りって話だ」

　魚の口をぱくぱくさせて悔しげに言うと、男は頭巾をかぶりなおした。

「安心しな。城市の外に出れば、もとに戻る。みんなそうなんだ。……誰が水神様を怒らせたのか知らねえが、龍渦城市はもう終わりだよ」

　力なく言って、男はまた一輪車を押して歩きだすが、ふいにその足を止める。

「ああ、そうだ。獅子屋の家、大変なことになってるよ。もう三日前になるか、濁流に呑まれて、家がまるっとなくなっちまった。気の毒にな」

　英傑は「え⁉」と目を丸くすると、男に礼を言って、薄暗い長廊を駆けだした。

　道すがら、何人もの人とすれちがった。多くは頭巾で顔を隠していたが、顔をあらわにしていた数人はみな魚頭だった。荷を背負い、魚頭の赤子を抱き、城市の外を目指している。誰もが陰鬱にうなだれ、疲れきった様子だった。

（水神の祟りだって？　なにがどうなってやがる）

　やがて自宅のある川辺にたどりついた英傑は「嘘だろ」と呟いた。男の言うとおり、見慣れたあばら家は、建っていたはずの地面ごと濁流に抉りとられてしまっていた。

　朱色の柱が鮮やかな酒楼〈明洙楼〉の二階、窓ぎわの席にあぐらをかき、英傑は改めて嘆息した。

「災難だったわね、英傑。体もすっかり冷えちゃって、かわいそう」

背後に座り、英傑の濡れた髪を手巾でぬぐっていた妓女が言う。英傑は「だろー？」と言って、妓女に顔を向け、大きな魚眼と目が合った瞬間、つい口端をひきつらせた。

妓女はエラ蓋をぱかぱかと開閉しながら憤慨した。

「なによ！　魚の顔になっちゃって、あたしだってつらいわよ。そんな顔しなくていいじゃない。ひとりだけ人間の顔のままで憎たらしい！」

英傑は苦笑した。暗い面持ちで逃げる人々を見てきただけに、妓女の元気な口調にはほっとさせられる。

「いや、翠姫は魚になっても愛らしいなと思っただけだ。薄紅色の鱗なんて、まるで天女さまの爪みたいじゃねえか」

「ありがと。でも言っとくけど、英傑も数日もしたら魚の顔になるわよ。この雨に打たれると、だんだんそうなってくの」

翠姫は「もう」と言いつつ機嫌をなおし、英傑の背にしなだれかかった。

「……いったいなにがあった？　明洙楼だって、まるで俺の貸し切りじゃねえか」

平素なら華やかな賑わいの中にある明洙楼が、今は英傑のほかに客がいない。十人ばかりいる妓女も、翠姫以外は姿が見えず、寒々としている。

「わからないのよ。はじめにおかしいなと思ったのは、雨。もう四十日も降ってるの。春先はもともと雨が多いけど、さすがに降りすぎだわ。それに城市の外は晴れてたでしょう？　降ってるのは城市の中と白淵山だけなのよ。土手が決壊したとこもあるし」

「顔が魚になっちまったのは？」

「私は今朝起きたらこうなってた。早いひとは数日前から。……次々と魚の顔になるひとが増えて、ひどい混乱状態だったわ。城郭の外に出れば人間の顔に戻るってわかってからは落ちついたけどね。でも、ぴりぴりしてる人は今も多い。水神様の祟りだ、誰が怒らせたんだって、元凶を探して騒いでる人たちもいる。すごくいやな雰囲気……」

「水神様の祟り、か。……おっと、これを待ってた」

給仕の少年が几に酒甕と杯とを置いてくれる。そそがれたのはとろりとした濁酒だ。ぐっとあおると、熱の塊が喉を抜け、冷えきった体がカッと熱くなった。「うめーっ」と吠える英傑に、翠姫が「うらやましい」と息をついた。

「英傑のその、家をなくしても笑ってられる大らかなとこ、見習いたい」

言いながら、英傑の腕に抱きついてくる。その手は冷たく、かすかに震えてもいた。魚顔のせいで表情が読めなかったが、どうやら思っている以上に怯えているようだ。

「くよくよしたってしかたないだろ？　流されたもんは供物にしたとでも思っとくさ」

翠姫の手を軽く叩き、英傑は盆を抱いたまま立ちつくしている給仕の少年を見上げた。

「おまえまでどうしたよ、小成。ずいぶんおとなしいじゃねえか」

小成はやはり魚になった顔をわずかに上げ、ぱくぱくと口を開いた。

「……大哥。水神様の祟りって本当にあると思いますか？」

英傑は杯を傾け、「そうさなあ……」と天井を見上げる。

龍渦城市の土地神は水神だ。翠尾江のほとりには立派な水神廟があり、祭壇には想像上の姿が描かれている。二本の角を持つ大蛇である。

どんな言い伝えがあるかまでは知らないが、たしか人を喰らう神であったはずだ。

「俺は龍渦城市に来てまだ三年だからな。水神様についちゃ、おまえのほうが詳しいだろ。それに、祟りは道士とか巫者の領分だ。たかが便利屋にはさっぱりだよ」

小成は「道士様……」と呟き、前掛けをぎゅっと握りしめた。

「なら、やっぱり阿弓と仲宣がなにかしたんだ。でなけりゃ、百華道士が仲宣をさらうはずがないんだから。きっとあいつらが水神様を怒らせるような真似をしたんだよ」

「百華道士？」と英傑が首をかしげたそのときだ。

「小成！　あんた、その話をよそでしたら、ただじゃおかないよ！」

突然、鋭さ抜群の声が飛んできて、小成は首をすくめた。あわてて去る小成と入れかわりにやってきたのは、ふくよかな体に豪勢な深緑色の襦裙をまとった金魚頭の女だ。

蔡紅倫。明洙楼の女主人にして、英傑はじめ便利屋たちを取りしきる元締めである。

「翠姫も客がいないからって、貧乏人を相手にしてんじゃないよ」

翠姫は「はいっ」と大あわてで隣の席に転がりこみ、ぴちっと正座をした。紅倫は鼻を鳴らし、英傑と几を挟んだ向かいにどっかりと片膝を立てて座った。

「そら、英傑。今回の旅の護衛の報酬だ。受けとりな」

ぽいっと放られた布袋を掴み、急いで中の五銖銭の枚数をたしかめた。

「ありがたい。これでしばらくは生きてける」

便利屋の給金などたかが知れているが、当面は飯代に困ることはなさそうだ。

「しかし、あんたも豪気な女だな。こんなわけのわからねえ怪異のさなかに、しっかり店を開けるとは。ほかの酒楼はみんな閉じてたぞ」

「一軒ぐらい普段どおりに開いてる店があったほうが、みんなも落ちつくだろうさ。それに、うちには逃げる先のない妓女もいる。居場所は与えてやらないと。……で、そういうあんたも家を流されちまったわけだが、これからどうする気だい」

「それなんだが、家どころか全財産の入った壺も一緒に流されちまったみたいで。すぐ次の仕事をもらえたら嬉しいが……この状況じゃ、さすがにないよなあ」

「いや、あるよ。さっき小成がポロッと口にしちまったやつがね。――あんた、百華道士のことは知ってるね？」

英傑が答えるよりもはやく、翠姫が「あの仕事受けさせるの!?」とぎょっとした。

道士とは、道教に属し、不老不死の神仙になるべく修行に励む者たちのことだ。方術、または神仙術と呼ばれる神秘の力を操り、祟りを起こす悪神邪鬼を調伏したり、身近なところでは、死者を弔う祭祀をとりおこなってくれたりする。

「知らねえな。聞いたことはある気がするんだが。有名人か？」

「え、知らないのかい。『そのかんばせ、牡丹のごとく』とまで言われた百華道士を？」

「なんだその通り名は。……牡丹のかんばせってことは、美人なのか」

「ああ、そりゃもう、すごみを感じるぐらいの絶世の美男子さ！」

春のどけきころに咲く牡丹は、花の王者――百華の王と呼ばれている。

紅紫色の大輪の花は、豪華にして繊細、可憐にして妖艶。富貴を象徴する吉兆の花としても知られ、人々からこよなく愛されていた。だが、英傑は苦笑した。

「そりゃたいそうな話だな。けど、いくら美人でも男じゃなあ」

「ふん。あんただって、会えば『男でもいい』って思うだろうさ。白い肌は仙女のようになめらかで、切れ長の瞳は腰に来るほど艶やかだ。歳はあんたよりいくつか下かね」

英傑は二十八だ。ということは、二十代の半ばか。

「背丈はあんたとそう変わらないかね。けど、あんたみたいに筋肉質じゃなくてさ。華奢ってわけでもないんだけど、細腰がなんともなまめかしくてねえ……」

「でも、性格は最悪よ」と翠姫が拗ねた口調で言った。

「めったに山から下りてこないんだけど、たまたま市場で会ったのよ。みんな遠巻きにしてるから、声をかけてあげたの。そしたら、なんて言ったと思う？　話しかけるな、有象無象が、ですって。冗談じゃないわよ！」

英傑は噴きだした。明洙楼きっての美女を有象無象扱いする男がいるとは驚きだ。それとも「美人は鏡で見慣れてる」などと言いだす自己陶酔野郎か。

「めったに山から下りてこないってことは、つまり……」

「ああ。白淵山の山奥で暮らしてるんだよ」と紅倫。「けど、神仙じゃない。まだ道士だ。山奥で暮らしてるのは修行のためってのもあるんだろうけど、そりゃもう大がつくほどの人間嫌いなんだよ。だから、めったなことじゃ麓（ふもと）までは下りてこない」

「物騒な噂も多いの。美容のためにさらった赤子を食べてるとか。人喰いの精怪を家来にして、許しなく山に入った人間を喰わせてるとか。きわめつきは、目が合うと死ぬ」

英傑は失笑し、空になった杯に酒をそそいだ。

「目が合うと死ぬ、ね。そこまでいくと化け物だな」

「仕事を受けるなら気をつけなさいよね。噂はともかく、性格悪いのはたしかだから」

「肝に銘じておくよ。で、その麗しの牡丹の君がなんだって？」

話を戻すと、紅倫が魚の顔に頬杖（ほおづえ）をついた。

「その百華道士の魔の手から、呂達（りょたつ）の家の子供を守ってほしいんだよ。百華道士にさらわれる、水神の供物にされる、って怯（おび）えてるんだとさ」

二

依頼主である呂達が経営する宿は、西の水路沿いにあった。龍渦城市では一般的な宿で、水路に面して船着き場があり、直接、舟客を迎えられるようになっている。

傘を閉じ、宿の正面に立った英傑は、扉の横壁に貼られた門神の護符を見つめた。

紅倫から「守れ」と言われた子供の名は、呂阿弓。宿の亭主、呂達のひとり息子だ。阿弓のことはよく知っていた。年齢は十五ほど。普通なら家業を手伝う年ごろだが、阿弓は悪友とつるんでつまらない悪さばかりしていた。龍渦城市の暮らしぶりは比較的豊かで、すこし裕福な家の子だと甘ったれて育つ。英傑も何度か、悪さをしている阿弓たちを捕まえ、灸をすえたこともあったが、それで反省するほど可愛いものではない。

その阿弓が、今朝突然、蒼白になって呂達に訴えたという。

――百華道士が俺をさらいにくる。水神の供物にされちまう。

詳しい経緯は、呂達に訊けとのことだった。

英傑は扉を軽く叩いた。

「呂さん、便利屋の劉英傑だ。話を訊きにき――おっ!?」

扉がいきなり開かれ、誰かが突進してきた。とっさに右によけた英傑だが、それが背恰好からして呂達らしいことに気づくと、その肥えた腹をぐっと左腕で抱きとめた。

「おいおい、大丈夫かー？」

呂達が魚となった顔を勢いよく上げた。

「よかった。蔡さんからちっとも連絡がないから、見捨てられたかと思ってたよ。しかも来てくれたのが、阿弓が大哥と呼び慕ってる獅子屋さんとは。さあ、はやく中へ。戸締りをしっかりしないと！」

呂達は周りの様子をたしかめてから、英傑を招き入れ、扉を閉ざして閂をした。

室内は暗かった。燭台に火はともっているが弱々しい。入ってすぐの間は食堂として使われているようだが、今は客の姿はない。

と、帳場の奥から呂達の女房、呂夫人らしき人物が現れた。その顔もやはり魚だ。

「おまえ、獅子屋さんに熱い茶を用意してやりなさい。さあ、獅子屋さんは二階へ」

呂夫人はひっそりとうなずくと、奥の厨へと消えていった。

「数日前、阿弓のもとに百華道士から文が届いたんだ。中身は見せてくれないんだが、『水神の祟りを鎮めるため、おまえを供物として捧げる』と書かれていたらしい」

帳場の脇から延びる階段をのぼりながらの呂達の説明に、英傑は首をひねった。

「なんで道士様はわざわざ阿弓を名指しで供物に選んだんだ？」

「さあ。ともかく怯えてて、なにを訊いても答えてくれないんだ。かわいそうに」

廊下の最奥にある部屋にたどりつく。閉じた扉の前には敷物が敷かれ、壁には棒が立てかけてあった。さっきまで呂達がここで息子を守る番をしていたようだ。

「阿弓、獅子屋さんが来てくれたよ」

呂達が声をかけると、扉の向こうで、阿弓が「大哥？」と息を呑むのが聞こえた。

「今晩は、ふたりでおまえを守るからね。ゆっくりおやすみ」

「親父は邪魔だから下に行ってろ！　母さんに言って、大哥の飯を用意させろよ！」

「わ、わかった。なら、母さんにそう言ってこよう。頼んだよ、獅子屋さん」

いそいそと一階に向かう亭主の背をなんとも言えずに見送り、英傑は扉の前に立った。

「おまえなあ。親父さんにあの態度はないだろう。心配してくれてんだぞ」

「……んなの、わかってるよ」

英傑はやれやれとため息をついて、「開けるぞー」と声をかけた。阿弓は牀の上に膝を抱えて座っていた。明かりもなく、窓も閉ざされ、ひどく暗い。英傑は牀のふちに腰をおろし、顔を上げた阿弓とまじまじと視線をかわした。

「へえ。おまえの頭は魚じゃないんだな、阿弓」

「大哥も……まだ魚顔じゃないんだ」

阿弓は人間の顔をしていた。子供と大人の境にある未成熟の顔だ。いつもは生意気な面構えの阿弓だが、今は不安げに瞳を揺らし、顔色も青ざめて見えた。

「旅から戻ってきたばかりでな。俺もそのうち魚になるって言われたが……阿弓はなんで人間の顔のままなんだ？　俺が会った城市の連中はみんな魚頭になってたぞ」

阿弓は動揺したように「知らねえ」と目をそむける。

「なにをやらかしたら、水神様の供物に選ばれるようなことになるんだ。百華道士ってのはたいそうな美人らしいが、なんかちょっかいでもかけたんじゃねえのか」

「なにもしてねえ。目が合うと死ぬなんて化け物、誰が好んで近づくもんか！」

阿弓が怯えた様子で言った。本気で噂を信じて百華道士のことを怖がっているようなので、英傑はすこし驚く。

「なら、水神様のほうはどうだ。いま起きてることは、水神様の祟りだって話だ。阿弓、なにか水神様を怒らせるようなことはしなかったか」

「……してねえ」

ひとつ前の問いかけに比して、こちらはずいぶん力ない。

なにかやったな、と察する。少なくとも心当たりがあるのだ。英傑は詳しく訊きだそうとするが、あの手この手を使っても、阿弓はなにも語ろうとはしなかった。

（ま、知らなくても、仕事はできるか）

ともかく百華道士の「魔の手」から阿弓を守りさえすれば、報酬はもらえるのだ。英傑はひとまず百華道士の「襲来」にそなえて、見張るのに都合のいい場所を見つけることにし、牀から立ちあがった――そのときだ。

「昨日の夜、仲宣の奴がいなくなったんだ」

だんまりを決めこんでいた阿弓が口を開いた。英傑は振りかえる。

「仲宣ってのは、周さんのところのせがれか。おまえの悪友だったよな」

「そう」とうなずき、阿弓は抱えた膝に顔をうずめる。「仲宣の親父さんが捜しまわってる。増水した川に呑まれちまったんじゃないかって心配してるって。でも、そうじゃない。仲宣は百華道士にさらわれたんだ。仲宣も百華道士から文を受けとってたから」

英傑は眉をひそめる。阿弓は身を小さくした。

「きっと水神の供物にされたんだ。今ごろとっくに死んでる。……俺もすぐそうなる」

「なんだよ、ずいぶん悲観的なことを言うな。ともかく、今晩のところは俺が寝ずの番をしてやるから、おまえは安心して寝てろ」

声をかけて背を向けると、疲れきった呟きがあとを追ってきた。

「〈眠らずの獅子〉が守ってくれるなら、うん、ちょっとは眠れるかも……」

英傑は一瞬、足を止めかけ、ふたたび歩きだした。


夜になって強まりはじめた風雨が容赦なく暴れまわる。宿では、阿弓の部屋の前に座りこんだ呂達が棒を抱いたままいびきをかいていた。あれでは番をする意味がないが、あんなに邪険にされても子を守ろうとする親心には頭が下がる。

一方の英傑はわずかな眠気も感じぬまま、二階の窓辺に座り、通りを見下ろしていた。

(皮肉なもんだな。〈眠らずの獅子〉なんて呼ばれるようになろうとは)

旅の護衛の仕事は、昼は客と行動をともにするが、夜は自由な時間となる。だが、一年前に護衛を依頼してきた客が、「夜も見張りを頼みたい」とごねてきた。その客が、帰郷後に「獅子屋は何日も一睡もせずに見張りをしてくれた」と広めたせいで、〈眠らずの獅子〉が定着してしまったのだ。

(これじゃ、俺がたいそう仕事熱心な男のようだ)

事実はまるきり違うというのに——。

そろそろ丑の刻だ。百華道士はいまだ姿を見せないが、来るとしたら間もなくだろうと当たりをつける。目を閉じ、聴覚だけに意識を集中させる。雨音。水路の濁流がたてる轟音。風。遠雷――すべての音を、注意すべきものと、そうでないものとに分ける。

ふと、英傑は目を開けた。今、鈴の音が聞こえた気がした。

音のほうに目をやると、闇の先、雨の幕の向こうに橙色に光る人影がぼうっと現れた。

(あれは……幽鬼か？　いや……)

よく見ればそれは手持ち灯籠を持った人間だった。傘を差している。鈴は傘の骨の先に吊るした飾り布につけられたもののようで、風が吹くたびチリンッと音をたてる。

細身の人物だ。肩幅からして男。紫苑色の縁取りがされた白い袍をまとい、毛皮の襟がついた外套を軽くはおっている。全身が淡く輝いて見えたのは、衣の白が灯籠の光を照りかえしていたからのようだ。

鈴は鳴れども、足音はいっさいしない。流れるような足どりで、こちらへと近づいてくる。やがて男は英傑の眼下、宿の扉の前で立ち止まった。

(さて。その牡丹のかんばせ、拝んでやるとするか)

英傑はほほえみ、大剣の柄に手をかけながら口を開いた。

「あいにく今夜は休業だぞ。人さらいの悪辣な道士様がやってくるって言うんでね」

鈴が鳴り、傘が傾く。雨雫を垂らした飾り布の隙間から切れ長の瞳がのぞき、まっすぐ英傑をとらえる。

その瞬間、英傑は笑みを消した。息をすることも忘れ、その美貌に魅入られる。

男はまさに牡丹を体現したような美貌の持ち主だった。なめらかな白皙の肌、腰まである髪は闇よりもなお黒い。通った鼻筋、薄紅色の唇、長い睫毛は雨粒で濡れている。仙女にたとえられるのも納得の美しさだ。

だが、英傑が目を奪われたのは、その面貌のためではなかった。

目だ。こちらを射貫いた男の瞳には、剝きだしの生命力とでも言うべき力強さが宿っていた。圧倒的な存在感を前に、自分が怯んでいるのがわかる。

(怯む？　なぜこの俺が——)

英傑は目をそむけることもできずに呆然とする。

「そこのおまえ。今、私を人さらいの悪辣な道士と言ったか」

男が声をかけてくる。涼やかな声だ。英傑は動揺を隠し、無理やり笑みを作った。

「あんた、百華道士だろ？　お噂はかねがね。まさに牡丹のような美しさだな」

ふいに道士の目つきが鋭さを帯びた。

「次に私を百華と呼んでみろ。貴様の額に『馬鹿』の二文字を刻んでくれる」

面食らう。華麗な美貌からは想像もつかないほどの悪態だ。

英傑はにやりと笑って、欄干を摑んで雨中に飛びおりた。体格に似合わぬ軽やかさで眼前に着地した英傑を見て、道士がわずかに身を引く。

「俺の名は、劉英傑。便利屋だ。ひと呼んで、獅子屋だ。あんたの名は？　百華道士って呼ばれたくないなら教えてくれ」

「丁洛宝」

思いがけずあっさりと名乗るが、それはさっさと会話を切りたいがためだったようだ。

洛宝は英傑の脇を素通りし、軒下に入るなり傘と灯籠を捨て、宿の扉に腕を伸ばした。

英傑は「おっと」と体を割りこませ、洛宝の行く手に立ちふさがった。

「ガキに脅迫状なんて物騒なもんをよこす道士様を通すわけにはいかねえなあ」

「そんなものは書いていない。ただ『陥湖に来い』と記しただけだ。なのに、あいつらは約束の日になっても来なかった。だから迎えにきた。それだけだ」

険のある口調だ。顔だちが美しいだけに、冷たさがきわだつ。

「陥湖？」と唐突に出てきた名に困惑すると、洛宝がさらに目を鋭くした。

「そこをどけ。無知蒙昧なごみくずに用はない」

無知蒙昧なごみくずときたか。英傑が思わず笑ったそのときだった。宿の中で悲鳴があがった。呂夫人の声だ。

洛宝が英傑を押しのけ、扉に手をかけた。「待て」とその肩を掴んで止めるが、そもそも閂がかかっている。しかし、洛宝が「開」と囁くと、扉はあっさりと内側に開いた。

英傑は驚くが、扉の先、食堂の床を見てさらに仰天した。

蛇がいた。足の踏み場もないほど大量の蛇が、床を埋めつくしている。

「し、獅子屋さん、あ、あっち。船着き場から、は、入ってきて」

帳場の脇で、呂夫人が厨の奥を指さしていた。船着き場。水路から入りこんだか。言うそばから次々と新たな蛇が現れる。呂夫人には見向きもせずに向かう先は階段の上だ。

洛宝が舌打ちし、床を蹴って高々と飛びあがった。蛇の上空をひとまたぎにし、階段の柵に音もなく降りたつ。なんて身軽な。まるで風をまとったようだ。英傑が目を見張った一瞬の間に、洛宝はすばやく柵を駆けあがった。

だが、英傑も軽功の使い手だ。洛宝ほどの身軽さはないが、三度の跳躍で蛇だらけの食堂を突破し、二階へと駆けあがる。阿弓の部屋の前で気を失って倒れている呂達の横をすり抜け、英傑は室内に駆けこんだ。そして、驚愕した。

牀の上で震えて身を丸める阿弓のそばで、巨大な蛇が鎌首をもたげていた。

大蛇。いや、よく見ればそれは一匹の蛇ではなく、何百という蛇たちが互いを絡めあって作りだした姿だった。

『見つけたぞ、呂阿弓』

威厳ある声が発せられた。洛宝が「水神」と呟くのが聞こえた。直後、耳を聾する雷鳴とともに部屋の屋根が吹き飛んだ。屋根を失った室内に勢いよく雨が降りそそぐ。

『この者を陥湖へ連れていく。邪魔する者は容赦せぬ』

「……っうわああ……！」

ふいに阿弓のそばでつむじ風が発生した。渦巻く風は悲鳴をあげる阿弓の体を牀から浮きあがらせ、一気に手の届かない高みにまで運んでいく。英傑は腰帯から引きぬいた重石つきの縄を投擲の勢いで空に放った。阿弓の足にくるくると絡まった縄を下に向けて引っ張るが、なぜかまったく下りてくる気配がない。それどころか、英傑の体までが床から浮きあがりそうになる。

「水神相手に、縄一本で歯向かう気か。獅子だとかたいそうな名前をもらっておいて、知恵も、力もないようだな」

洛宝が嘲笑を浮かべて近づいてくる。

「悪かったな！　水神様の相手なんざしたことねえんだよ……おい！」

洛宝は英傑の手から縄をもぎとり、宙に放った。歯止めを失った阿弓の体はあっという間に上空へと持っていかれる。

「吠えるしか能のない獅子は黙っていろ」

洛宝は風にひるがえる袖の内から、黄色い霊符を取りだす。それを唇に食むと、顔の前に印を結んだ。

「四凶が一、蠱喰らう窮奇――急々如律令勅」

刹那、洛宝の足元に蒼い光で描かれた陰陽の紋が出現した。

「顕現せよ。凶神の格を示し、蛇精にしかるべき怯臆の心を与えよ」

洛宝が命じるとともに、陰陽の紋から、二本の角と翼を持つ黒虎が現れた。窮奇と呼ばれたその獣は、空を駆け、大蛇の首へと猛然と突進する。迫る窮奇を目の当たりにした蛇たちは、ばらばらと分離、落下し、四方八方へと一目散に逃げていった。

『口惜しい――』

声が遠のく。洛宝は濡れた顔を空に向け、叫んだ。

「水神、今夜かならず呂阿弓を連れていく。それまで待て!」

答える声はなかったが、部屋の中で吹きあれていた風がふっと消失した。上空から悲鳴が落ちてきた。阿弓だ。英傑はぎょっとし、真っ逆さまに落下してきた阿弓を、その下に体を滑りこませるようにして抱きとめる。

「……っぶねー」

ひきつった笑いが漏れる。英傑は阿弓を起きあがらせ、雨天の下、立ちあがった。

「生きてるかー?」と声をかけると、阿弓はようやく我にかえり、恐怖と安堵(あんど)の交じった声をあげた。その阿弓の胸倉を、洛宝が横から腕を伸ばして摑みあげた。

「呂阿弓、なぜ陥湖に来なかった。馬鹿をやらかしたおまえたちに罪滅ぼしの機会をくれてやったのに、便利屋を護衛に立てるとはどういう了見だ!」

洛宝と目が合った瞬間、阿弓は息を詰めて顔をそむけた。

「し、知らない。俺はなにも悪くねえ……っこっち見んなよ、百華道士!」

「ほう。よくも私を百華と呼んだな。目にもの見せてくれる!」

阿弓にすごむ洛宝を、英傑はしげしげと見つめた。

「なあ、道士。今の、本物の窮奇か? 窮奇って伝説上の神獣の名だろう?」

阿弓を助けるどころか、関係のないことを口にする英傑に、洛宝はそっけない。

「神仙でもないのに、神獣なんて呼べるものか。ただの幻術だ」

「へえ、本物にしか見えなかった! 感服したぞ、丁道士」

丁重に拱手を捧げると、洛宝は阿弓の胸倉から手を放し、戸惑いをあらわにした。

「……なんの真似だ」

「いや、感謝を捧げなけりゃと思ってな。水神様を追いはらってくれて助かった」

「礼など不要だ。おまえたちのために追いはらったわけじゃない」

「そこなんだが、俺はあんたがこいつを水神様の供物にするために連れさろうとしているって聞かされてた。けど、水神はみずからこいつを迎えにきて、あんたはそれを追いはらい、かわりに、今夜、連れていくと約束した。いったいなにが起きてるんだ？」

「それをなぜおまえに話す必要がある」

「俺の仕事があんたを追いだすことだからだ。あくまでこいつを連れさる気なら、俺も俺の仕事をしなけりゃならなくなる。べつに俺はそれでもかまわんが、どうする？」

「ふん。腕に覚えがあるようだが、便利屋風情が私にかなうとでも？　今のを見てなおそう思うなら、おまえはよほどの馬鹿か、そうでなければ――」

言いかけた洛宝は悠然とかまえる英傑の立ち姿を見つめ、その美貌をしかめた。

道士と武人という違いはある。だが、洛宝ほどの方術使いともなれば、相手の力量を読むことはたやすいだろう。そして、どうやら洛宝は、ただ立っていただけの英傑の力を高く見積もってくれたようだ。英傑はにこりと笑った。

「雨の中で立ち話ってのもなんだ、一階の食堂に移動しないか？　丁道士」

洛宝は目をすがめると、「案内しろ」ととげとげしく言った。

三

話の場を一階の食堂に移すと、気絶から目覚めた呂達が几に座した英傑に茶を淹れてくれた。呂夫人は階段に腰をおろし、円い魚眼でぼんやりと足元を見つめている。

洛宝はといえば壁に背を預け、いらだたしげな顔で腕組みをして立っていた。呂夫人が用意した手巾でおざなりに髪をぬぐっただけで、外套からは雫がしたたっている。

「丁道士。あんたもこっちに来て、火鉢で温まったらどうだ。熱い茶もあるし」

洛宝は「不要」と言ってそっぽを向く。無愛想な奴だ。

「さて、阿弓。今度こそなにがあったか話せ。黙ってたっていいことなんかねえぞ」

かたわらに座る阿弓に目をやり、熱々の茶をすする。冷えた体が一気に温まり、息をつく。英傑ののんきな様子を見て気が抜けたのか、阿弓は縮めていた肩から力を抜き、

「こんなひどいことになるなんて思ってなかったんだ」と呟いた。

「仲宣とふたりで、陥湖に行ったんだよ。そこに、古い水神廟があって……」

「ああ、待った。先に訊いておきたいんだが、その陥湖ってのは――」

無知め、と毒づいたのは、洛宝だった。英傑は肩をすくめる。

「そーそー。無知だから訊いてんだよ。で、陥湖ってのはなんなんだ？」

洛宝はため息まじりに答えた。

「白淵山にある湖の名だ。水神の棲み処がそこにある。つづけろ、呂阿弓」

厳しい目つきを向けられた阿弓はびくりと肩を震わせ、先をつづけた。

「陥湖に古い水神廟があるんだ。そこに祭壇があって、それを……荒らしたんだ。度胸試しのつもりで……水神の祟りなんか怖くないっていう……」

「そんなことが度胸試しだってのか。くだらねえことをする」

「仲宣がやろうって言いだしたんだ！　俺は悪くない！」

荒い口調で阿弓が言うと、階段に座っていた呂夫人がわずかに顔を上げた。

「もともとは陥湖を見に行くだけのつもりだったんだ。湖の底に、大昔の城市が沈んでるって聞いて、面白そうだと思って。けど、行ってみたら霧が深くてなにも見えなかった。それで、仲宣の奴が、かわりに度胸試しをやろうぜって。それで祭壇を――」

荒らした直後、雨が降りだした。あわてて下山したが、それからも雨は降りつづけた。

尋常な雨ではないとすぐに気づいた。怖くなったが、「祟りなわけない」と自分に言い聞かせた。だが数日前、母親の顔が魚になっているのを目の当たりにし、呆然とした。さらには父親、城市の人々が次々と魚頭に変わり、大きな混乱が起こるにつれ、阿弓はこれが祟りであることを認めざるを得なくなった。

百華道士から文が届いたのは、そんな折だったという。

文を見せてもらうと、呂達から聞いていた「水神の祟りを鎮めるため、おまえを供物として捧げる」という文面はなく、洛宝が話したとおりの「陥湖に来い」という一文と期日とがそっけない筆致で記されていた。

「なんで親父さんに、このひとがおまえを供物にしようとしてるなんて嘘ついたんだ」

「道士は祟りを鎮めるのが仕事だ。しかもあの噂の百華道士だ。陥湖に俺と仲宣を呼ぶってことは、つまりそういうことだろ……」

阿弓の力ない答えを聞いた英傑は嘆息し、今度は洛宝に目を向けた。

「丁道士。あんたがこいつに文を書いたのはなんでだ」

「ある者から水神の怒りを鎮めてくれと頼まれた。水神廟を荒らしたことが怒りの原因なら、そいつらを陥湖に連れていき、謝らせれば、怒りを鎮められるだろうと思った」

「そのある者ってのは……」

「便利屋は雇い主の素性を他人にべらべら言いふらすのか」

「なるほど。なら、もうひとつ。昨晩こいつの悪友の周仲宣がいなくなった。それってのはやっぱり……」

「さっきの状況を見るに、水神が連れていったんだろう」

簡潔な答えに、阿弓が、それに呂達や呂夫人が息を呑んだ。

「無事だと思うか」

英傑が問うと、かたわらの阿弓も耳をそばだてる。

洛宝は冷ややかにほほえんだ。

「さっきの怒りようを見ただろう。とっくに腹の中に収まっているかもな」

英傑はふっと笑った。

「なるほど。で、本当のところはどう思う？」

洛宝は英傑を鋭くにらみつけた。

「もし喰われたら、私の依頼主がそうと知らせるはずだ。だから、まだ無事のはずだ。けど、時間の問題だろう。――話は済んだな。すぐに陥湖に行く」

これにあわてたのは呂達だった。

「待ってくれ。道士様は息子をどうする気だい？　まさか水神様の供物に……」

「謝らせるとさっき言ったはずだ。なにを聞いていた！」

威圧された呂達は「ひっ」と魚の顔を両腕で隠す。英傑は首をかしげた。

「本当に謝るだけで祟りは鎮まると思うか？　屋根を吹っ飛ばすぐらい怒ってるのに知るか、とでも言われるかと思ったが、洛宝は思案げに目を細くした。

「依頼主は、謝ればきっと許してくれるはずだと言っていた。信じてもいいと思う。ただ、誠意をもって謝ることができなければ、むしろいっそうの怒りを招くだろうな」

英傑はちらりと阿弓を見やる。誠意を示すことは、簡単なようで難しい。

「水神様がこいつを供物として要求することはあると思うか」

「……ないとは言いきれない。だが――」

洛宝の黒い双眸が阿弓を見つめる。阿弓は逃げるようにぎゅっと目を閉じた。

それは不思議な視線だった。洛宝の目はたしかに阿弓に向いているが、阿弓ではなく、阿弓の頭上になにかを見出そうとするような、そんな眼差しに見えた。

「──死ぬようなことにはならない。多分」

妙な答えだ。英傑は怪訝に思いつつ、阿弓を見下ろした。

「どうする、阿弓。この道士様を信じて、陥湖に行ってみるか」

阿弓は震えあがってぶんぶんと首を横に振った。はっ、と洛宝が短く笑った。

「度胸試しがしたかったんだろう？　よかったじゃないか。今まさに試せている」

「……ちなみになんだが、もし、このままなにもせずにいたらなにがどうなる？」

英傑が訊くと、洛宝は淡々として答えた。

「遠からず、龍渦城市は水底に沈むだろう」

「まさか──」

「本当だ。水神は前にもそれをやっている。さっき、そいつが言っていただろう、陥湖の底には大昔の城市が沈んでいると。……言い伝えによれば、以前にも四十日にわたって雨が降った。人々の顔が魚に見えてからしばらくして地盤沈下が起き、城市がまるごと水底に沈んだ。『陥湖』の名はその伝承にもとづいている」

絶句して呂達を振りかえると、呂達は知らないとばかりに首を横に振った。

「龍渦城市は生き残った人々の手で築かれた町だ。『龍渦』というのは、蛇の祟りを忘れぬようにとつけられた戒めの名だったようだが……長く時が経ちすぎた。戒めは忘れられ、おまえたちのような愚か者どもが現れるようになった」

「丁道士はその伝承をどこで聞いたんだ？」

「白淵山に棲む精怪からだ。彼らは長生きで人が忘れたこともよく覚えている。……ともかく雨が降りだして、今日で四十日目だ。もしそれが水神の忍耐の限界なんだとしたら、もういつ水底に沈んでもおかしくはない」

とんでもないことになった。英傑はどうしたものかと思案する。金さえ払ってくれれば、どんな仕事でもするのが便利屋だ。そこに正義感や情を差しはさむことはない。

だが、龍渦城市が水底に沈むとなると、さすがに見すごすわけにもいかない。

（翠姫や小成も怯えてたしな……）

英傑は「よし」と手を叩いた。

「こうしよう。阿弓は丁道士に従い、陥湖に行く。それに俺も同行する。もし、おまえの身に危険が及びそうになったら、俺が全力で助ける。ってことでどうだ？」

呂達がぽかんとし、あわててかぶりを振った。

「阿弓になにかあったら困るよ、獅子屋さん！　阿弓は大事な跡継ぎなんだ。たったひとりの息子だ。獅子屋さんはともかく、この道士様に息子を託すなんて……」

「丁道士がなんだってんだ？　怪力乱神を相手どろうってんだ、俺よりよっぽど頼りになると思うんだがなあ」

「それは……だが、噂が……」

呂達はちらりと洛宝を見る。洛宝がにらみかえすと、急いで目をそむけた。

（そういえば、目が合うと死ぬ、っていう噂があるんだったか）

阿弓といい、呂達といい、先ほどからいっさい洛宝と目を合わせようとしないが、どうやらそれが理由のようだ。

これは説得に骨が折れるか。そう案じたときだった。

「どうぞ連れていってください、獅子屋さん」

階段に腰かけていた呂夫人が、固く拳を握りしめ、すっくと立ちあがった。

「な、なにを言ってるんだ、おまえ。阿弓が水神様に喰われでもしたらどうする！」

「たとえそうなっても、自分のしでかしたことは、自分でけりをつけなけりゃ」

阿弓もまた呆然と母親を振りかえった。

「なんでだよ、母さん。ひでえよ、俺が水神に喰われて死んでもいいってのかよ！」

「あたしはずっと信じてたんだ。あんたはひとさまには迷惑をかけてばかりだけど、友達のことは大切にする子だ、本当は情に厚い子なんだって。……まちがいだったよ」

仲宣が悪い、自分は悪くない――そう言ったことが、呂夫人の心を決したようだ。

阿弓が傷ついた顔をする。だが、呂夫人はとりあわずに英傑を見つめた。

「もし龍渦城市が水底に沈んだりしたら、たとえ今この子が助かっても、冥府の王はいずれ阿弓に天罰をくだすでしょう。阿弓を連れていってください」

呂夫人が頭を下げると、洛宝が短く息を吐いた。

「決まったな。すぐに出るぞ」

四

英傑は雨衣をはおり、阿弓にも同じ身支度をさせた。慣れない旅支度に手間どる阿弓の表情は暗く、いらだっているようだった。出立の準備が整うと、英傑は「そら」と阿弓の背を押した。阿弓は両親に挨拶（あいさつ）もせず、無言で扉の前に立つ。洛宝が「開けろ」と命じると、むっと顔をしかめながら閂（かんぬき）をはずし、引きあけた。

外に手持ち灯籠（どうろう）を手にした魚顔の男たちがずらりと並んでいた。

え、と呆（ほう）ける阿弓をとっさに押しのけ、英傑は扉をすばやく閉ざし、閂をかけなおした。直後、激しく扉が叩かれ、「呂達、開けろ！」と殺気だった声が聞こえてきた。

「そういや翠姫が、祟（たた）りの元凶が誰かを探しまわってる連中がいるって言ってたっけ。こりゃ、さっきの騒動で勘づかれたな。どうする？」

英傑がのんきに言うと、洛宝がさっと呂夫人を振りかえった。

「舟で出る。船着き場はどこだ」

「まさかこの雨の中、舟で行こうってのか？　白淵山は上流にあるんだぞ」

「べつに表から出てもいいが？　そっちはそっちで血の雨が降りそうだが」

洛宝が皮肉げに笑った。反論の余地もない。

呂夫人の案内で厨（くりや）の裏にある通路に向かう。奥の扉を開けると、猛烈な雨が吹きこんできた。石段を下りた先に船着き場が見えたが、ほとんど水に沈みかかっている。

「便利屋、舟を水面(みなも)におろせ」

通路の壁に立てかけてある舟を洛宝が指さす。英傑は顔をひきつらせ、どうとでもなれと舟を持ちあげた。雨中に出て、濁流に舟を浮かべ、流されぬよう支える。洛宝が怯(ひる)む阿弓を舟に放りこみ、自身も船尾に立った。同時に、四枚の霊符を四隅に投げつけ、口の中でなにかを唱える。すると、舟の上に見えない膜が張られたようになり、雨を弾(はじ)きかえしはじめた。それぞれの霊符は青白い光を放ち、明かりの役割まで担う。

洛宝はつづけて空をあおぎ見た。唇と舌、歯を使って、口笛とも吐息ともつかない不可思議な音を奏でる。透きとおった音は荒天を抜け、四方八方へと拡散していった。

しばらくして、舟のすぐそばの水面に、ひょこっとなにかが顔を出した。数匹の亀だ。だが、黒い甲羅から突きでていたのは鳥の頭だった。精怪だ。

「荒天のなか悪いな、旋亀(せんき)。陥湖に行きたい。できるだけ近くまで運んでくれるか」

洛宝は表情をやわらげ、現れた精怪たちに丁寧に頼んだ。心なし声色まで優しい。

精怪たちは『引きうけた』と人語で答え、ぱっと濁流の中に頭をひっこめる。と、英傑が力をこめて留(とど)めていた舟がふっと軽くなった。

「さっさと乗れ、愚図」

今の優しい口調との差に面食らい、英傑は苦笑しつつ舟に飛びのった。

すぐさま舟が水面を滑るように動きはじめた。上流に向かっているのに、揺れはほとんど感じず、しかも速い。英傑は背後の闇を振りかえった。すでに宿は見えず、見送りに立った呂夫人が持つ手燭の明かりだけが、遠くでぼんやりと光っていた。

「精怪にはずいぶん態度を変えるんだな。人間嫌いって噂は本当か」

英傑が訊くが、洛宝はすました横顔を向けるばかりだ。

「そう不機嫌面で疲れないもんかねえ」

「……おまえ、私が怖くないのか。噂は聞いているだろう。目が合うと死ぬ、とか」

横を向いたまま、洛宝がぽつりとたずねてくる。気にしているのか。そういえば「百華」と呼ばれることもやたらと嫌っていた。

「べつに死ぬのを怖いとは思ってないしな。それに、噂ってのは話半分に聞くから面白い。本気にしたら馬鹿を見る」

洛宝が首をまわし、真正面から英傑を見据えた。

ぎくりとした。それは「目が合うと死ぬ」というくだらない噂を恐れてのことではない。はじめて目が合ったときのあの奇妙な感覚を、ふたたび覚えたからだ。

（なんなんだろうな、この目は）

この目にじっと見られると、心がざわつく。そむけたいとは思わないが、どうにも落ちつかない。だが、動揺は表に出さず、英傑はまっすぐに洛宝の眼差しを受けとめた。

洛宝は眉を寄せ、「面白がられるのも不愉快だぞ」と呟く。

「そうか。なんでも面白がるのは、俺のよくない性分だ。ひとに好き勝手に噂を立てられたら、そりゃ気分が悪いよな。すまない」

洛宝が珍異な生き物でも見るように英傑を眺めてくる。英傑は首をかしげた。

「目が合ったら死ぬって聞いたが、なんだってそんな噂が立ったんだ？……あ、『黙れ、有象無象』なんて言うなよ。そっちが水を向けてきたんだからな」

「なぜあの噂がただの噂だと思う」

「あれが本当なら、俺はとっくに死んでる。もし、あの噂に面倒な思いをさせられてんなら、城市の連中に『あれは嘘だ』って言っといてやろうか？」

まじまじと英傑を見つめていた洛宝の瞳にふっと翳が差した。

「いらない。……あながちまちがった噂でもない」

英傑が眉を持ちあげたそのとき、急に舟が速度を落とした。ぐんっと揺さぶられ、英傑は舟べりにしがみつく。舟底に転げた阿弓を助けおこして、周囲に注意を向けると、どうやら白淵山の麓を流れる小川に着いたところのようだった。

『ここから先は川幅が狭い。舟では無理であろう』

舟の下から精怪たちが這い出てくる。洛宝は「感謝する」と笑みを浮かべ、右の人差し指を口に運んで、ぐっと歯を立てた。血の滴がにじむ。そこにふっと息を吹きかけると血は黄金に輝く水滴となって、水面に零れおちた。それを、精怪たちが水しぶきをあげながら喰らう。やがて水面は静まり、精怪の姿もまた見えなくなった。

田地の畦道に立つ。稲妻が走り、眼前に白淵山の巨大な山影が立ちはだかった。

　ふと、洛宝が袖から取りだした霊符を二枚、英傑の胸に押しつけた。

「老君入山符だ。持っておけ。これがあれば、山のモノが襲ってくることはなく、落雷に打たれる心配もない。――先を行く。ついてこい」

　洛宝は別の霊符を取りだし、ぱっと眼前に放りなげた。ふよふよと浮かんだそれは赤い炎へと変わり、松明がわりに辺りを照らして三人を先導してくれる。

　畦道の先からはじまった山道は、ぬかるんだ土の急斜面だ。霊符は舟のときとは違い、雨除けの役割は果たしてくれなかった。横殴りの雨が容赦なく打ちつけてくる。

　だが、洛宝の動きは軽やかだ。英傑もひとりなら速度をあげられただろうが、阿弓は雨中の、それも慣れない夜の登山に目に見えて消耗していった。

「おい、丁道士！　すこし休ませてくれ！」

　英傑は前を行く洛宝に叫んだ。洛宝は濡れた顔を険しくするが、さすがに休む必要を感じたのか、雨宿りができそうな洞の前でふたりがやってくるのを待った。

　洞の中は穏やかだった。入り口の上部で岩がほどよく張りだし、風雨をさえぎってくれる。英傑はへたりこんだ阿弓に、水の入った竹筒と、呂夫人が用意してくれた握り飯とを渡した。しかし、食欲がないのか首を横に振る。一応、洛宝にも声をかけるが、案の定「不要」とすげなく言って、背を向けて洞の奥に座った。

「……大哥も、俺のこと薄情だって思ってんだろうな」

　阿弓が呟いた。

「仲宣のことか？　んなことねーよ。本当は心配してんだろ？」

英傑が洛宝に、仲宣は無事だと思うかと訊いたとき、案じる目をしていた。あれは心底からのものだ。心配はしているが、怯えが勝っているだけなのだろう。

阿弓は英傑の言葉を聞き、目をうるませた。

「俺、止めたんだよ。仲宣が祭壇を荒らしてやろうって言ったとき。今回だけじゃなくて、前に市場の壁に落書きしようって仲宣が言いだしたときも。最近、親父も白髪が増えてきたし、おふくろも腰痛めたし……ちょっとぐらい、宿を手伝おうかと思って」

へえ、とすこし驚く。阿弓もいつの間にか一歩、大人になろうとしていたようだ。

「でも仲宣の奴、俺がそんなこと言ったことに腹を立てたみたいだった。ならいい、先に帰ってろ、って。けど、先に帰るわけにいかねえだろ。だから……」

だから結局は一緒になって祭壇を荒らしたというわけか、と納得する。仲宣も、大人になろうとしている親友を目の当たりにして動揺してしまったのかもしれない。

「馬鹿やったって思ってる。でも、ほかにどうすりゃよかったんだ。仲宣を放って、帰ればよかったのか？　それこそ薄情だろ。……なのに、おふくろの奴――」

舌打ちが聞こえた。洞の奥の洛宝を見やると、背を向けているので顔は見えないが、両肩が怒りにかこわばっていた。

「分別もついてねえガキのしたことだ。もうちっとゆったりかまえてたらどうだ？」

声をかける英傑を、洛宝が振りかえった。その顔には冷笑が浮かんでいる。

「おまえこそ、もうすこしあわてたらどうだ。龍渦城市がどうなろうが私の知ったことではないが、おまえは城市に家や家族があるのだろう」

「家族はいないし、家はこの雨で流されたよ」

答えると、洛宝は眉をひそめた。

「家が流されたのに、よく笑っていられるな。しかも、元凶を前にして」

「若いころに馬鹿をやらかしたことなら、俺にもあるからなあ。あんただって、その気性の荒さから察するに、親を泣かせたことのひとつやふたつあるだろう」

「そいつと一緒にするな。そんなこと、あるわけな――」

ない、と言おうとしたのだろうが、その口がぴたりと止まる。あるらしい。

英傑はにやりと笑い、「さて」と立ちあがった。

「あとひと踏んばりだ。行けるな？　阿弓」

弱音を吐いてすこし落ちついたのか、阿弓は意を決したようにうなずいた。


降雨の山道をふたたび歩きだし、どれだけ経ったころか。ふいに開けた空間が現れた。霊符が照らす先に、わずかに波打つ湖面が見える。だが、暗すぎて全容が摑（つか）めない。

そのとき、稲妻が空を引きさいた。一瞬、光の中に浮きあがった陥湖は、巨大だった。雷が轟音（ごうおん）をたてて湖面に打ちつける。波紋が広がり、岸に波が押しよせた。

陥湖だ。これが水神の巣か、と英傑はさすがに息を吞（の）む。

岸辺に小さなあばら家が建っていた。「水神廟だ」と洛宝が言い、扉を押し開ける。洛宝が中に入り、英傑は阿弓を先に通してから、自分も足を踏み入れた。

扉を閉ざすと、風雨の音が驚くほどすっと遠くなった。阿弓が土間に膝をつき、肩を上下させる。英傑は廟の内部を見まわした。

「こう言っちゃ失礼かもしれんが、農家の納屋みたいだな」

荒らされた祭壇とやらは、土間の隅に残骸となって転がっていた。英傑は身をかがめ、それらを掴みあげて嘆息する。よくも神様を祀ったものをここまで壊せたものだ。と、割れたふたつの木片を、手元でつなぎあわせた英傑は黙考する。

（これは本当に水神を祀った祭壇なんだろうか。この木片、まるで位牌だ）

墨書は消えかかっていてほとんど読めないが、女人の名らしきものが記されていた。水神は声からして雄のようだったが、この名前はいったい……。

大哥、と阿弓が切羽詰まった声をあげた。英傑は木片から顔を上げ、阿弓が目を剝いて凝視する先を見やり、はっとした。

土間の隅で、老女が正座していた。長い髪を垂らし、背を丸めて深々とうなだれている。その姿は輪郭がぼやけ、判然としない。――幽鬼だ。

洛宝は怯むことなく老女のそばに向かい、裾をさばいて対面に座った。

端然と座した道士に向かって、老女がなにかを囁く。洛宝は無言でそれに耳を傾ける。やがて「わかった」と呟くと、老女はすうっと煙のように消えていった。

「水神は陥湖の底にいるそうだ。おまえが来るのを待っている」

洛宝は立ちあがり、袖からこれまで見てきたものよりも薄い霊符を取りだすと、くしゃりと手の中で丸めた。そのまま阿弓のほうに近づいていったかと思うと、いきなり胸倉を摑みあげ、「え」と開いた口の中に丸めた霊符をつっこんだ。

「呑め。水の中でも息ができるようになる」

洛宝は反射で吐きだそうとする阿弓の口を手で押さえ、無理やり嚥下させようとする。英傑は「待て待て」と洛宝の腕を摑んで引きはがした。阿弓がむせかえり、呑みこめなかった霊符を吐きだす。

「強引にことを進めようとすんな！　水の中ってなんだよ。だいたいこれ紙だろ」

洛宝は面倒そうに顔をしかめ、新しい霊符を取りだし、呪咒を唱えた。丸めた霊符が燃えあがり、またたく間に灰となる。それをひと握りすると、小さな丸薬となった。

「これで満足か」と言うなり、今度は英傑の顎を摑もうとするので、あわてて身を引く。

「待てって！　先に話を聞かせてくれ。今の女性は誰だ？」

「私に水神の怒りを鎮めてくれと頼んできた幽鬼だ」

宿で話していた、洛宝側の依頼主というわけか。さすがは道士だ、依頼主が人間ではないとは思いがけない。英傑はふと手にしたままの木片に視線を落とした。

「もしかして、この位牌の女性か」

木片を示すと、洛宝はそれを受けとり、ふっと憂いを目に宿した。

「だろうな。存在の薄い幽鬼だ。声もあまり聞きとれず、たしかなことは言えないが」

「水神と、どう関係するんだ」

洛宝はちらりと英傑に上目をつかい、いかにも面倒そうに答えた。

「水神がまだ一匹の精怪だったころに、母として慕ったひとだ」

「……なあ、あんたが人間嫌いなのは十分にわかったが、それはこれから水神様と対峙する上で必要な話のように思えるんだが？」

洛宝は顔をしかめると、ため息をついた。

「たしかに、話しておいたほうがいいかもしれないな」

そう言って、洛宝はかつてこの地で起きた、今はもう知る者のほとんどいない水神にまつわる伝承を語りはじめた。

「龍渦城市ができるずっと昔、この辺りには賑やかな城市があった。そこには、まだ神と呼ばれる前の、蛇の姿をした精怪が棲んでいた……」

白淵山の谷間に築かれたその城市は、街道の要所にあり、大いに栄えていた。富める者は街道沿いの平地に居をかまえ、そうでない者は崖に粗末な茅屋を建てて暮らした。そうした者たちの暮らしは貧しかった。食事は日に一度あるかないか。たっぷりの水で炊いた粟をすするように食べ、あとは木の根をかじって飢えをしのぐほかなかった。

ひとが飢えると、精怪も飢えるのだろうか。二本の角を持ち、翡翠の鱗を持つ小さな蛇の精怪は、生まれたときから腹をすかせていた。親はおらず、自分がなにを食べる生き物なのかも知らず、空腹をもてあまして崖の草の中を這いまわった。

そして、ある茅屋にたどりつく。土間にあった甕や櫃をのぞくが空っぽだ。ただ、藁を敷いた寝床のそばに、老いた人間の女がいた。蛇は老女に近づくと、その裸足の指にかぷりと喰らいついた。

「あれ。おまえ、人喰いの精怪だね」

驚いた老女はあわてて蛇を払いのける。しかし、生まれたての蛇は牙が小さく、指には小さな穴が開いただけだった。

「あんた、腹が減ってるんだねえ。こんなおばあさんの足に喰らいつくなんて」

老女は食べようとしていた粟を半分よこしてくれた。蛇は喜んでそれを一呑みにした。

「あたしが飯をあげるから、人を食べたらいけないよ。殺されちまうからね」

蛇は寝藁の中に棲みはじめた。老女はいつも飯の半分を分けてくれた。世の中のことをまだ知らない蛇だったが、老女がわずかしかない飯をくれていることはわかった。その優しい心はしみじみと伝わり、蛇はやがて老女を母と慕うようになった。

蛇は成長し、やがて一丈もある大蛇となった。自力で山の獣を捕り、肉の塊を老女に届けることもあった。だが、老女はいつも「あんたがお食べ。人を食べないようにね」と言って、受けとらなかった。

ある日のことだ。蛇は丸々と太った馬を見つけて、いつものように丸呑みにした。それは、城市を管轄する役人の愛馬だった。愛馬を殺された役人は激怒した。老女が蛇をかくまっていると聞くと、「蛇を出せ」と茅屋に押しかけた。

そのとき、蛇は茅屋の裏手にある茂みにいた。茅屋からは、老女が「蛇なら藁の下で眠っています」と答える声が聞こえてきた。役人が寝藁の下を探るうちに、老女は茂みまでやってきて、優しく囁きかけた。

「お逃げ。もうここにいてはいけないよ」

ところが、蛇を見つけることができなかった役人がすぐに老女を追いかけてきた。

「騙したな」と叫び、拳を振りあげ、老女を殴り殺してしまった。

いまだ茂みに隠れたままだった蛇の目の前で。

「蛇は泣いた。その慟哭を耳にし、憐れに思った天帝は、蛇に祟りを起こす力を与えた。雨が四十日にもわたって降りつづけた。やがて城市の人々は互いの顔を見て、驚きに叫んだ。顔が魚になっている、と。しばらくして起きたことは、宿で話しただろう」

地盤沈下が起き、城市はまるごと水の底に沈んだのだ。

「嵐を起こした蛇は、数か月後に干からびた死骸となって見つかったそうだ。城市で無事だったのは、高台にあった老女の家だけ。人々はその家に祭壇を作り、二度と祟りが起きぬよう、老女を葬り、蛇を水神として手厚く祀った」

「じゃあ、ここは水神を祀った廟であり、水神が母と慕ったひとの墓でもあるってわけか。つまり、阿弓と仲宣は水神様の母上の墓を荒らしちまったと……」

「知らなかった。そんなつもりなかったんだ」

阿弓が蒼白(そうはく)になって訴える。洛宝は冷ややかに阿弓を見据えた。

「孝行な蛇だな。どこかの甘ったれた悪童とは大違いだ」

「……どうせ俺は親不孝者だよ」

洛宝は「わかってるじゃないか」と言って、両手に丸薬をのせ、英傑と阿弓とに差しだした。英傑は覚悟を決めてそれを受けとり、口に放る。あまりの苦さに悶絶(もんぜつ)する。洛宝は、英傑のありさまを見て後ずさりかけた阿弓を捕まえ、無理やり口に丸薬を押しこんだ。うめく阿弓の横で、洛宝は涼しい顔で丸めただけの霊符を優美に呑(の)みこむ。

「紙のままで呑んだほうが甘いのに、妙な奴らだ」

「……そういうことは先に言え」

扉を開け、雨の中に出る。洛宝は湖面へとせりだした崖のきわで立ち止まった。「先に行く」と言うなり崖を蹴(け)り、水面(みなも)に身を躍らせる。水しぶきがあがり、その姿が黒い湖面の下に消えると、英傑はひきつった笑いを浮かべた。

「ここまできたら、運否天賦(うんぷてんぷ)ってやつだな。覚悟を決めろ、阿弓」

逃げ腰になる阿弓の肩を英傑は掴(つか)み、渦巻く水面へと跳びこんだ。

水中は外の荒天が嘘のように穏やかだった。それにぼんやりと明るい。水底からほのかに光があふれだし、緑がかった水の世界を柔らかく照らしだしている。

もがく阿弓をしっかり抱えて洛宝の姿を捜すと、ちょうど洛宝が英傑の横まで泳いでやってくるところだった。長い黒髪や、袍の裾が優美に揺らめく。

「息をしろ。ここを水中とは思うな。そのまま水底に落ちていけばいい」

当然のようにしゃべるので、英傑はもはやどうとでもなれという勢いで喉を大きく開いた。流れこんできたのは、水ではなく、空気だった。

「阿弓、呼吸をしてみろ。大丈夫だ」

阿弓は頬をふくらませて首を横に振るが、すぐに限界を迎えて空気を吸いこんだ。

やがて三人は湖の底にふわりと着地した。砂埃が舞いあがる。一瞬、濁った視界はすぐに晴れ、眼前に古色蒼然とした城郭都市の牌楼が姿を現した。

牌楼の先には繁華街とおぼしき通りが延びている。英傑は驚愕に目を見開く。

(これが、かつて水神の祟りによって、水底に沈んだ古代の城市……)

「こっちだ」と言って、洛宝が歩きだした。水の抵抗でもどかしいほどに体の動きが鈍い。だが、霊符のおかげか、体が好き勝手に浮きあがることはない。

それにしてもなんと奇異な光景だろう。どうやら立派な城市だったようで、建ちならぶ建物はどれも二階建てだ。茶楼や酒楼の看板はそのまま残っており、客寄せの旗までが往年の姿のまま水に泳いでいる。二階の窓から魚の群れが飛びだし、通りを挟んだ向かいの楼閣へと消えていく。なまずが石畳を這い、突然現れた人間たちに驚き、急いで砂にもぐる……。美しいとも、恐ろしいとも思える光景だ。

洛宝が足を止めた。幅広の階段の前だ。その上には堂々たる瓦葺きの廟(びょう)が建っている。不思議なことに廟の出入口からは光があふれだしていた。

「水神の御前(ごぜん)だ。最大の敬意を払って、拝礼しろ」

洛宝は階段下にひざまずき、優美な仕草でその場に叩頭(こうとう)した。英傑もすかさず同じようにし、阿弓もおずおずと膝(ひざ)をつき、ためらいながらひれ伏す。

「水神に願いたてまつる。どうかこの者の謝罪を聞いていただきたい」

ずるずるとなにかが這う音がした。英傑はひそかに廟の様子をうかがった。

やがてそれは悠然と姿を現した。翡翠の鱗を持つ蛇だった。一対の目は赤く、額には二本の立派な角が生えている。胴回りは英傑が両腕をまわしたほどもあり、宿で見たかりそめの姿よりもはるかに巨大だ。また、鱗の一枚一枚が淡く光を放っている。どうやら先ほど目にした光は、水神の放つ光——神気だったようだ。

水神はゆったりと鎌首をもたげると、はるか頭上から三人を見下ろした。

『待っていたぞ、道士。謝罪と言ったか、ならば申してみよ』

水神が言葉を発した瞬間、のしかかる水圧が増した。阿弓はがくがくと震えあがった。叩頭したまま口を何度も開けるが、恐怖のあまりにか言葉が出てこない。

水神が大きく喉をそらし、なにかを吐きだした。階段下まで転がりおちてきたのは大きな気泡だった。中には、前夜に連れさられた周仲宣が閉じこめられていた。

「……仲宣！」

阿弓が跳ね起き、気泡に駆けよった。

内側でひっくりかえっていた仲宣は、近づいてくる阿弓に気づいて急いで立ちあがる。

「来てくれたのか……っごめん、俺が馬鹿なことを言ったから。本当にごめん！」

仲宣の無事をたしかめた阿弓の目に深い安堵が宿った。首を横に振り、「俺も遅くなってごめん。怖かったんだ」と素直な心を口にする。

しかし、それは水神の怒りを逆なでしたようだった。

『吾には謝罪をせぬのに、その者にはすぐに詫びるのか』

阿弓はびくりと震え、狼狽えてその場に叩頭した。

「申しわけありませんでした。どうか、仲宣を出してやってください……っ」

『それで詫びているつもりか。ただ命乞いをしているだけではないか。おぬしらは己らがなにをしたのか、いまだわかっておらぬのか……！』

水神は勢いよく首を下に伸ばすと、仲宣の入った気泡を丸呑みにした。

阿弓は悲鳴をあげた。英傑はとっさに阿弓のもとへと泳ぎ、その体を抱えこむと、水神から距離をとった。

「水神。おまえが望むことを教えてほしい。この者たちがそれを叶える」

洛宝が問うが、水神はそれを一笑にふした。

『ならば吾が供物となれ。死して、冥界で吾が母に詫びるがよい！』

水神は長い尾をふるうと、洛宝を横薙ぎに潰そうとした。当たるよりもはやく、その場を浮きあがって逃れた洛宝は、「いったん引くぞ」と英傑に声をかけて廟を離れ、ともに商店らしき建物の中へと逃げこんだ。

「大哥、仲宣が——仲宣が……っ」

「しっかりしろ、喰われてはいない。蛇腹が気泡の形にふくれてた。まだ無事だ」

たしかではないが、阿弓をなだめるためにそう口にする。だが、目の前で友を丸呑みにされた阿弓は聞いているのかいないのか、ただ泣きじゃくる。

英傑は身を縮こませる阿弓を抱え、嘆息した。

「謝ったら許してくれるんじゃなかったのかよ、丁道士」

「誠意をもって謝ることができなければ、いっそうの怒りを招く。そう言ったはずだ」

たしかに言っていたし、英傑も阿弓の様子からこの展開を予想できていたのだが、水神のあの威圧感を前に冷静でいられる人間はどれほどいるだろうか。

ふいに、英傑の腕の中で阿弓が震えた。見下ろすと、少年は食い入るように床に散らばったなにかを見ていた。白骨死体だ。かつての水没者だろう。

「……俺、ちゃんと謝った。本当だ。心をこめて謝ったよ。なのになんで——」

死体を目にして動転したようだ。「阿弓」と名を呼び、ぐっと腕を掴むが、いったん堰を切ってあふれだした言葉は止まらなかった。

「なんでだよ。なんで母さんはこんな嘘つき道士に俺のことを渡したりしたんだ。なんで俺のことは信じてくれねえのに、こんな奴なんか——っくそ、あのばばあ！」

それは錯乱したすえに、ぽろりと口から転がり出ただけの子供じみた悪態だったはずだ。だが、阿弓がそれを口にした瞬間、体にかかる水圧が重さを増した。

『——あの、ばばあ？』

はっと顔を上げると、店の入り口から赤い蛇の眼球が中をのぞきこんでいた。

突然、店の前面の壁が轟音をあげて崩落した。舞いあがった砂塵によって一気に視界を奪われる。水神はどこだ。英傑がその気配に意識を凝らした刹那、砂の幕を破るようにして大口を開けた水神が眼前に迫った。英傑は阿弓を背後に隠し、腰の剣を引きぬいた。こうなってはもはや水神を斬るしかない。

殺すな、と洛宝が叫ぶのが聞こえた。眼前では水神が牙を剝き、英傑と阿弓を頭から呑みこまんとしている。英傑は決心し、床をしっかと踏みしめ、剣を構えた。

と、蛇の動きが急激に止まった。英傑の目の前で、その口がぱくぱくと水を嚙む。

『……喰えぬ』

水神が言った。

『喰えぬ。喰えぬ、喰えぬ……っ』

慟哭し、ふらふらと首を遠ざける。

『そやつらは母の墓を荒らした。きっと母は冥界で苦労をしておる。いつも腹をすかせていたのに、冥界でまで飢えてしまう！　喰ってやりたい。なのに……喰えぬ——』

大蛇の口から黒々とした瘴気があふれだし、英傑と阿弓を包みこむ。英傑は阿弓を抱きよせ、なすすべもなく身を硬くした。

――吾が、馬を喰いさえしなければ、母様は死なずに済んだ。

渦巻く瘴気が媒介となってか、水神の心にある深い嘆きが直接、胸に響いてきた。

――母様は小さかった吾にいつも己の食べ物を分けてくれていた。

――己も腹をすかせていたのに、母様はずっと我慢をしてくれていた。

――吾も我慢したらよかった。なぜあんな馬など喰ったりしたのだろう。

――ああ、もう二度と食べぬ。二度と、なにも、食べたりはせぬ……。

「呑まれるなよ」

英傑は我にかえった。声がしたほうを見やると、洛宝がかたわらに立っていた。

「結界で瘴気をさえぎった」

阿弓を抱える英傑と、洛宝とは、不可思議な光の円蓋の中にいた。足元を見ると、三人を囲って霊符が四枚、水に揺らぐことなく水底に突き立てられている。光の外では、黒い瘴気が嵐のように吹きあれていた。

「今、なにか奇妙なものを……」

「水神が精怪だったころの記憶だろう。……城市が水底に沈んで数か月後、蛇は干からびた死骸となって見つかったという。どうして死んだのかと思っていたが、喰わずの誓いを立て、餓死したからだったのか」

洛宝はそう言って結界の外を痛ましげに見つめた。

「水神が母の墓を荒らされ、腹を立てていたのはわかっていた。だがその裏には、母親の冥界での幸せを願う気持ちが隠されていたんだな」

人は死ぬと冥界へ行き、そこで新たな暮らしをはじめると言われている。冥界での暮らしの質は、子孫がどれだけ死者を大切に祀るかで変わってくる。丁重に祀れば豊かな暮らしができ、ぞんざいに扱えば、貧しい日々を送ることになる。

「呂阿弓と周仲宣が母の墓を荒らしたことで、水神は思ったはずだ。これでは冥界の母が苦労してしまうと。……さて、どうするか。そいつにはもう期待できない。母親をばばあ呼ばわりするそいつを、水神が許すとも思えない。……ためしに呼んでみるか」

洛宝は懐に手をやった。取りだしたのは、水神が母と慕う老女の位牌の破片だった。

「持ってきてたのか」

「ああ。――ただ、あの幽鬼は存在が乏しすぎる。水神廟を離れるほどの力を持っていない。なんとか水底まで連れてこられたらいいんだが……」

ひっそりと呟き、洛宝は霊符のつくる結界の外へと出ていこうとする。

「どうする気だ、丁道士」

「さあ。だが、どうにかする。……このままでは、あまりに水神がかわいそうだ」

英傑はひょいと眉を持ちあげた。龍渦城市の人々の身を案じてのことではないらしい。

(人間嫌いの百華道士、か)

洛宝の姿が黒い瘴気の中へと消える。

「さて、阿弓。俺にできることはどうやらなさそうだが、道士様ひとりに任せるってのも申しわけねえ。ここは安全なようだから、おまえはひとりでここで待ってろ」

そう言って歩きだすと、英傑の腕を阿弓がぎゅっと摑んだ。

「お……俺も行く。今度こそ水神様にちゃんと謝る」

「なんだー？　急に可愛げが出たなあ」

英傑は笑って、すこし悩んでから、目を真っ赤にした阿弓の鼻先に拳をつきつけた。

開いた手のひらの上で転がったのは、土でできた小さな人形だ。

「……なに、これ」

「出しなに呂夫人から預かった。おまえには内緒にって言われてたんだけどな」

阿弓は目を見開き、信じられないとばかりにかぶりを振った。

「嘘だ、こんなの。だってこれ……身代わり人形じゃないか」

もし阿弓が死ぬようなことになれば、呂夫人がかわりに死を引きうける、そういう代物だ。ここらではよく知られたまじない物で、本当に身代わりになれるのかは英傑にはわからない。だが少なくとも呂夫人はそう信じ、英傑に託したのだ。

阿弓は人形を受けとる。壊せば母が死ぬとでも言うように、そっと両手で包みこむ。

やがて阿弓はふらふらと結界の外に出ていこうとした。止めるべきかどうか迷うが、英傑はそのまま阿弓の隣に従い、そろって黒い瘴気の中へと出ていった。

悪寒が全身に襲いかかる。阿弓はその場で叩頭した。

「水神様。謝ります。どうか許してください。怒りを鎮めてください」

瘴気が体にまとわりつくのも気にかけず、阿弓は一心不乱に叩頭を重ねる。

「祭壇を直します。美味しいものを供物としてたくさん捧げます。なにが好物ですか。教えてください。水神様のことも、お母さんのことも、ちゃんとお祀りします」

返ってこない答えに、これでは足りないと思ったのか、なお言葉を連ねる。

「毎日来て、掃除をします。水神廟の修繕をします。祭礼が必要だったら、道士様にお願いして来てもらいます。だから……だから――」

水神の言った「ただ命乞いをしているだけ」という言葉が脳裏をよぎったか、阿弓はぎゅっと唇を噛みしめると、無言でその場にひれ伏した。

ゆるやかに瘴気が薄れていく。気づくと、阿弓のすぐ目の前に水神がいた。本心を読もうとするように、顔を阿弓へと近づける。

『……もうよい』

やがて水神は喉を大きくそらすと、仲宣の入った気泡を吐きだした。中で倒れていた仲宣は、平伏しつづける阿弓を見て、あわてて一緒に叩頭した。

なりゆきを黙って見守っていた英傑が周囲に目をやると、すぐ近くで、洛宝が地べたにあぐらをかき、頰杖をついて阿弓を見つめていた。

水神はゆらりと首を後ろに向け、弱々しい動きで阿弓のもとを去っていく。

その背に、洛宝がふと声をかけた。

「水神。私をここにつかわしたのは、おまえの母親だ」

水神は動きを止め、首だけを洛宝へと向ける。

「存在の儚い幽鬼だった。なんとか水底まで呼べたらと思ったが、無理だった」

洛宝の手には位牌の欠片が握られている。

洛宝は英傑が目を見張るほど優しい、いたわりに満ちた目を水神に向けた。

「だが、それだけ存在が儚いのは、冥界での生活が何不自由ないからこそだ。おまえの母を想う清い心は、ちゃんと冥府の王に届いている」

水神は洛宝を見下ろし、口を開いた。

『真か。吾の祈りは冥府に伝わっておるのか。母上は……幸せにしておられるか』

洛宝がうなずくと、水神は翡翠の鱗を眩いばかりに輝かせた。

『そうか。……ならば赦そう。人の子らよ——』

水神が赤い眼を細める。長い首をもたげ、波打つ水面を見上げる。

ふとその体が螺旋を描いて上昇をはじめた。水神の動きによって水が逆巻き、英傑の体が水底から引きはがされる。あわてて振りかえると、洛宝、阿弓、それに仲宣の入った気泡までもが浮きあがり、生じた渦の回転に巻きこまれようとしていた。洛宝が「待て、水神！」と叫ぶが遅きに失した。なすすべもなく激しい水流にきりもみされ、一気に水面まで運ばれて——突然、湖面を割って高々と噴きあげられた。陥湖の上空に弾きだされた英傑の顔面に雨粒が降りかかる。目をすがめて見ると、翡翠の鱗を持つ水神がまっすぐに雨空へと昇っていくのが見えた。

水神の体がぶ厚い雨雲を突きやぶる。すると黒雲はまたたく間に四方へと吹きとばされ、あとにはただ澄みきった早暁の空が広がった。

きれいだ。そう見惚（みと）れたのも一瞬、打ちあげられた英傑の体が、急激に落下をはじめる。悲鳴をあげる間もなく、英傑は水柱をあげ、水中へと逆戻りするのだった。

どうにか岸に這（は）いあがった英傑は、腕に抱えてきた阿弓と仲宣とを地面に放りなげた。湖面に打ちつけられた衝撃で気を失ったようだが、ひとまず息はしている。

洛宝は無事だろうか。首を巡らせると、近くの岸辺に泳ぎついた洛宝の姿が見えた。英傑は安堵（あんど）し、朝を迎えた空を見上げた。

はるか天空の高みを、水神が悠然と泳ぎまわっている。身をくねらせるたびに、朝日を浴びた翡翠の鱗が燦然（さんぜん）と輝き、その神々しい姿にただただ目を奪われる。

「よかったな……。水神様、嬉（うれ）しそうだ」

英傑が呟くと、洛宝が「そうだな」と答える。その朗らかな声音に驚き、振りかえると、洛宝は澄んだ瞳（ひとみ）で空を見つめていた。

英傑の視線に気づいてか、洛宝は顔を険しくして身をひるがえした。

「帰るのか？　丁道士。礼と言っちゃなんだが、どうだ、これから城市で一杯……」

洛宝は勢いよく振りかえり、鋭い目つきで英傑をにらみすえた。

「いいか、私は水神と水神の母親のために動いたんだ。おまえたちなど知ったことではない。わかったら、さっさと白淵山を出ていけ。二度とわずらわせるな！」

傲然と顎をそらし、洛宝は足音高く湖辺の森へと去っていった。英傑は呆気にとられてそれを見送り、「おっかねえ」とぼやいた。

五

長雨がやんで三日後、龍渦城市はすっかりもとの喧騒を取りもどしていた。翠尾江はいまだ茶色く濁ってはいるが、水位は下がりつつある。外に逃げていた人々も戻ってきて、壊れた家屋や橋の修繕に精を出していた。道端では人々が顔を見合わせ、「人間の顔だ！」と笑いあうさまもあちこちで見かけられた。無事に日常が戻ってきたのだ。

そんな中、英傑もまた明洙楼のいつもの席で顔をほころばせていた。

「まさかこいつが無事だったとは！」

「ごめんね、渡しわすれてたのよ。あまりにごたついてたから」

翠姫から差しだされたのは長細い布包みだ。家と一緒に流されたものとあきらめていたが、機転を利かせた紅倫が翠姫をつかわし、あらかじめ運びだしてくれていたらしい。

七弦の琴だ。趣味で奏でているものだが、腰の剣と同じく長年の相棒だった。

「大変なときだったろうに。ありがとな、翠姫」

人間の顔を取りもどした翠姫の白い頬が朱に染まる。長い睫毛(まつげ)にふちどられた可憐(かれん)な瞳を甘えるように細め、翠姫は英傑の体にしなだれかかった。

「いいの。琴を弾く英傑の指は好きだもの。骨太で、大胆に動くくせして、繊細で……」

英傑はひきつった笑顔で、「翠姫」とその腕をとんとんと叩(たた)く。翠姫は「なによぉ」と肩越しに背後を振りかえり、びくっと姿勢をただした。

いつの間にか、背後に殺気だって立っていた紅倫は、そそくさと去る翠姫をにらんでから、英傑に顔を向けた。そのふくよかな顔もまた人間のもので、濃い化粧は麗しいながら迫力があった。紅倫は銭袋を無雑作に英傑に放った。

「呂さんから届いた報酬だ。それと、呂さんと周さんの連名の謝礼金も入ってるよ」

ずしっと重たい。勢いこんで中身を几(つくえ)に空けると、五銖銭(ごしゅせん)が見事な山を築いた。

「こんなに？」

「怪力乱神がらみの依頼は相場が高いんだ。なにせ解決できる奴がいないからね。本当ならこういったことは道士の仕事だろ。けど、ここらには百華道士しかいないからさ」

「道士ってほかにいなかったっけ？　前に、城市で見かけた気がするんだが」

「いないよ。清州刺史(せいしゅうしし)様の招きを受けて、出ていっちまったから」

英傑はぴくりと眉尻(まゆじり)を揺らした。

「清州刺史……楊荘亮(ようそうりょう)か」

清州は龍渦城市が属する鼓州の北にある州だ。刺史とは州の長官を示す地位で、今は名門貴族である楊家の当主、楊荘亮がその任についている。

「そう。鬼神から皇帝を救った英雄にして、その偉業にみずから泥を塗った簒奪侯様だ」

紅倫はにやりと笑って、乾帝国の人々が昔から好む話を口にした。

――乾王朝は、かつて一度、滅びかけたことがある。英傑が生まれるよりも昔、四十年ほど前のことだ。北方の異民族、巫者の部族である煉狼族が、ある冬、当時は今より北にあった都に攻めいってきたのだ。鬼神と呼ばれる異形の軍団を率いて……。

鬼神の群れは城門を破壊し、甲冑の兵士たちを踏みつぶし、逃げまどう人々を血祭りにあげ、ついには、皇城に踏みとどまっていた皇帝までもが鬼神の手に落ちた。あわや殺されかけたそのとき、命がけで皇帝を救ったのが、禁軍の一兵であった楊荘亮だった。

惨劇を生きぬいた人々は都を捨てて南へと落ちのび、当時、地方城市にすぎなかった金景を新たな都とし、かろうじて乾王朝の命を継いだ。楊荘亮は次々と軍功を重ね、やがて大きな権力を得ると、権威を失墜させた皇帝にかわって朝廷を牛耳るまでに至った。

そこで終わっていれば、まだよかっただろう。だがその後、楊荘亮はよりにもよって帝位の簒奪をもくろみ、二度の造反をおこした。どちらも未遂に終わったが、その一件は王朝に大きな衝撃を与えた。そうしてついた通り名が、簒奪侯だ。

とはいえ、それも十年近く前の話だ。今では楊荘亮も老年に入り、近ごろはその名を聞く機会も減っていたのだが……。

「刺史様はなんだって道士を招いてるんだ？」

「さあ。なんでも不老不死の丹薬を作らせてるって噂だよ。報酬が高額らしくてね、ここらの道士はみんな清州に行っちまったんだ」

英傑は呆れる。権力を手にした者が最後に欲するのはいつだって不老不死だ。

（そんなに死が恐ろしいもんかね）

まったく理解ができずに眉を寄せ、ふと首をかしげた。

「あれ。ってことは丁道士は招きに応じなかったのか」

「さあ。けど、行くと思うかい？　実はあれで名利を求めてるとでも？」

「……たしかに、人の世での名声になんか興味なさそうだなあ」

ははは と乾いた笑い声をたてると、紅倫は意味深長に笑んだ。

「そういう意味じゃ、あんたと似てるかもね。英傑も貴族嫌いだろう？　どんな雑用でもやるくせに、貴族の仕事だけは絶対に受けない」

「よせよ。俺と似てるなんて言ったら、ぶちギレるぞ、あの道士様」

英傑は苦笑して、窓の外に目をやった。雨で洗われ、美しく輝く甍の群れの先には、白淵山の奇岩の峰々が霧をまとってそびえたっていた。

「丁道士はいつから白淵山にいるんだ？」

「七年ぐらい前だったかねえ。たしか神仙を探しに来たとか言ってやってきたんだよ」

道士は修行のすえに神仙を目指すというから、教えを乞いにでも来たのだろうか。

（神仙は人間じゃないから、神仙相手ならちょっとは態度をやわらげるのか？）

どうやら本当に人間嫌いのようだが、水神や精怪、老女の幽鬼に対しては、ずいぶん物腰柔らかに接していた。優しくほほえむ姿はまさに牡丹の美貌にふさわしい。

――あながちまちがった噂でもない。

ふいに「目が合うと死ぬ」という噂のことを語った洛宝の物憂げな表情を思いだす。あれはいったいどういう意味だったのだろうか。

「なんだい、興味を持ったのかい？　たしかに、あの道士様は面白そうだけど」

英傑ははたと我にかえり、顔の前でぶんぶんと手を振った。

「いやいや、ないない。あんな物騒な道士様、近づかないにかぎる」

「ふぅん。人間嫌いの道士と、人間不信の便利屋、案外、気が合いそうだけどね」

「おい、なに勝手にひとを人間不信扱いしてんだ、紅倫」

「違うってのかい？　仕事柄、いろいろな人間を見てきたが、あんたほどこじらせた人間不信も、そうそういないと思うけどねえ」

英傑は笑って、「目が節穴すぎるぞ」と軽口を叩いた。

――ずっと、おまえを目障りに思っていた。

唐突に、男の声が耳の奥に響きわたった。

驚き、顔を上げる。すると、目の前に、牢の格子が――

英傑、と名を呼ばれる。はっと我にかえると、紅倫が怪訝そうにこちらを見ていた。

英傑は小さく息を吐きだし、いつもの笑みを作って銭の山から一掴みをとった。

「興味があるってわけじゃないが……陥湖の件を解決したのはほとんど丁道士なんだよな。あいつがいなけりゃ、龍渦城市は今ごろ水の底だった。この金が謝礼だって言うなら、半分は道士様のもんだ」

「なら、届けてくるかい？　白淵山に住む人間嫌いの変人に」

紅倫がからかうように笑い――突然、真顔で「いいねそれ」と呟いた。

「そうだ、届けてきたらいいよ、あんた。ついでに、しばらく白淵山で暮らしたら？」

「……へ？」

「家も財産もなくしたし、ちょうどいいじゃないか。百華道士は、山頂近くにある廃れた道観で暮らしてるそうだ。そこにうまいこと転がりこんで、道士様から怪力乱神に対処する術でも教わってきたらいい！　あんたが怪異がらみの依頼を解決できる便利屋になってくれたら、あんたもあたしも、ぼろ儲けできるってもんだ！」

英傑はぽかんとした。言われている意味をようやく理解し、にわかに焦る。

「待て、紅倫。さっきも言ったが、ああいう物騒な道士には近づかないにかぎると……というか、俺はこの金が半分もあれば、当分は生きてけるんだ！　あっ」

紅倫が几の上の銅銭を半分残してごそっと懐に抱えこむ。

「なにするんだ、俺の金だぞ！」

「馬鹿言うんじゃないよ！　あんたの琴を土砂降りのなか運びだしてやったの、まさか善意でやったなんて思ってないだろうね⁉　手間賃だよこれは！」

絶句する。それを言われて「頼んでない」と言うのは愚の骨頂だろう。とくに、絶好の金儲けを思いつき、目をぎらつかせている金の亡者を前にしては。

「仕事を探しておいてやるから、行ってきな。人間嫌いだかなんだか知らないが、あんたの手練手管でぱぱっと懐柔してやんな。そんで、ぱぱっと教えを乞うてくるんだよ！」

口を開きかけると、紅倫が先んじてぴしゃりと言った。

「便利屋が安定した暮らしを送れてるのは、誰のおかげだと思ってんだい？」

英傑は顔をひきつらせ、「嘘だろ」と苦々しくうめいた。


(俺が怪力乱神がらみの依頼を解決する便利屋？　できるか、そんなもん)

陥湖の水神と対峙し、さらに洛宝の方術を目の当たりにしてから言ってほしい。あれを見て「俺にもできそう」などと思える馬鹿がいたらお目にかかりたい。

(まあ、決まったことをあーだこーだ言ってもしかたないか)

やるとなったら、とことん楽しむ。それが劉英傑の信条だ。なにかしらの成果を得て、紅倫が満足したあたりで、さっさと下山すればいい。

人でごったがえした市場で手土産を見繕い、背負子に詰めこむ。龍渦城市の南の牌楼を抜け、白淵山の霞がかった山道をのぼりはじめる。陥湖から先はとくに険しさが増した。断崖絶壁にうがたれた道、先日の雨の影響が残る濁流と化した翠尾江の上流、天高くそびえる奇岩群、幽玄の大瀑布……。

とはいえ――。

「ここが人喰いの精怪が棲む山？」

拍子抜けする。たしかに峻険な山だが、旅慣れた英傑にはさほどでもなく、精怪どころか獣一匹出る気配がない。

英傑は思いだして懐に手をやった。取りだしたのは、洛宝がくれた老君入山符だ。

（すんなりのぼれてるのは、もしかしてこいつのおかげか？）

木漏れ日のさしこむ穏やかな森を抜けると、やがて眼前に崩れかけた影壁と牌楼が現れた。扁額はないが、おそらくここが洛宝が暮らしているという道観の廃墟だろう。

魔よけの影壁をまわりこんで、牌楼をくぐり、観内に入る。起伏に富んだ岩の斜面に、紅殻色の堂や廟が点在している。敷かれた石畳は割れ、隙間から雑草が生え、廟の多くも松が瓦屋根を破って育ってしまっていた。

と、どこからともなく賑やかな声が聞こえてきた。声を追ってさまよううち、青々とした竹林の奥に一軒の館を見つける。

廃墟ではなく生きた館だ。軒下に架けられた扁額には、金字で〈緑雲閣〉とある。

「おーい、丁道士。いるかー？　この間、龍渦城市で会った劉英傑だが」

両開きの扉を開けておとないを入れるが応答はない。どうしたものかと立ちつくしていると、突然、廊下の奥からころころとした黄色い毛玉のようなものが転がってきた。

『ああ、忙しい、忙しい！』

『まったく洛宝さまときたら、我々の苦労はすこしも考えてくださらないのだから。あ、ほら、また履を脱ぎっぱなしにして！』

高い声で愚痴を零して、短い四つ足で走ってきたのは、虎の仔そっくりの丸っこい獣だった。だが、虎ではない。毛並みは斑点のある黄金色だが、長い尾は牛のしっぽそのものだ。しゃべれるところを見ても、精怪だろう。

英傑はひょいとその場にしゃがんだ。二匹のうちの一匹はそのまま走りさり、もう一匹が足を止め、床に落ちていた履を『あむっ』とくわえる。物珍しく眺めていると、視線に気づいたのか、精怪がくりんくりんのつぶらな瞳でこちらを見上げてきた。

「よう。言葉は通じそうだな。悪いんだが、丁道士は……」

精怪の口から、ぽとりと、くわえていた履が落ちた。

『キャンッ!?』

虎の毛がブワッと逆立ち、子犬のような悲鳴があがった。

精怪はぶるぶる震えながら、威嚇……に見えなくもない前傾姿勢をとった。

『ど、どどどこのどいつだ、誰の許しを得て入った！　く、くく、喰ってやるぞーっ』

キャンキャンと吠えたてられた英傑はぽかんとした。

（まさか、これが噂の人喰い精怪か？）

ふっと笑いがこみあげてきて、英傑は口を手の甲で隠して咳ばらいをした。

「失礼した。俺は劉英傑。丁道士に会いにきた客だ」

『嘘つけ！　洛宝さまに客なんか来るものか！　友達ひとりもいないんだから！』

「……ああ、いなそうだなあ、たしかに」

英傑は半笑いし、ふと思いついて、手にしたままだった老君入山符を掲げた。

「だが、丁道士の許しは得てるぞ。そういうわけで、案内をよろしく頼む」

にこりと笑いかけると、精怪はあっけにとられて、老君入山符と英傑とを見比べた。

「斗斗！　どこへ行った！」

館の奥で声があがった。精怪が丸っこい耳を立て、英傑をちらちらと気にしながら声のほうへと駆けだす。英傑も立ちあがり革履をその場で脱ぐと、精怪のあとを追った。

天井から垂らされた薄絹の帳の下をくぐり、精怪が奥へ消えていく。英傑も帳をかきわけ、その先に足を踏み入れた——途端、目を丸くして立ち止まった。

広々とした部屋だった。赤々と燃える火鉢の熱で室内はあたたかい。それはいいのだが、部屋はとんでもなく散らかっていた。外套やら袍やらがあちこちに脱ぎちらかされ、床には無数の酒甕に、竹簡やら貴重な紙の巻物やらまでが乱雑に散らばっていた。

そして、屏風の前にもうけられた牀榻では、緑雲閣の主、丁洛宝がだらしなく寝そべって、酒をあおっていた。

「斗斗。もっとうまい酒はないのか。なんだ、この安酒は」

牡丹にたとえられる顔は赤らみ、切れ長の瞳はとろんと酔いしれている。まとった長衣もだらしなくはだけ、髪には寝ぐせがついていた。

精怪が牀榻に飛びのった。

『洛宝さま、大変です。一大事ですっ』

洛宝は「ああ、まったく一大事だ」と吐き捨て、手にした酒器をゆらゆらと揺らす。

「酒がまずい。なんだってこんな安酒をこの私が飲まなきゃならないんだ！」

くうっ、と悔しさに目を潤ませる洛宝に、精怪が丸い耳を情けなさそうに伏せた。

『いや、それ、洛宝さまがご自身で買ってきたやつですよ。ちゃんと市場で買えばよかったのに、得体の知れない行商人から買ったりするから』

「市場には行きたくないんだ。人の顔を見れば、やれ牡丹のかんばせだの、やれ目が合えば死ぬだの……わずらわしい！　だから嫌いなんだ、低能な人間ども！」

『またそんなこと言って……って、大変です、お客さまです！』

「客なんか来るか。私には友人も知人もいないんだから。朽ちた道観、人間嫌いの死を招く道士、どこに人が来る要素があると言うんだ」

『ですよね!?　でも客だって言うんです！』

精怪の必死の訴えに、ようやく洛宝が怪訝そうに顔を上げた。部屋の入り口に突っ立って、肩を震わせている英傑に気づいて、ぎょっと身を起こした。

「なんだ、おまえ。便利屋？　なんでここに」

精怪が『だからお客さまだと言ったのに』と文句を言う。

「丁道士。陥湖ではずいぶんと助けられた。この劉英傑、感謝の念に堪えない。今日はその礼に来た。まずは、これを受けとってくれ。呂氏と周氏からの謝礼金だ」

英傑は腰に吊るしてきた革袋を放る。洛宝はそれを虚空で摑み、中身が銭だと確認すると、肩にのってきた精怪をにらみつけた。

「なぜ侵入を許した。人が入ってきたことに気づかなかったのか」

『老君入山符をお持ちなんです。そのせいで、結界が反応しなかったんですよ』

洛宝は目を丸くし、片手で額を押さえてうめいた。

「あれか。くそ、うかつに渡すんじゃなかった」

洛宝は深々と息をつくと、尊大なしぐさであぐらを組み、英傑を睥睨した。

「謝礼金、たしかに受けとった。用が済んだなら、とっとと帰れ」

英傑は「まだある」と背負子をおろして、荷の中から酒甕を取りだした。

「これは俺からの礼だ。道士に酒もどうかと思ったが……心配なかったな」

洛宝の切れ長の瞳が見開かれる。きらりと輝いたのは、純然たる欲望だ。

(想像を上回る好反応だな。これは案外、攻めるに易い砦だったか？)

英傑は許しを得ずに、大股で牀榻へと近づいた。ぎょっと身を引く洛宝に向けて、まずは酒甕の表面に刻まれた「明」の文字を見せた。

「明洙楼の一等酒〈紅夢酔〉。とろりとした濁酒は、口に含めば甘みが広がり、あとに残るほどよい酸味は酩酊を誘う。高級妓女が注いでくれる、一般には売らない酒だ」

　蓋をはずし、洛宝が手にした空の杯にとぽとぽと注いでやる。洛宝の目は白く濁った水面に釘づけになるが、すぐに我にかえって顔をそむけた。

「なにが礼だ。あんなわずらわしい思いをさせておいて、この程度で礼になると――」

「ああ、たしかに肴がほしいところだよなあ。先にやっててくれ、すぐに絶品料理を用意してやる。市場でいろいろ買ってきたんだ」

　混乱したままの洛宝を置いて、さっと廊下に出る。精怪が四つ足で追ってきた。

『困ります、勝手をされちゃ！　斗斗が叱られます！』

「斗斗というのが名なのか。ちょうどよかった、斗斗殿。厨はどこにある？」

『斗斗……殿!?』

　精怪の全身がまばゆく輝き、その毛先から黄金色の炎がぼっぽっと噴きあがった。

『斗斗殿……斗斗殿かあ、えへへ。あ、厨でしたね。こっちです』

　英傑は駆けだす精怪のあとを追いながらつくづく思った。人の噂はあてにならない。

「それじゃ、まずは胃袋を摑ませてもらうとしましょうかね」

　料理を終え、洛宝の部屋に戻った英傑は、整理整頓された室内の様子を見て感心した。複数匹いるらしい精怪はこの短時間でかなりがんばったようだ。牀榻の真ん中には几が置かれ、主人と客人とが几を挟んで座れるよう、織物がそれぞれに敷かれていた。

その片側に、すっかり身ぎれいになった洛宝が片膝を立てて座っていた。几に肘をつき、面白くなさそうに酒を飲んでいる。

英傑は両手に持ってきた皿を几に置いた。洛宝がそれを横目ににらみつけた。

「大口を叩いておいてこの程度か。いかにもまずそうだ。匂いは……悪くないが」

「まあ、そう言うな。まずはひと口」

如才なく箸を差しだすと、洛宝は仏頂面で箸を奪いとった。

筍の漬物と豚肉とを辛い味つけで炒めたものだ。ここらでは定番の家庭料理で、辛みと酸味が絶妙に絡みあう。洛宝は疑りぶかげに肉を箸にとり、口に放った。

精怪がはらはらと洛宝を見つめる。英傑は向かいに腰をおろし、横柄な道観の主を観察する。洛宝は無言で料理を嚙みしめていたが、その表情が驚きを帯びはじめた。

「うまいか」

「まずい」

「そりゃよかった」

「まずいと言っている！」

言いながらも、洛宝の手は止まらない。市場で買った漬物や、臭みは強いが酒には抜群に合う発酵豆腐も並べてやる。いよいよ酒も進みはじめ、その美貌が花咲くようにほころびはじめた。——どうやら機は熟したようだ。

「ところで前にも言ったが、あの長雨で家が流されてしまってな。しばらく厄介になろうと思ってる。廃屋のひとつを勝手に使わせてもらうが、かまわねえな？」

料理と酒に夢中になっていた洛宝は「好きにしろー」と歌うように答え、しばらくしてから「え？」と顔を上げた。

「対価は朝晩の飯でどうだ。獣肉は好きか？　雉はどうだ。ここらは山菜も豊富のようだし、食材には事欠かなそうだな。さすがに米は市場か……」

「……なにを言っている？」

「お望みなら、明洙楼の酒も仕入れてくるぞ。あいにく金がないもんで、酒代は融通をつけてもらう必要があるが、下山の手間賃はとらん。俺も麓に用があるからな」

相手の理解を待たずに畳みかけ、英傑はにこりと笑った。

「つーわけで、しばらくの間、よろしくな。丁道士」

洛宝は、酒と、皿と、英傑とを見比べ、顔を思いきりしかめて言った。

「……はあ？」

志怪二　泊まれば死ぬ宿

一

一羽の雄鶏が高らかに鳴く。つられてほかの鶏たちが一斉に鳴きはじめた。

奇岩の隙間から太陽が顔をのぞかせ、眩い光の帯が森に差しこむ。陰の者である魑魅魍魎が眠りにつき、陽の者である鹿や猪が光の中へと姿を現す。

白淵山に朝がやってきた。

『洛宝さま。朝ですよ。起きてくださーい』

まどろむ洛宝の耳が、精怪の高い声を拾う。ぺたぺたと床を歩く獣の足音が聞こえ、次いで窓の戸板を押しあける軋んだ音がした。その途端、強い日差しが瞼裏を焼き、洛宝はうめいた。眩しい。それに寒い。なぜか体の上に布団がかかっていない。手探りで布団を捜す。ない。ない。――あった。足元でぐちゃぐちゃに丸まっている。どうやら寝ている間に蹴りとばしたらしい。摑んで頭まで引きあげる。

『あーあー、またこんなに散らかして。どうしたら一晩でここまで散らかるんですか』

「……うるさい……。鼻たぶ揉みしだくぞ、斗斗……」

斗斗は虎の仔のような姿をした精怪だ。種としての名を「㹳」という。人語を解し、人間の子供ほどの知能を持つ。七年前、洛宝がはじめて白淵山を訪れた際に、家僕として調伏した精怪で、牛の尾に似た長いしっぽを器用に使い、じつに見事に家事をこなす。四つ足の獣にしては優秀な家僕といえるが、口うるさいのが玉に瑕だ。

『もー。すこしは英傑さまを見習ってください。まだ日も昇らぬうちから鍛錬されて、今は薪割りなどして汗水流してるんですよ』

洛宝はぱちっと目を見開き、布団を蹴散らして飛びおきた。

「劉英傑。あいつ、まだ居座っているのか！」

鼻先を器用に使って床を雑巾がけしていた斗斗が、耳をぴんと立てた。

「一昨日、命じたはずだぞ、斗斗。あいつを追いだせと！」

『言われたとおり、ちゃんと夜具に呪符を縫いつけておきました。寝ると、体中がかゆくなったり、両手足がばたばた動いて止まらなくなっちゃう、ひどーいのをたっぷりと！』

「なら、なぜあいつはまだ山にいる。……いやがらせが地味すぎたか？」

思案する洛宝の足元に駆けより、斗斗がぶんぶんと首を横に振る。

『そもそも寝なかったんです、英傑さま』

洛宝は牀榻のふちに座って高々と脚を組んだ。だらしなくはだけた夜着の裾からのぞく膝に肘を置き、それを支えにして頬杖をつく。

「寝なかったとはどういう意味だ。寝ないで、いったいなにをしていた？」

『竹林で月を眺めておられました』

洛宝は眉をひそめた。

「なんだそれは。それだけか？」

『はい、夜は。それで昼は体を鍛えたり、狩りをしたり、厨の掃除をしたり……怪しいことはなにもしてませんでしたよ。ただ、寝ないんです。この三日間ずーっと』

「まさか、ここに来てから一睡もしていないって言うのか？　ありえない」

『うふふ、寝てばっかの洛宝さまとは大違いですね……キャウッ』

洛宝は斗斗の首根っこを掴んで左右にぶらぶらと揺さぶった。

「暴言は許してやる。けど、その英傑『さま』ってのはなんだ。ええ？」

『えへへ。斗斗はあの方とても気に入りました。獣の手足で家事をこなすのは大変だろうって、洗濯のお手伝いまで――キャッキャッ』

虎毛をわしゃわしゃ掻きまぜると、斗斗がくすぐったそうに身をよじった。

「もういい。おまえに任せた私が馬鹿だった。私が手ずから追いだしてくれる」

洛宝は牀榻を下り、夜着の上に毛皮の襟がついた外套をはおった。

英傑が薪割りをしているという厨は、見上げんばかりの屏風岩のたもとにある。春の野花が咲きはじめた草地を歩いていると、カンッ、と高い音が聞こえてきた。

厨の裏手にまわる。斗斗が言っていたとおり、英傑が薪割りをしていた。

洛宝はさっと手近な岩陰に隠れ、その姿をじっと観察する。英傑が切り株の上に据えた薪へと、軽々と斧を振りおろす。背丈はそう変わらないはずなのに、体格のよさは同じ男として憧れを抱くほどだ。洛宝とて華奢ではないが、それでも肩幅も胸の厚さもここまで違う。いちいち癪に障る男だ。洛宝は足元に転がっていた石を掴んだ。

「試してやる。剣使い」

言うなり、石を英傑目がけて投げつけた。直後、英傑が無造作に斧を横に振るい、石を一刀両断した。真っ二つになった石が、地面にぽとっと落ちる。

「……おい、斗斗。あの斧、あんなに切れ味よかったか」

『……洛宝さま。子供っぽいことはやめてくださいよ。恥ずかしい』

英傑がくるりと手の中で斧を回転させ、「さて」と大きすぎる独り言を言いだした。

「白淵山とはまったく奇怪な山だなあ。石の雨まで降ってくるとは」

洛宝は憮然として、ようやく岩陰から英傑の前へと出ていった。

「よーう、主殿。珍しく早いんだな」

斧を肩に担ぎ、英傑がにっこりと笑顔で待ちうける。洛宝は舌打ちした。

「なにが主殿だ。いい加減、出ていけ、獅子屋」

「そう邪険にすんなって。斗斗殿は『いつまでもいてくれ』って言ってくれてるぞ。ま、便利な食客とでも思って、いいようにこきつかってくれ」

洛宝が足元をにらみつけると、斗斗は『えへへ』と恥ずかしそうにした。裏切り者め。

「食客の意味を理解しているのか。才能ある者が客として遇してもらうかわりに、主人を助ける……そういう者たちのことだぞ。おまえのなにが私の役に立つという」

英傑は足元に山と積まれた薪を得意げに手で示した。

洛宝は大股で英傑に近寄ってその手から斧を奪いとった。

「こんなもの、誰にでもできる」

『っわあ、英傑さま、止めてください！』

斗斗の叫びに、英傑は「えっ」と驚き、あわてて両手を振った。

「ま、待て。慣れてないならやめとけっ……ぅひっ⁉」

振りあげた瞬間、手から斧がすっぽぬけた。くるくる回転したそれは、英傑の履先で地面にめりこんだ。

斗斗が毛を逆立てる。英傑も大急ぎで斧をひっこぬき、洛宝から遠くのほうに放り捨てた。洛宝はしばらく沈黙してから堂々と言った。

「わかったか。出ていけ」

「ぜんぜんわかんねえんだが⁉　あんた、今までどうやって生きてきたんだよ」

「薪など使わなくても生きていけるだろう。料理なんてしないからな」

「じゃあ、なにを食べて生きてんだ。霞でも食ってんのか」

「狩った獣や鳥を焚火で丸焼きにし、そこらでむしった葉でくるんで食う」

自信満々に言ってやる。英傑はぽかんと口を開けた。

「……味つけは？」

「必要か？」

英傑は額を押さえ、深々とため息をついた。

「なら、なおさら俺を食客として置くことをおすすめする。その味なし肉が仙人になるために必須（ひっす）の料理でないならな」

英傑は「さっそくだが、朝飯できてるぞ。食うか？」と言った。

「おまえの飯など誰が食――」

「ざんねーん。酒も用意してあったんだけどなー」

酒。その言葉に、一瞬で心を奪われる。だが、斗斗が足元で『こほん』とわざとらしく咳（せき）をしたのに気づいて、あわてて英傑をにらみつけた。

「おまえがここに来て、もう三日だ。家が流されたと言っていたが、それだけの理由で白淵山に来るとは思えない。本当の目的はなんだ。言え」

すると英傑は「やっと話を聞いてもらえるってわけだ」と苦笑した。

「この三日、その話をしようと何度も緑雲閣を訪ねたんだぞ。なのに、いつ行っても寝てる。あんまり気持ちよさそうなんで、声をかけるのを遠慮してたんだ」

「な……っなにひとの寝顔を勝手に見ている。声をかけろ、気色悪い」

「……起こしたら、ぶちギレそうだしなあ、あんた」

英傑はくっくっと笑い、厨（くりや）のほうをさっと手で示した。

「まあ、もののついでだ。中で朝飯でも食いながら、俺の相談にのってくれ」

うまい。腹立たしいことに、ものすごくうまい。炊きたての白飯は嚙（か）めば嚙むほど甘く、羹（あつもの）に入った川魚は身がほくほくと柔らかい。とろとろに煮こまれた白菜は、酸味をまとって舌を喜ばせる。加えて明洙楼の酒だ。

ふたりが座しているのは、厨の一角だ。英傑はどうやらここを住処（すみか）にしているようで、几（つくえ）の下にはどこから拾ってきたのか毛皮の敷物が敷かれていた。

「そんじゃ、おりいって相談だ。この劉英傑、ふつつかながら、怪力乱神がらみの事案を専門に解決する便利屋になることをもくろんでる。そこで丁道士を師父とみこんで、この俺に怪異を解決する術をご伝授願いたい」

洛宝は箸（はし）を止め、目をすがめた。

「道士でもないおまえが怪異専門の便利屋になりたい？　馬鹿げたことを」

「……だよなあ。実はうちの親分の発案でな。この手の仕事は報酬が馬鹿にならないらしくて、陥湖の一件ですっかり味を占めちまったんだよ」

「だとしても、龍渦城市にも道観があっただろう。年老いた道士がいたはずだ」

人々が必要とする祭祀（さいし）のたぐいは、いつもあの道士が引きうけていた。話したことは数度ほどだが、不老不死の探究に熱心な男だったはずだ。

「それなら閉門してたぞ。清州刺史様が道士を集めてるんだとさ。不老不死の丹薬を作らせるとかなんとか。だから、ここら一帯にはあんた以外に道士がいないそうだ」

「清州刺史……。そういえば、そんな噂を聞いたことはあったか」

「あんたは高額報酬には興味はないのか？」

「ない。金は酒代があれば十分だ。それに、権力は嫌いだ」

「へえ。俺も嫌いだ。気が合うな。けど、なんでまた権力を嫌う？」

「おまえに語る気はない」

『でも、洛宝さま。お金はちょっと欲しいですよ』

洛宝の足元で斗斗がぼやく。英傑は首をかしげた。

「金ないのか？　たしかに食に金はかかってないようだが……酒代はどうしてるんだ」

『この道観には宝物蔵があって、かつていた道士が蓄えこんだ財宝があるんです。前はそれを売ってお金に替えてました。でも、だいぶ減ったので節約中なんです。お酒も朝廷不認可の安酒を買うしかなくて……だから、洛宝さまはずーっとご機嫌ななめで』

「あぶく銭で生きてるのか。金がないなら働けよ」

まっとうすぎる忠告に、洛宝は気分を悪くする。

「働くことはある。仙薬や護符を市場で売ったり、城市の道観で人手が足りなくなったときには手伝ったこともある」

『前はそうでしたけど、ここ三年ばかり、それもしないじゃないですか。あの皮商人が変な噂を広めちゃったから、すっかり城市に行くのがいやになっちゃって……もがっ』

斗斗の口をふさぎ、洛宝は腹を立てながら杯を手にとる。

「そういや、丁師父はなんでこんな廃れた道観に住んでるんだ？　修行に励んでるのかと思いきや、あんたときたら、寝てるか、酒飲んでるかのどっちかだ。……もしかして、それってのは神仙になるための極意なのか」

「神仙になる気はない。だから修行はしない。好きなように酒を呑み、寝るだけだ」

「すげえ自堕落だなあ。……けど、それなら余計に酒代は稼ぎたいよな？」

英傑はにっと笑って、洛宝の杯に酒をそそいだ。

「てことで、丁師父に相談だ。俺の仕事の相談役になってくれねえか？」

洛宝は「相談役？」と繰りかえした。

「そう。俺はあんたに依頼内容を語る。あんたがそれに解決するためのしるべをくれたら、報酬の何割かを相談料として支払う。どうだ」

にわかに心が揺れる。白淵山にいながらにして金を稼げるなら、これほど楽なことはない。洛宝が興味をそそられたことを察してか、英傑が意気揚々と身をのりだした。

「いっそこうしちゃどうだ。ふたりで手を組んで、化け物退治でぼろ儲けするってのは」

自分で言っておいて、英傑はまずい顔をする。

「……いや、撤回する。あんたと仕事をするのは、だいぶ面倒そうだ」

「それはこちらの台詞だ！　誰がおまえみたいな足手まといと組むものか」

「だよなあ。なら、相談役ってことで、ひとつよろしく」

洛宝が答えるより早く、英傑が几の上にどんっと甕を置いた。人の顔よりもすこし大きいぐらいの甕を前に、洛宝は目を白黒させる。

「先日の長雨で家を流されたとき、俺の全財産が入っていた壺も一緒に流された。この甕はその壺とだいたい同じ大きさだ。今後、ここに稼ぎを入れていく。この甕がたっぷりの五銖銭で埋まるころには、俺も丁師父の助言なしに仕事をこなせるようになってるだろう。なにが言いたいかって言うと……つまり、俺が白淵山にいるのは、この甕が銭で満たされるまでだ。うまいこと稼げれば、半年ほどで貯まるだろう」

期限付きの滞在だ、と英傑は言いたいわけだ。

頭の中で打算を働かせる洛宝に気づいてか、英傑がにこりと笑った。

（半年はうまい飯と酒が簡単に手に入り、金も稼げるというわけか。だがしかし……）

「さっそくだが、家に幽鬼が出るからどうにかしてくれって依頼を受けた。その幽鬼、毎夜枕元に立ち、『右目が痛い』と訴えてくるそうだ。丁師父なら、原因はなにと見る？」

勝手に話しはじめるな。そう思いつつ、洛宝は思案げに酒器をくるくると回した。夜半、闇に沈んだ室内。眠る依頼主の枕元に幽鬼が立つ。姿はおぼろげだが、その声は苦痛のあまり震え、声は嘆くように沈鬱だ。「右目が痛い」。毎夜、毎夜、訴える姿は、恨みよりも切実さに満ちている。

「幽鬼というのは縁故のある人間のもとに出ることが多い。だいたいは子孫だ。幽鬼を祀るのは子孫の役目だからな。その依頼主のもとに出たのも、祖先の霊魂だろう。子孫が丁寧に祀っているかぎり、幽鬼が出ることはない。逆に言えば、大切に祀られていないと感じたから出てくる。不満を訴えるためにな。……先祖代々の墓をすべて調べてみることだ。おおかた誰かしらの墓が荒れているんだろう。右目が痛いと言っているなら、そうだな、頭蓋骨の眼窩を貫いて木でも生えたか。ひっこぬいてこい」

「そんなことでいいのか？」

「それでいい。……ああ、たしかに不満を訴えてくるだけの幽鬼程度なら、おまえでも解決できるか。これで金になるなら、楽な商売だな」

英傑は心底感心した様子で、空になった洛宝の酒器にふたたび酒をついだ。

「師父。感服した。一献、捧げたい」

英傑はみずからの杯にも酒を入れると、洛宝に掲げて呑みほした。大げさな、と思っていると、「相談料だ」と言って五銖銭の束を手元に置かれる。洛宝は目を丸くした。

英傑がすっくと立ちあがった。

「んじゃ、さっそく墓探しに行ってくるわ。首尾よくいったら、晩飯は奮発してやる」

「あ……、なら、この金で明洙楼の酒をまた買ってきてくれ」

受けとったばかりの五銖銭を差しだすと、英傑は「承知した、丁師父」と請け負った。

英傑を見送り、洛宝はなにやら満たされた気分で酒甕を掴み、杯にそそぎいれる。

「金を稼ぐとは、なんとも簡単だな、斗斗」

鼻歌まじりに杯を口に運ぶと、斗斗が膝にのって、じいっと洛宝を見上げてきた。

『手ずから追いだしてくれる、と意気ごんでいませんでしたっけ？』

ぴたり、と杯を傾ける手が止まる。

「……追いだすさ。相談料の酒を受けとったらな。明日にはもうあいつはいない」

斗斗の疑わしげな目が痛い。洛宝は遠い目をして、改めて杯を傾けた。

二

半月経った。英傑を追いだすはずの「明日」が来ないままに、である。

「悔しい……っ」

今日も今日とて牀榻に寝転がり、洛宝は斗斗の丸っこくて柔らかな腹に顔をうずめた。布団の上には斗斗と似た姿の精怪らが四匹、ころころと腹を見せて寝転がっている。

「なんなんだあいつは。のらりくらりと白淵山に居座って……腹立たしい！」

なによりも、あの男を半月も追いだせずにいる自分にいちばん腹が立つ。

あの料理だ。あれが悪い。うますぎるのだ。ありふれた料理なのに、抜群にうまい。ひと口食べるだけで、心がぽわっとする。その上、あの男が持ってくる案件に適当に助言をするだけで、報酬として酒をくれるのだ。ふざけている。

『もう、このままでいいのではー？　我らにかわって炊事洗濯も完璧にこなしてくださるし。この間なんて毛繕いまでしてくれたんです。極楽でしたあ……』

ぐるると五重奏で喉を鳴らす精怪たちの顔はゆるみきっている。毛並みはふわっふわで、洛宝が顔をうずめた斗斗の腹もなんだかふくよかになった。堕落のきわみだ。

そのとき、『洛宝さま』と女の声がした。窓辺に三つ目の鳥が留まっている。

『ご命令のとおり、劉英傑について調べてまいりました』

洛宝が身を起こして腕を掲げると、ふわりと飛んできて留まった。

『あれ、洛宝さま。駄鳥にそんなことを命じてたんですか？』

「当然だ。不審な輩を白淵山に置いておくわけにはいかない。聞かせてくれ、駄鳥」

駄鳥は羽を虹色に輝かせて語りはじめる。

『名は、劉英傑。獅子屋という通り名の便利屋です。三年前から龍渦城市で暮らすようになりました。剣の腕はたしかで、旅の護衛や用心棒も引きうけますが、炊事洗濯も得意で、城市の者からは好かれているようです』

「知っていることばかりだな。それになんだ、好かれてるって。いらん情報を」

『劉英傑の人柄を褒める言葉をよく耳にしたのです。それから、通り名のほかにもうひとつ、〈眠らずの獅子〉との二つ名も耳にしました。なんでも便利屋として引きうけた旅の護衛のさなか、何日も一睡もせずに依頼人を危険から守りつづけたのだとか』

洛宝は首をひねり、斗斗を見下ろした。

「そういえば斗斗、あいつは最近寝ているか？」

『最近、監視してないから見てないです』

役立たずめ。洛宝は顔をしかめる。

(それにしても、私の噂とはずいぶん違うものだな)

城市の者から好かれている。そのどうでもいい情報が、じわじわと心を蝕んでくる。

——あの道士を知っている。あいつと目が合うと死ぬぞ……！

あれは三年前のことだ。龍渦城市の市場の片隅で、仙薬や護符のたぐいを売って酒代を稼いでいた洛宝を見て、皮商人がそう驚きの声をあげた。

——こいつのせいで大勢ひとが死んでる。実の兄すら殺しちまったって話だ！

おそらく、あの皮商人は洛宝の故郷の辺りからやって来たのだろう。皮商人ががなりたてた噂は、故郷で広まっていたものとほとんど同じだったから、きっとそうだ。

以来、龍渦城市の者が洛宝に向ける視線には恐怖が宿るようになった。じろじろと見てくるくせに、振りかえるとぱっと目をそむける。うっとうしいことこの上なく、いつしか龍渦城市から足が遠のいてしまった——。洛宝は表情を翳らせた。

「龍渦城市には三年前に来たと言ったか。それ以前のことはなにかわかったか？」

『いいえ。なにも。……十日も聞き耳を立てていれば、素性を知っている者が誰かしらいるものなのですが、三年より前のことはなにひとつわかりませんでした』

つまり、あいかわらず得体の知れない男ということだ。洛宝は落胆した。

「わかった。駄鳥、もういいぞ。巣作りの忙しい季節に十日も身を借りて悪かったな」

『巣の材にあなたの丹力に満ちた御髪をいただけるなら、これほどの僥倖はありません』

駄鳥はクルルッと笑い声をあげる。洛宝は微笑し、枕元の小刀を摑んで、己の髪をひと房切って渡した。駄鳥は嬉しそうに嘴にくわえ、外へと飛びさっていった。

『英傑さまに興味があるなら、ご本人に訊いてみたらいいのに。こんな回りくどいやり方しなくたって、訊けばきっと教えてくださいますよ』

斗斗が洛宝の足に前肢をちょこんとのせて言う。洛宝は眉をひそめる。

「誰が有象無象に興味を持つものか。だいたい興味があって調べさせたわけじゃない」

『そうですか？　でも、有象無象なのは洛宝さまのことをちゃんと知ろうとしないで、好き勝手に言うひとたちでしょう？　英傑さまは有象無象ではありません。斗斗にはわかります。英傑さまは懐のとても広い方です』

「そうだろうとも。なにせ『城市の者から好かれている』というぐらいだからな」

皮肉を返してやると、斗斗はしょんぼりとひげを垂らした。

『城市に行けなくなって、ずっと退屈してらしたじゃないですか。洛宝さまはたしかに人間嫌いだけど、おしゃべり好きな方です。本当はお寂しいのでしょう？　我ら精怪はひとの感情がよくわかりませんから、洛宝さまのお寂しい気持ちをやわらげることはできません。洛宝さまに人間のお友達ができるなら、斗斗はうれしいです！』

洛宝は愕然とした。

「な、なにを──寂しい？　私が？　冗談じゃな──っ」

「よう、師父」という声とともに、英傑が室内に入ってきた。

洛宝はびくりとして、顔を真っ赤にし、ぱくぱくと口を開閉した。

「お、どうした、斗斗殿。悪辣な道士様にいじめられたか」

「……っ勝負だ！」

洛宝は叫んだ。英傑がきょとんとする。

「なんのだ？　あ、水神廟の様子見がてらに陥湖に寄ってきたんだが、雪柳がきれいだったぞ。せっかくだ、岸辺で花見酒と洒落こむのはどうだ？」

酒甕を見せながら「ついでにちょっくら仕事の相談を」と言う英傑をにらみつける。

「相談？　誰がそんなもの引きうけるものか。今日こそおまえを追いだしてやる！」

英傑は目を丸くして洛宝を見つめ、首をかしげつつも笑った。

「なんだかよくわからねえが、勝負ね。いいぞ、なにをする？」

洛宝はその手が持つ酒甕に目を留めて、嫣然とほほえんだ。

「酒呑み対決だ。もしおまえが先に酔いつぶれたら、私の勝ち。潔く負けを認め、すぐに下山しろ」

「ほほう。俺が勝ったら？」

「望みどおり、相談役になってやる。あの甕に金が貯まるまで食客として置いてやろう」

「俺を酒豪と知っての挑戦か？　面白い。のってやる」

にやりと笑う英傑を見て、洛宝はすかさず精怪たちを振りかえった。

「宝物蔵の財宝を持ってこい。獅子屋は買えるだけの酒を買ってくるんだ」

洛宝は窓辺に向かい、唇をすぼめ、歯と舌を使って長嘯（ちょうしょう）した。長く深い音色が白淵山にこだましたかと思うと、突然、屋根の上から牛のごとき獣が降ってきた。四本角を生やし、豚の耳を持ち、人間の眼球を持った、奇怪な姿の精怪だ。

「麓（ふもと）までの往復はこの諸懐（しょかい）が荷運びを手伝う。諸懐、あとでたんまり褒美をやるから、こいつのことは喰（く）うなよ。腹を壊したらいけないからな」

諸懐が『キュイッ』と鳴く。洛宝は顎（あご）をそらし、英傑を笑みまじりににらみつけた。

「吠（ほ）え面かくなよ、獅子屋」


酒呑み対決の会場は、緑雲閣のまわりに広がる竹林になった。

諸懐が背負ってきた酒の大甕がふたつ、どんっ、どんっ、と英傑の手で地面におろされる。洛宝は甕のひとつをかたわらに置き、地べたに腰をおろした。

「そっちの甕はおまえの分だ。どちらも八斗。細工をしてないのは見ていたな？」

「べつに細工してもいいぞ。自信があるようだが、俺も酒で負けたことはない」

対面であぐらをかいたふたりの間に、審判役を買ってでた斗斗がちょこんと座る。どこから引っ張りだしてきた埃（ほこり）まみれの羽扇を牛の尾に巻きつけ、大きく振りあげた。

『さあ、両者構えて……開始！』

扇がおろされ、戦いの幕が切って落とされた。

洛宝は最初の杯を一息に呑みほした。うまい。英傑が来てからというもの、なにかにつけて飲んできた明洙楼の酒だが、残りを気にせずぐびぐび呑めるとは僥倖だ。

　一方の英傑もひしゃくで杯にそそいだ酒を口に含み、くっと干した。満足げに空をあおぎ、「いつ飲んでもいい酒だ」と感慨深げに嘆息する。

　肴も用意された。帰ってくるなり、英傑が手早く作ったもので、芋や魚の素揚げ、辛みのある豆の炒め物など、どれも濁酒に合い、たまらなくうまい。

　次々とひしゃくが甕に落とされる。精怪たちも声援をあげた。『がんばれ洛宝さま』だけでなく、『負けるな英傑さま』があるのは癪だったが、負けてやる気は毛頭ない。

「おまえが白淵山にいるのも今日かぎり。一応、礼を言っておくぞ。おまえが作る飯はそこそこにうまかった。感謝してやる」

　洛宝はうっすらと笑い、英傑に向けて杯を掲げた。英傑は失笑して杯を掲げかえす。

「あんたにゃ悪いが、もうちょい滞在させてもらうぞ。怖い親方から『怪力乱神がらみの依頼をこなせるようになるまで帰ってくるな』って厳命されてるんでね」

「勝手なことを抜かすな。ここは私の家だ」

「あんたの家って言うが、この廃れた道観はもともとは斗斗殿の棲み処だったんだって？　つまり、あんたも七年前にふらーっとやってきて勝手に住みついたよそ者ってことだ。なら、俺だってふらーっと住みついたっていいよなあ。なあ、斗斗殿」

『はい、いくらでもご滞在ください、英傑さま！』

　洛宝は舌打ちし、杯を投げ捨ててひしゃくを摑むと、すくいあげた酒を直接口に運んだ。一気にあおる洛宝を見て、英傑が「おお」と感嘆し、すかさず真似してひしゃくを手にとった。豪快に呑みほし、「うめえ！」と雄たけびをあげる。

「ふん。私にできることを、おまえができたからと言って、なんだという」

　鼻で笑うと、英傑はにやりと笑いかえし、いきなり甕を摑んだ。その太い両腕でもって、まだたっぷりと酒の入った大甕を抱えあげると、そのふちに口をつけた。

　のけぞった喉が上下し、ぐびぐびと小気味いい音がする。洛宝は目を丸くした。その大胆な呑みっぷりに、思わず笑いが零れる。

「っぷはあ！　どうだ、この野郎！」

　ついに甕から顔を離した英傑に、精怪たちが『お見事です！』と一斉にやんやの喝采を送る。洛宝は身の内から湧き上がるような高揚を覚え、瞳を輝かせた。

「面白い」

　そして数刻ののち、竹林にはふたりの豊かな笑い声が響きわたっていた。

　洛宝はしどけなく甕にもたれかかり、陽気に言った。

「やるじゃないか、獅子屋！」

「そっちはずいぶん酔ってきたようだな。ろれつがまわってないぞ」

　英傑が姿勢を崩すことなく、にやにやと笑う。「ほざけ」と洛宝もくつくつと笑う。

　甕の中身はすでに半分以下。どちらも引かない大勝負だ。しかし、ほどよく酔いのまわった洛宝は上機嫌だ。互角の勝負ができる酒豪にはめったに出会えるものではない。

ふと英傑のそばに置かれた布包みに気づいて、前かがみになった。

「それ、もしかして琴か」

英傑は眉を持ちあげ、「ああ。相棒だ」と慈しむ眼差しをして布包みをなでた。

「便利屋風情が相棒だと？　琴は貴人のたしなみだぞ。どこで覚えた」

「貴人のたしなみだあ？　音楽に貴賤はないだろーが」

「ああ、貴賤はない。だが、素性卑しい者が琴をたしなむなんてこともまずない。おまえ、ただの便利屋ではないな？　言え、何者だ」

ゆらゆらと体を揺らして舌足らずにたずねると、英傑は、ははっと笑った。

「便利屋ってのは、なんでもやるから便利屋なんだよ。老人の茶飲み仲間にもなるし、赤子のおしめも取りかえるし、琴も弾くのさ」

洛宝は顔をしかめる。今、さらりとはぐらかされた気がする。

「まあいい。それより、宴に琴なんて最高の取りあわせじゃないか。聴かせろ、食客」

命じると、英傑は「喜んで、主殿」と包みを開けた。洛宝は前のめりになる。

ところが、七本あるはずの弦は、そのうちの一本が切れてしまっていた。

「……しまったな、いつの間に。しばらく弾いてなかったからな」

口惜しげに呟き、英傑は骨太な指で弦の一本を軽く爪弾いた。

その瞬間、深みのある音が、竹林の中をさざなみのように広がっていった。たった一音だったが、清らかな音色は洛宝の酔った心にも深く響きわたった。

洛宝は甕のふちにのせた両腕に顎を置き、うっとりと余韻にひたった。

「ああ……いい音色だな。残念だ。竹林の七賢気取りも悪くないかと思ったが……」

英傑は「竹林の七賢か」と古の賢者たちの名を繰りかえした。

「権力を嫌い、俗世を離れ、山奥に隠棲した隠者たち。竹林に集い、ただ酒を呑み、清談に興じ、琴を奏でた……なるほど、たしかにこの山でなら、それも叶いそうだな」

英傑は独り言のように呟き、周囲をとりまく竹林を見上げた。

意外な顔をする。洛宝は目を見張る。緑の天蓋を見つめる英傑の横顔は物憂げだった。いつも能天気に笑っているだけの頭の空っぽな馬鹿と思っていたのに。

(素性をはぐらかすってことは、後ろ暗い過去があるということか。私と同じように)

カッコウの声が深山に響きわたる。穏やかに吹く風に、竹の葉がさわさわと鳴る。洛宝は目を伏せ、白淵山が奏でる音に耳を傾けた。

「いい山だろう。わずらわしいことは、ここにはひとつとしてない。あるのはただ幽玄の世界だけ。望むままに酒を飲み、望むままに眠り、四季折々の自然を思う存分に愛でることができる。私はこの山が好きだ」

洛宝はほほえみを深め、英傑に顔を向けた。

「弦は張りかえたらいい。琴を聴きながら酒が飲めるなら、そのほうが楽しい」

英傑はなぜか驚いた顔をしていた。洛宝ははっと顔を険しくした。

「食客にするという意味じゃないぞ。勝負に負けたら、もちろん出ていってもらう」

英傑が声をあげて笑った。洛宝は「なんだ」と眉根を寄せた。

「いや。ただ、いい顔で笑うなあ、と思ってな。人間嫌いっていうから、どれだけ偏屈な奴かと思っていたが、季節の移ろいを尊ぶ、豊かな感性の持ち主だったとは」

「馬鹿にしているのか」

「してねえよ。修行のためじゃないんなら、なんのためにこんな山深いところで暮らしてるのかと思ってたが、そうか、単にこの山を気に入ってってだけの話だったんだな」

ふいに胸の奥に空虚なものを感じ、洛宝は顔を曇らせた。

「……それだけというわけじゃないが……」

白淵山にいる理由はちゃんとある。だが、その理由から目をそむけて、もうずいぶんになる。そのことにじわりとした罪悪感を覚える。

洛宝は首をかしげる英傑から目をそらし、ひしゃくを甕に落とした。

かつんと底を打つ音がする。目を丸くし、甕をのぞいた洛宝はがくりとうなだれた。

「もうない……」

「こっちもだ」

英傑がひしゃくで甕の底を打ち鳴らす。審判役の斗斗が羽扇をおろした。

『どちらも酔ってはいるようですが、酔いつぶれてはいないですねえ』

洛宝は名残り惜しさのあまり、すっからかんになった甕に抱きついた。

「ああ、失敗した。八斗じゃ足りなかった。どうする、もっと買ってくるか？」

「そりゃかまわんが、この調子だと倍の酒があっても足りるかわからねえぞ。ここの蓄えが天を衝(つ)くほどでないかぎり、勝負がつくまでに貧しさのほうが勝ちそうだ」

「……斗斗。宝物蔵にはまだ売れそうなものは残っていたか？」

『ありますけど、ちょっとはとっておかないと、いざというときに苦労します。……もう、おあいこってことでよろしいのでは！　英傑さま、どうぞ白淵山にご滞在ください。洛宝さまも楽しそうにしていますし――』

「冗談じゃない。これは男と男の勝負だ。そうだろう、獅子屋」

「ああ、そのとおりだ。俺も勝負ごとにはきっちりはっきり、けりをつけたい」

『……変なところで意気投合しないでくださいよ』

とはいえ、これでは勝負をつづけようがない。

「そうだ、丁師父。〈千日酒(せんにちざけ)〉という酒を知っているか。ひと口飲むだけでも、千日は酔っていられるという銘酒で、鹿頭(ろくとう)村ってところで期間限定で売られるらしい」

昔、その酒坊の酒を飲んで酔っぱらった男が千日も眠ってしまった。死んだと思った家族が葬儀をあげると、そのさなかにむくりと起きあがり、大騒ぎになったことから、「千日酒」と呼ばれるようになったという。

「千日酒だったら、さすがに勝負がつくと思うんだが、どうだ？」

「おお」と洛宝は目を輝かせ、「よし。なら、さっそく買ってこい、食客」と命じる。

「なんだ。一緒に行かないのか」

「行くわけないだろう。なぜ私が」

「村には千日酒を売るところ以外にも酒坊がいろいろあるそうだ。試飲もできるとか」

洛宝は酒の味を想像してうっとりし、だが英傑のたくらみ顔に気づいて白けた。

「待て。おまえが他人を口八丁で操るのが得意なのはわかっているぞ」

英傑は「ばれたか」と悪びれずに言った。

「実はな、千日酒の酒坊の主から、清明節の墓参に付きあってくれと依頼を受けたんだ。なんでも故郷の墓におぞましい化け物が出るって話だ。とはいえ、化け物退治はさすがに俺の身には余る。てなわけで、実地でいろいろと教われたら助かるんだけどなー」

「は。あんたと仕事をするのは面倒そうだ、と言っていたのはどこのどいつだ」

英傑はくっくっと笑った。

「撤回する、丁師父。あんたと行動をともにするのはなかなか面白そうだ」

洛宝は顔をしかめる。やはり馬鹿にされている気がする。

「ちなみに、その千日酒、すさまじく高い。で、知ってのとおり、俺は金がない。つまり、酒が欲しけりゃ、その化け物を退治して、稼ぎを得る必要があるってわけだ」

たしかに、墓地の化け物には性質の悪いものが多い。「右目が痛い」と訴えるだけの幽鬼とはわけが違う。たかが半月ばかり、対処法を学んだだけの英傑では分が悪いだろう。

「遠いのか。その鹿頭村というのは」

「翠尾江の下流にある。行きは舟で行けるから半日もかからない。ただ帰路は山道を歩いて戻るから、まあ、現地で一泊はしないとならねえだろうな。……ああ、そうか。我が主殿は人間嫌いだったか。人里に下りるのは怖いんだったっけ？」

「──行く」

洛宝は挑むように英傑をにらみつける。

「馬鹿にするな。行ってやる」

三

馬鹿か、私は。

一夜明け、すっかり酔いも醒(さ)めた洛宝は、城郭の壁に身を預けて人ごみをにらんだ。

龍渦城市の船着き場は大変な賑(にぎ)わいだった。旅人や、行商人はもちろん、荷を積んだ船もどんどん着いては離れていく。しかも今日は清明節だ。墓参のために舟を使う者も多く、気が遠くなるほどの喧騒(けんそう)が渦巻いている。ふと、囁(ささや)き声が聞こえた。振りむくと、さっと視線をそらされる。洛宝は早々に陰鬱(いんうつ)な気分になった。

「待たせたな」と楽器屋に行っていた英傑が、人をすいよけて戻ってきた。

「なんだ、不機嫌だな。ひさびさの人里で緊張してるのか？」

「誰が！」

「だよなあ。お、見てみろ、うまそうな糕餅(だんご)だ。買ってくか」

英傑が白い湯気をあげる屋台をのぞきこむ。

「おーい、どの味がいいか選べ。中にいろいろな具を入れてるらしいぞ」

手招きされ、じりじりと近づくと、蒸籠(せいろ)から甘い匂いがただよってきた。

「獅子屋さん、陥湖の一件、聞いたよ。祟(たた)りを鎮めてくれたのはあんたなんだって？　これは奢(おご)りだ。持ってきな」

蓋(ふた)を開けられた蒸籠からぶわっと湯気があふれだした。次々と糕餅が取りだされ、英傑の両手にどさっと盛られる。英傑は熱そうに糕餅をお手玉よろしく放った。

「ありがとよ。けど、解決したのはこっちの丁道士なんだ。礼だったらこっちに」

「丁道士？……あっ、百華道士！　そっ、それはそれは――」

店主はあわてて洛宝から目をそむけた。余計なことを。洛宝は「さっさと行くぞ」と英傑の腕を引っ張った。糕餅がいくつか零(こぼ)れおち、控えていた犬がすかさず齧(かじ)りつく。

「なあ、洛宝。前にも言ったが、目が合うと死ぬだとかいう噂、やっぱりただしたほうがいいと思うぞ。ああいうのは、尾ひれがついて、取りかえしがつかなくなる」

「放っておけ。……それと、さらりと名を呼ぶな、無礼者」

「道士だの師父だのと呼んでたら、余計に悪目立ちするだろうが」

「もともと悪目立ちしている。いいから勝手に呼ぶな、馴(な)れ馴れしい」

「……へいへい、丁師父」

船着き場から乗ったのは幌のついた舟だ。船頭に行先を告げ、舟底に腰をおろすと、翠尾江の緑の水面をゆるやかに泳ぎはじめた。

洛宝は頭の後ろで手を組み、ごろりとあおむけに寝転がった。船頭の横に座った英傑が「狭いから寝んな」と文句を言うので、これみよがしに脚を伸ばしてやる。がたいのいい英傑が体を縮めるさまがおかしく、洛宝はようやく溜飲を下げた。

「で、なんで噂をそのままにしてるんだよ」

「しつこい。どうだっていい。わずらわしいのはたしかだが、まちがった噂でもない」

「前にもそう言ってたが、どうまちがいじゃないって言うんだ？」

人ごみを抜けてきたことでささくれだった心に、英傑の無神経さが無性に癇に障る。知りたいなら教えてやればいい。洛宝は投げやりな気分で口を開いた。

「ひとの死期を視る。死が近づいた者の頭上に、その兆しを視るんだ」

英傑は不思議そうに首をひねった。

「……牡丹の花が咲くんだよ」

ひとは牡丹を、美しくて縁起のいい花だなどと言う。だが、洛宝にとっては違った。牡丹は死を予兆する花だ。この花を美しいと思ったことは一度たりともない。

はじめて牡丹を目にしたのは四歳のときだった。近所に住む阿姨の頭の上に牡丹が咲いているのを見かけ、洛宝は喜々としてそばにいた父に伝えた。父は「雅なことを言う子だね」と笑った。二日後、阿姨は転んだところを馬車にはねられ、亡くなった。

その後も何度か、牡丹を咲かせたひとを見かけた。そのたびに父に話をしたが、次第に父は顔色を失っていった。洛宝自身が牡丹の正体に気づいたのは、祖母の頭上に咲いているのを見たときだ。「父上。おばあさまの頭の上に牡丹が咲いている」。父は怖い顔をして押しだまった。三日後、祖母は食べ物を喉に詰まらせ、顔を紫色にして死んだ。

――洛宝にしか見えないこの牡丹は死を予兆するのだと、そう気がついた。

「そうか。だからあのとき、阿弓のことを死なないと言ったのか」

英傑が納得した様子で呟く。陥湖の騒動のさなか、洛宝が阿弓について、「死ぬようなことにはならない」と言ったときのことだろう。

「どんな死であっても予兆できるのか」

「いや。老衰や病による死で牡丹が視えたことはない。視えるのは、不慮の死だけだ」

牡丹を咲かせた者は、数日から二十日前後で死ぬ。とくに洛宝が花咲く瞬間を目にした場合はわかりやすく、次第に花弁を散らして、およそ二十日で死に至った。

そう説明すると、英傑は思案げにうなった。

「けど、あらかじめ死を予兆できるんなら、もしかして回避させることも――」

「できない。牡丹が告げる死は決して避けられない。牡丹はかならず散り、死はかならず訪れる。……なんの役にも立たない、厄介なだけの力だ」

死期を読む子供の噂はまたたく間に広まった。洛宝のもとには多くの人間が押しかけ、あるいは顔に嫌悪や恐れを宿して遠ざかっていった。近隣で死人が出れば「なぜ報せなかった」、「なぜなにもしなかった」となじられた。次第に噂には尾ひれがつき、「人を呪い殺す力を持っている」だの「目が合うと死ぬ」だのと言われた。

あまりのわずらわしさに、洛宝は九歳にして両親にこう宣言した。

——俗世にいるのがいやになりました。道門に入り、いずれ神仙となって、人里離れた山奥でだらだら暮らそうと思います。では。

ぽろり、と両親の手から飲みかけの茶器が零れおちたのを、やたらと覚えている。

想定外だったのは、自分が不老不死にはまったく興味がなかったことだ。自堕落な生活を送りたいだけなのに、神仙になるには厳しい修行が必要で、洛宝は早いうちに昇仙を断念した。それでも方術を学ぶことは面白く、熱心とは言えないながらも修行はつづけた。ただ、皮肉なことに洛宝の方術における才覚は並外れていた。「俗世から離れたい」という願いと裏腹に、丁洛宝の名はやがて世間に轟き、しまいには王侯貴族までが道観にやってくるようになった。わずらわしい。結局そこに至り、洛宝は無断で山を下りては、酒を片手に城市をふらつくような不真面目道士となり果てていった……。

ふと船頭が櫂を動かす手を止め、こちらを恐ろしげに見ていることに気がつく。目が合うと、さっと青ざめて顔をそむける船頭に、洛宝は眉根を寄せた。

「もしおまえの頭上に牡丹を視ていたら、この舟に乗りはしなかった。沈没したら、私も巻きこまれるんだ。違うか」

強い口調に驚いた船頭が櫂を落としかける。英傑はぎょっとするが、船頭の様子からなにが起きたかを察したようで、「うるさくして悪いなあ、おっさん」と銅銭を投げた。

なぜそいつに金を渡すのか。不服に思いながらも、洛宝は不可解な気分になった。

(今の話を聞いてもなお、私と目を合わせてくるのか)

誰だって己の死期など知りたくはないはずだ。だから、人は勝手に洛宝の表情を読む。洛宝が視ているものを妄想し、恐れ、目をそむける。もし、洛宝が驚いた顔のひとつもすれば、近づく死を察してしまうから。

(どうせ、ただの強がりだ。そうでなければ、よほど鈍感なのだろう。これまで私を恐れなかった人間なんてひとりしかいないのだから)

遠い記憶がゆらゆらと波間に揺れる。洛宝は逃げるように目をそむけた。


鹿頭村は清流が幾筋も流れ、弧を描く石橋が水郷の景観を作る山間の小さな村だ。いくつもの酒坊が並び、流れ旗が風にそよいでいる。そのうちのひとつ、千日酒の酒坊にたどりついた洛宝と英傑だったが、待っていたのは思いがけない言葉だった。

「売り切れ……」

問いかえした英傑に、酒坊の主が申しわけなさそうにした。

「ええ。最近、金景の都でも評判になり、売りだしてすぐに売り切れてしまったんです。実はここだけの話、三公のひとりであられる沈太保から、大量に注文がありまして」

眉を下げつつも、主の顔は誇らしげだ。朝廷の中でも最高位にある太保からの注文があったとなれば、得意な顔にもなるだろう。

「ははあ……沈太保……かの有名な大貴族の……」

英傑がうめく。主人は「取り置きしておけばよかったですねえ」と困り顔をした。

「悪い、丁師父。鹿頭村にはほかの酒坊もあるから、そっちでなにか買っ――」

振りかえった英傑の笑顔が凍りつく。さっきまで「なんて美しい方でしょう」とうっとりしていた主までもが、洛宝の放つ冷たい空気に気づいて顔をひきつらせた。

「ともかく、主から話を聞こう。酒のことはあとだ」

英傑が主の墓参について話すために、酒坊の奥へと入っていく。

（来なければよかった）

洛宝は平静を取りもどそうとする。だが、波打つ心はなかなか静まらなかった。旅の疲れもある。千日酒が売り切れていたというのも大きい。それ以上に、久しぶりに大勢の人間の中に身を置いたことで疲れはてていた。

英傑が自分を恐れないものだからすっかり忘れていたのだ。このわずらわしさを。

「千日酒がないなら来た意味がない。先に帰る」

英傑が驚き振りかえるよりはやく、洛宝は身をひるがえして足早に酒坊を出た。

夕刻も間近に迫り、水辺は茜色に輝いている。賑わっていた客足もすこしずつおさまり、各酒坊の主たちが流れ旗を片づけはじめていた。

そんな頃合いに村の同じ道を行ったり来たりする洛宝の姿は、その美貌もあいまって実に目立っていた。迷子だろうか、と首をひねる者もあったが、断じて違う。ただ、去るに去れないだけだ。短気を起こして酒坊を出てきたが、英傑ひとりで化け物と対峙できるとは思えない。

洛宝は何巡目かの正直で、ついに千日酒の酒坊への道を戻りはじめた。

酒坊で片づけをしていた主は、洛宝を見るなり目をぱちくりさせた。

「道士様？　獅子屋さんならもう出かけられましたが……」

「それは帰ったという意味か？」

「いえ、私の故郷の墓に行かれました。道士様がいなくては、なにが起こるかわからないからと、先に様子を見に」

たしか英傑への依頼内容は、故郷に墓参りに行きたいが、化け物が出るので付きあってほしいというものだったか。洛宝は外を振りかえり、迫る日暮れに顔をしかめた。

「その化け物が出る墓というのはどこだ」

「西門から山に入る一本道を、ずっとのぼった峠にあります。ですが――」

最後まで聞かずに、洛宝は酒坊を飛びだした。

西門を抜けると山道はすぐに始まった。いくらもせず、周囲の木々はうっそうと茂り、背の高い草が細道をふさぐようになった。長いこと人の往来がないようだ。だが、草をかきわけて進んだ形跡はある。英傑だろう。

「面倒くさい。なんだって私がこんなことを……」

憤慨しながらも、足は自然と速くなる。夜が近い。よりにもよってなぜ夕時に行くのか。昼の間は身をひそめている妖魅(ようみ)のたぐいも、夜になれば活発になる。陰と陽とが逆転するのだ。日が暮れきる前に帰ってくるつもりでいるのか。なんて馬鹿な男だ。

焦る足に、どこからともなく湧きだした霧が絡まる。気づけば細道全体がうっすらと霞(かすみ)がかっていた。夕陽を受け、赤々と染まっている。

「旅の方、どちらへ行かれます」

声がした。振りむくと、霧の先で農夫がこちらに背を向け、くわで土を起こしていた。

「……この先の峠に墓があるはずだが、知っているか」

たずねてみるが、農夫は答えずにくわを振りつづける。洛宝は息をつき、先を急ぐ。

と、農夫の淡々とした声が背中を追ってきた。

「もう日が暮れます。三里先の村に公設の旅館がひとつあるのでお泊りになるといい。ここらには、好んで首を切りとばす、恐ろしい化け物が出ますのでなあ……」

洛宝ははっと振りかえる。しかし、その姿は霧に呑(の)まれ、見えなくなっていた。

(今のは……生きた人間だったか？)

幽鬼か、あるいは化け物か。この霧のせいか、妙に感覚が鈍っている。

(化け物というのは、墓に出るという化け物と同じモノのことか？……くそ)

日が山の端に沈んだ。辺りは急激に暗さを増す。洛宝は足を速めた。「放っておけばいい」と幾度となく思うが、そのたびに首のない英傑の姿が脳裏をよぎる。

（捨ておけ。牡丹は咲いていなかった。死ぬことはない）

それでも洛宝は引きかえすことができず、じりじりと山をのぼっていく。

ふいに霧が薄れ、目の前に簡素な牌楼が姿を現した。農夫の言っていた村だろう。ぽつぽつと提灯明かりがともる通りは閑散としている。

「きれいなお姉さん、旅のひとですか。旅館、泊まるなら、あちらです」

幼い声がした。見下ろすと、牌楼の脇に十にもならないだろう娘がひとり立っていた。

「お姉さんじゃない。……もう夜だ。はやく帰れ。鬼神にさらわれても知らないぞ」

親が口にする定番の文句を言うが、娘はぶんぶんと首を横に振った。

「泊まってください。旅館、お部屋、空いてますから」

娘が強引に袖を引く。洛宝は娘をにらみつけた。

「しつこいぞ。泊まる気などない。それより男を見なかったか。図体のでかい男だ」

「旅館で見ました。二階にお泊りです。だからお姉さんも泊まってってください」

旅館の娘だろうか。強引な客引きだ。洛宝は叱ろうとし――背筋を凍らせた。

「おまえ……いいからはやく帰れ。すぐに」

娘の頭上で、牡丹が咲いていた。洛宝は目をそむけるが、娘は強情だった。

「だめ！　旅館に泊まってください。お願い。でないと、お父さんが……」

洛宝は民家の群れに目をやって、ぎくりとした。

　家の窓という窓から、村人が顔をのぞかせていた。だが、その頭は人のものではなかった。頭部がそのまま牡丹に替わっていた。

　呆然とするうちに、牡丹は崩れ散り、首のない体だけがその場に残される。

（なんだ、これは）

　娘に目をやると、その顔もまた牡丹の花になっていた。ばらばらと花弁が散って、あとには首のない体だけが立ちつくしている。

　脂汗がふきだし、不快な吐き気がこみあげる。牌楼の柱を支えに、洛宝は村に視線を戻す。気づけば家々の窓は閉まり、村人の姿も消え失せていた。ただ、通りにはいつの間にかおびただしい数の花弁が散らばっている。

（こんな牡丹ははじめて視る。なにがどうなっている……）

　気づけば娘もいない。血臭に似た臭いが、鼻や、口や、穴という穴から体内に入りこみ、意識を混濁させていく。膝から力が抜け、崩れ落ちかけたそのときだった。

「おい、しっかりしろ」

　洛宝の腕を誰かが力強く支えた。頭をもたげると、かたわらに英傑が立っていた。洛宝の顔をのぞきこみ、目を丸くする。

「あれ、丁師父？　どうしてここに。先に帰ったと思ったが……道にでも迷ったか」

　どう答えていいかわからず、洛宝は途方に暮れる。英傑は破顔した。

「なんだ、もしかして心配になって追いかけてきたのか。馬鹿な奴だなー」

「……っ見捨てたら、斗斗がうるさいと思っただけだ！」

洛宝はカッとなって腕を振りはらった。しかし支えを失った途端、腰が抜け、受け身もとれずにその場に倒れかける。英傑がすかさず腕を摑んで支えた。様子がおかしいことに気づいたのか、英傑は冗談をやめ、真顔で言った。

「もう日が暮れた。宿をとろう。なにがあったかは、身を落ちつけてから聞く」

「待て」と洛宝は英傑の腕を摑みかえした。

「おまえの目に、この村はどう映っている？」

「どうって……どこにでもある村だ」

「地面に散っている牡丹の花弁は見えるか」

「いや——」

「なら、村から出たほうがいい。なにかおかしい」

英傑が周囲に鋭い視線をやる。

「わかった。歩けるか」

うなずき、足を前に進めようとするが、ひどく震えて力が入らない。情けない——そう思った直後、視界がぐるりと回転した。英傑の肩に担ぎあげられたのだ。

「おい……っ」

「口ふさいでろー。舌嚙むぞ」

気楽に言って、英傑は牌楼をくぐって村の外に出た。——その足がすぐにぴたりと止まる。担がれるままになっていた洛宝は小さく息を吐きだした。

「村から出られない。そうだな？」

「ああ。村を出たら、村の中にいた。どうなってんだ？」

わからない。眩暈がひどくて、思考がまとまらない。

「ともかく休んだほうがいいな。あっちに公設の旅館を見つけてあるんだ。辛抱しろ」

「だめだ。きっと妖魅かなにかのしわざだ。すぐ村から出る方法を探るべきだ」

「あんたの今の体調じゃ無理だ。化け物が出たら俺がやっつけてやるさ」

「できもしないことを……っ」

声を荒らげるが、胃液が喉の奥からせりあがってきてぐっと口を閉じる。

「俺にできないなら、丁師父にどうにかしてもらわにゃならねえ。どうせ村から出ることはできないんだ。なら、ちゃんとした寝床で寝て、あとにそなえて体調を整えろ」

一理ある。洛宝は吐息をつき、体から力を抜いた。

英傑は通りに散った花弁を蹴散らし、二階建ての旅館に入った。中は閑散としていた。ともった蠟燭の火も弱々しく、客を招くにしては暗すぎる。と、「二階へどうぞ」と帳場の暗がりからかすかな声が聞こえた。旅館の亭主だろう。

「……亭主。娘は帰ってきているか」

階段をのぼりはじめた英傑の背から、洛宝は声をかける。

「はて、私に娘などおりませんが。それよりはやく二階へおあがりください」

答える亭主の口調からは、生気が感じられなかった。

四

広い部屋だ。梁は剝きだしで天井が高く、屋根を支える柱が幾本も立っている。二方の壁ぎわに、それぞれひとつ簡素な牀が置かれていた。中央には敷物が敷かれ、几がひとつ用意されていた。一階とは異なり、燭台がともり、部屋はそれなりに明るい。

英傑は洛宝を牀のひとつにおろすと、すぐにまた一階へ下りていった。

(なにが起きている。この村はいったいなんだ)

公設の旅館だというから客の多くは交易商人だろう。だとすると、ここは街道沿いの村ということになる。しかし、鹿頭村からのぼってきた細道は草に没していた。人馬が通ればもっと道らしくなる。あれでは街道とは言えない。それともほかに道があるのか。

――だめだ。うまく頭が働かない。情けなさに顔をゆがめたとき、ひやり、と額に冷たく濡れた感触がした。目を開けると、英傑がいつもと変わらず能天気に笑っていた。

「濡れ手巾だ。空の桶ももらってきたぞ。つらければ、我慢せずに吐け。水も置いとく」

「……酒坊の主が言っていた墓はどうなった」

「それなんだが、墓を見つけられなかったんだ。探しているうちにこの村に来ちまってな。墓までは一本道だと聞いてたんだが……ともかく、今は寝ろ。最悪な顔色だぞ」

洛宝はしかたなく目を伏せ、行気（こうき）に専念した。体内の古い気を新しい気と入れかえる呼吸法で、乱れた気の流れを整えるのだ。

（昔はよく気を乱した……）

牡丹が死期を予兆するものだと知った当初、洛宝はその死に抗（あらが）おうとした。牡丹が咲いた者のそばにくっついて監視し、危険があるとあらば回避させようと試みた。だが、うまくいったことは一度もなかった。それどころか死に抗おうとする行為には、かならず反動がともなった。経絡（けいらく）を巡る気が錯乱して、幼い体を蝕（むしば）んだのだ。

「洛宝。死をありのままに受けいれるんだ」

記憶の底で優しい声がした。熱に浮かされ、牀の上で意識を朦朧（もうろう）とさせる洛宝の額に、そっと触れる冷たい手があった。四歳上の兄、丁文飛（ぶんひ）だ。

「死は天が定めたもの。天帝のなさることに逆らってはいけない。ただ受けいれ、死にゆく者を静かに見送ってやるんだ」

「どうにかしようとするのは、いけないことなのか？」

努力を否定された気がして、洛宝は悔しさに涙ぐむ。文飛はこれ以上ないほど柔らかくほほえむと、洛宝の熱い額に己の額を合わせ、そっと囁（ささや）いた。

「いいや。たとえ天帝の怒りを買おうとも、死に抗おうとする洛宝の清い心を、私は誇りに思う。けれど、おまえが傷つけば、父上と母上が悲しまれる。……いいかい。今後、誰かの牡丹を視ても、その死をただ受けいれるんだ。なにもしないことを恥じなくていい。おまえはただ、ひとよりほんのすこし、死をはやく知ってしまうだけなのだから」

「なにもできないこと」を受けいれるのは苦しく、虚しかった。受けいれ、「なにもせずにいること」はなお苦しかった。洛宝の人知れぬ戦いを知らない周囲の人間たちは、「薄情だ」、「死ぬと知りながらなにもしない」と眉をひそめた。

それでも乗りこえ、受けいれられたのは、文飛のおかげだった。黙って見守り、ときに悔しさに涙する洛宝をそっと抱きしめてくれたからだ。理解されない孤独も、文飛がいたから気にならなかった。ひとりきりではないのだと、思えた。

（文飛……）

洛宝は胸の奥からつきあげてくる痛みに身を丸めた。

「文飛ってのは誰だ？」

洛宝ははっと目を覚ました。いつの間にか眠っていたようだ。枕から頭をあげると、英傑がこちらに横顔を向け、几のそばに正座をしていた。

「……なに？」

「悪い。ずいぶんつらそうだったから声をかけたが、余計だったたな。寝ててくれ」

洛宝は押しだまる。ふと、英傑の膝に琴がのっていることに気づいた。

「その琴、弦を張りなおしたんだったな」

今朝、龍渦城市を出立する前に、英傑はひとりで楽器屋に立ち寄っていた。

「聴きたい」

小さく言うと、英傑はとくになにを言うでもなく、琴に手を置いた。

骨太の長い指が、丸い音色を奏でる。葉先に溜(た)まった夜露が落ちるかのごとく、一音、一音、弦が弾(はじ)かれる。独立した音でしかなかったそれは、やがて繋(つな)がりを持ち、ゆるやかな曲を奏ではじめる。まるで体の不調を無に帰すような優しい音色に、洛宝は不思議なほど落ちつきを取りもどした。

「琴や笛、太鼓や鐘の音は、魔を祓(はら)う」

呟(つぶや)くと、英傑は琴を鳴らしながら「へえ」と興味深げに笑った。

豪胆な男だ。頼みの洛宝がこのざまで、なにが起きているのか、洛宝以上にわかってはいないだろうに、すこしも怯(おび)えるところがない。

話したい。ふいに衝動がこみあげる。たかが半月ばかり前に知りあっただけの、素性もよくわからない男だ。心の奥深くに閉じこめた想いを語ってどうしようというのか。

「文飛は——兄の名だ。四つ上の、丁家の長兄だった」

思いとは裏腹に、洛宝は口にする。英傑は琴を奏でる手を止めかけた。だが、「やめるな」と訴えると、黙ったままふたたび弦を爪弾いた。

「八年前、文飛の頭上に牡丹(ぼたん)が咲くのを視た」

洛宝は毒を吐きだすように言った。

「二十日後に、文飛は死んだ」

その牡丹が咲いた日のことを忘れたことはない。一日たりとも。

洛宝が十六歳、文飛が二十歳のときのことだ。九歳で道教の門を叩いた洛宝に対し、文飛もまた同時期につとめ先が決まり、ともに故郷を離れていた。文飛が休暇をとって帰郷した折には、洛宝もかならず山を下りて、兄に会いにいった。文飛との再会は、洛宝にとって、かけがえのないひとときだった。

その夜もそうだった。半年ぶりの再会を祝し、故郷の酒楼で杯を交わした。心弾む夜だった。――文飛の頭上に牡丹を視るまでは。

「不慮の死だったのか」

英傑がそう訊いたのは、牡丹を視るのは不慮の死に限ると話してあったからだろう。

「溺れ死んだと報せを受けた。皇城の庭の池で、夜、足を踏みはずして落ちたらしい」

琴の音が止まる。洛宝が顔を上げると、英傑は「悪い」と弦をかき鳴らした。

「皇城ってことは、兄上は朝廷につとめてたのか。生家は貴族か？」

どこか警戒のにじんだ口調を怪訝に思いつつ、洛宝は「ただの田舎の豪族だ。官位についたのは父の県丞が最高で、朝廷につとめたのは兄がはじめてだった」と返す。

文飛は特別だった。二歳にして孔子の論語を暗記し、誰に教わるでもなく流麗な文字を書いた。周囲からは神童と讃えられていた。とはいえ、所詮は貧しい田舎豪族の出自だ。なによりも家格を重んじる朝廷につとめるなどできるはずもなかった。ところが、その秀でた才はある大貴族の目に留まった。田舎の豪族では考えもつかないほどの抜擢を受けて、文飛の朝廷づとめが決まった。

「著作郎という役職に任じられたと言っていた。国史の編纂をするとかなんとか。文飛は書をたくさん読めることを喜んでいた。それが、まさかあんなことに……」

牡丹が咲いた翌日、文飛はいつもと変わらぬ様子で金景へと旅立ち、生きて戻ることはなかった。

「……おまえは前に、死ぬのを怖いとは思わないと言っていたな。ならもし、その死をあらかじめ知ってしまったとしたら……死が間近に迫っていると聞かされたら、それでも恐ろしいとは思わないか？」

英傑は思案げにし、答える。

「そうなってみなけりゃわからんが……仕事柄、旅の護衛だの、用心棒だのをよく引きうける。死とはいつも隣合わせだ。明日死ぬかもしれないって中で生きてると、なら、明日まではひたすら生きることを楽しんでやろうと思う。死期を知ったならなおさらだ。俺ならそう考えるが……」

英傑はすこしためらってから口を開いた。

「俺にそれを訊くってことは、兄上に死期が迫ってることを伝えたのか」

その問いは、洛宝に耐えがたい苦しみを与えてきた。

思いだされるのは、洛宝が牡丹を視たとき、そうと悟った文飛の一瞬の動揺だ。

——そうか。私はもうすぐ死ぬのだね。

わずかに視線を泳がせてから、文飛は困ったようにほほえんで、そう言った。

牡丹を視たことは話さなかった。だが、文飛は洛宝の表情からそれを悟ってしまったのだ。あのときのあの表情を思いかえすたび、激しい悔いが心を抉る。

突然、死を予兆され、文飛はどれほど恐ろしかったろう。避けられない死に向かって、残されたわずかな日々を生きていくのは、どんな気分がしたろう。

悟らせるべきではなかった。なんでもないふりをして、ただ笑っているべきだった。なんの役にも立たない異能なのだ、せめてそれぐらいはすべきだったのに――。

黙りこむ洛宝の様子から答えを察したのか、英傑が軽い口調で言う。

「どうにもならなかったことを悔やんだってしかたないさ。人はいずれ死ぬ。死期が視えようが視えまいが関係なくな。あんたも生きてる今を楽しめ。人生、楽しんだもん勝ちだぞ？」

「……楽しんでる。好きなように、白淵山でだらだらとすごしている」

「それを本心から楽しんでるってんなら、なにも言うことはねえが……斗斗殿が言ってたぞ。城市に行くのをやめてから、洛宝さまはずっと退屈そうにしてるってな。人間嫌いだと言ってるが、本当はおしゃべり好きで、人と関わるのも好きな方なんだ、って」

斗斗の奴は余計なことばかり言う。だいたいなんだ、その矛盾した思考回路は。ひとを自己矛盾の塊みたいに言うな、と洛宝は憤りに唇を嚙む。

「噂がうっとうしいのはわかる。けど、なんで否定もせず、人との関わりを完全に断っちまったんだ？　噂は嘘だと言って、死期を視る力のことも秘密にしてりゃ、それで解決した話だろう。それとも……もしかして、また誰かの牡丹を視るのが怖くなったか」

思いがけないことを言われ、洛宝は顔をしかめる。

「そんなわけあるか。どうだっていい人間の牡丹など、視たところでなんとも思わない」

「それってつまり、どうでもよくない人間を作りたくないってことだろう？」

洛宝は目を見張る。否定しようとして、返す言葉のない己のありさまを自覚する。

――視たくない。あんなに苦しい思いをするぐらいなら、もう二度と誰かに心を預けたくない。親しい者など作らない。ずっとひとりでいい。

湧きあがる感情の渦に呑まれそうになったそのとき、ふいに禍々しい気配を感じた。

ゆっくりと頭を動かし、梁の上を見る。

そこに奇妙な形の影がうずくまっていた。異様に手足の長い、猿に似た姿をしている。

洛宝の半分ほどの身の丈は、ぼさぼさの茶色の体毛で覆われていた。梟のように長い足指を梁にしがみつかせ、赤い目をぎょろりとさせ、室内を見下ろしている。

カカカカッと、ソレが歯を鳴らした。

『寝ないのか』

低い声だ。強烈な臭気が口から吐きだされ、部屋に充満する。

と、化け物が腕に持っていたなにかを、ひょいと投げつけてきた。重たい音をたてて英傑の前に落下し、ごろりと床を半回転したそれは、人間の生首だった。

化け物が梁から英傑の表情をじっと見下ろし、ふたたび歯を剝いた。

『枕だ。寝ないのか』

洛宝は動揺する。英傑もまた同様のようだったが、すぐにふっと笑みを浮かべた。

「いい枕だな。けど、まだ寝る気はない。琴を弾いているからな」

驚きに目を見開く。この男、どれだけ肝が据わっているのか。

化け物が不思議そうに首をかしげ、洛宝に視線をよこす。ぎくりとするが、英傑がひときわ強く弦をかき鳴らし、化け物の注意をふたたび己に向けさせた。

「弾きおえたら寝る。寝たらまた来い」

英傑は言うなり、琴全体を使った豪快な曲を、軽やかに、大胆に、奏ではじめる。

化け物は梁の上を後ずさった。

『……あとひとり――』

そうして、化け物は明かり取りの高窓から外に出ていった。

英傑は琴を片手で爪弾きながら、床に転がった生首を掴みあげた。

「見せてくれ」

洛宝が言うと、英傑はひょいと生首を見せてきた。肌は青白く、白目を剝いている。

だが、血が流れていない。首そのものは本物のように見えるが、どこか現実味がない。

「眠るなよ、獅子屋。寝たら、本当に来るぞ」

「安心しろ。俺は眠らない。……眠れないんだ」

英傑の言葉は、まるで眠れないことが最初からわかっているかのような、あきらめをはらんだものに聞こえた。

「不眠か」

英傑につけられた〈眠らずの獅子〉という二つ名のことが脳裏をよぎる。

「まあそんなもんだ。昔、義兄弟の契りを結んだ男がいてな。そいつに手ひどく裏切られて、気づいたら眠れなくなってたんだ。……多分、無意識に気を張ってんだろうなあ。そんなつもりはないんだが。繊細すぎていやになるよ」

不眠という深刻な疾患を語るにしては軽い口調で自嘲する。

「だから、寝ずの番は任せとけ。ひとまず、このまま夜明けまで琴を弾きつづける。朝日が昇れば、あれも姿を消すと思うんだが、どうだ？」

夜明けを待つ。たしかに、洛宝が動けず、英傑が眠気知らずなら最上策と言える。

「わかった。任せた。……もうひとつ。酒坊の主が言っていた、故郷の墓に出る化け物とやらの話を聞かせてくれるか」

眠ってしまう前に、酒坊の主が言う化け物と関係があるかを知りたかったのだが、英傑の話した内容は予想外のものだった。

「その化け物ってのは、もとは主の故郷の村に出た化け物だったらしい。子供のころ、村にある公設の旅館で、泊まり客が次々と首を切られて死ぬ事件があったんだとか」

洛宝は「はあ!?」と飛びおきようとし、眩暈を起こして牀に逆戻りした。

「まさか、ここのことか？　おまえ、それをはじめから知ってて泊まろうとしたのか！」

「ああ、いや、そうじゃない。主が言うその村というのは、主人が子供のころに廃れちまったんだ。今はもう無人の廃村になっているそうだ。二十年も前になるか」

「無人の廃村……」

「泊まり客を襲った奴は捕まらなかった。旅館の亭主が嫌疑をかけられて処刑され、別の者が新たな亭主となったが、その後も次々と首を切られて死ぬ者が出た。やがて噂が広まり、旅人が旅館に泊まることはなくなったそうだ」

「だが、それでも収まらなかったと……？」

「ああ。今度は村の人間に犠牲が出はじめた。首のない死屍(しし)が、一夜、また一夜と増えていった。そのうち、目撃者が出た。犯人は大猿のような姿をした化け物だったそうだ」

村人総出で退治しようとしたが、化け物は強く、さらに多くの人間が死んだ。それでも人々は村を離れる決心をつけられなかった。人の流動の激しい城市ならいざ知らず、村の人間は土地に根づく。そこにはなによりも大切な祖先の墓があるからだ。

「そうこうするうちに、四十九人の人間が亡くなった。生き残ったわずかな村人は、ついに移住を決意した。移住先のひとつが鹿頭村だ。以来、村は打ち捨てられ、誰も住まない廃墟となった。街道も別の場所に築かれ、旧道はもう草に埋もれるのみだという」

「……草に埋もれた旧道」

「酒坊の主が言う墓ってのは、化け物に殺された主の父母のものだそうだ。惨劇の村から逃げだす際、生き残った村人に手伝ってもらい、急ごしらえで作ったものらしいんだが、村人もはやく逃げたかったんだろうな……牌楼のすぐ外に首のない遺体を埋めただけで、祭祀もろくに行えなかったそうだ。そうこうするうち二十年が経ってしまい、そろそろちゃんと祀りたいと考えたが、例の化け物がまだいるかもしれないと思い、話が来たってわけだ。……旅館のある村ってのはとうに廃村のはずなんだよ」

「だが、どう考えても、その話に出てくる公設の旅館というのは、ここのことだ」

洛宝は困惑し、血を流さない生首を見つめた。


『あとひとり——』

いつの間にかまた眠っていた洛宝が目を覚ますと、ちょうど梁の上を化け物が去っていくところだった。

「あの化け物、また来ていたのか……」

「また？　またどころか、またのまたのまたのまただよ、丁師父」

英傑がうんざりした様子で言う。首を横に向けると、英傑の前には何十もの生首がこんもりとした山を築いていた。軽く四十は超えそうだ。まったく気づかなかった。

「大見得切っといて情けないが、そろそろ指が限界だ。足もしびれてきた。今、なんどきだ？　俺の感覚だと夜が明けるころなんだが、まるで時が経っている気がしない」

同じ違和感を洛宝もまた覚えていた。ずいぶん長いこと寝た気がするのだ。

思いきって枕から頭をあげる。体が重い。あれだけ眠ってもだめなのか。落胆し、洛宝は息を切らして布団から這い出る。

「どうする気だ」

洛宝は答える余裕もなく四つん這いで窓辺に向かう。上がる息をどうにか整え、壁を支えに立ちあがって、震える腕で下ろされた木戸を押しあげる。雲の合間から星が白々とまたたいているのが見えた。星座の位置をたしかめ、洛宝は顔をしかめる。

「時が動いていない。どうやら時の流れの外に閉じこめられてしまったようだ」

「なんだそりゃ……」

「いったん琴はやめていい。村の様子を見てきてくれ。旅館の亭主と話ができるようなら、なにか知っていることはないか、訊いてみてほしい」

「あんたひとりを残してって大丈夫か。あいつが来るぞ」

「私を誰だと思ってるんだ？」

英傑はにやりとし、「了解した、偉大なる丁師父」と言って、部屋を出ていった。

足音が遠ざかるのを待って、洛宝は生首が築く小山のもとまで歩みを進める。

「あとひとり、か……」

その場にしゃがみ、首をひとつひとつ手にとる。どれも苦悶に顔をゆがめている。

（旅人、村人、合わせて四十九人が殺された。四十九という数はキリが悪い。あとひとり……五十人目を求めている？）

首を床に並べる。一、二、三……数をかぞえたところで、ふと手を止める。

『あの男はどこに行った』

音もなく梁の上に現れた化け物が淡々と言う。洛宝は短く笑った。

「さあ、便所かな。待っていても無駄だぞ。あいつのくそは長い」

『おまえは寝ないのか』

化け物が洛宝に問う。どうやら標的を洛宝に変えたようだ。新たな首がどんっと目の前に落ちて転がり、洛宝の膝にぶつかって止まった。

こちらを虚ろに見上げるそれは、牌楼で会った娘の首だった。

(ああ、そうだな、この娘の頭上には牡丹が咲いていた)

その首もまた妙に作り物めいている。だが、牡丹を視た以上、娘が死んでいることはたしかだった。洛宝は憂いを瞳に宿し、娘の頬を両手で包みこんだ。

これまで多くの牡丹を視てきた。よほどでないかぎり、心が揺れることはもうない。それでも——本当にいっさいなにも感じないわけではないのだ。

化け物がカカカカッと歯を嚙み鳴らし、梁を蹴って洛宝へと跳びかかった。

洛宝は霊符を化け物目がけて投げつけた。化け物は後ろに吹っ飛び、壁に衝突するが、すぐさま壁を蹴って、ふたたび跳躍してきた。次の霊符を摑む。その手は小刻みに震えている。たった一撃放っただけなのに、もう腕を持ちあげる力すらない。

(あいつに大口を叩いておいてこのざまか)

洛宝が歯を食いしばった、その直後だった。

「師父、のけぞれ！」

かたわらに走りこんだ英傑が、電光石火のごとく剣を下から上へと振りあげた。化け物は床を蹴って跳びさり、さらに梁まで跳躍する。

「寝たら来いと言ったはずだ。まだ俺は寝ちゃいないぞ！」

英傑が怒声をあげると、化け物はじりじりと後ずさり、音もなく外へと消えていく。

「……遅いぞ」

ぼやくと、英傑は剣を肩にのせ、「待たせた、丁師父」とからりと笑った。

「外の様子はどうだった」

「亭主はいなかった。出てすぐのところで幼い娘に会ったが『宿を出るな』と懇願されて、そうこうしてるうちに、あの化け物がやってきて、娘の首を切りとばした。首を摑んで、旅館の屋根に跳んでいったから、急いで戻ってきたんだが……」

「悔やまなくていい。この者たちはとうの昔に死んでる。おそらく、二十年前に殺されたという村人たちだ。……この娘が四十九人目の犠牲者だ」

洛宝は娘の首を、並べた首の最後にそっと置く。

「なにが起きたのかはわからないが、この村はどうやら過去の惨劇を繰りかえしている。おそらく、私かおまえ、どちらかが殺されてやらないかぎり夜は明けない」

そう言って、洛宝はちらりと英傑を横目に見た。

「ちなみに、おまえに牡丹は咲いていない。安心しろ」

「心配しちゃいないが、吉報をどうも」

「殺されることがあるとしたら私だな。私は自分の牡丹を視ることができない」

「そうはさせねえよ」

「もちろん、私も首をくれてやる気はない」

洛宝は汗ばんだ額に手をやる。そうは言っても、今夜は完全に役立たずだ。

——この男を信じてみるしかないか。

「獅子屋、悪神邪鬼がもたらす祟りを鎮める方法はふたつだ」

唐突な教えを受け、英傑は真面目な弟子であるかのように真摯に耳を傾ける。

「ひとつは、丁重に祀ること。祟りを起こすということは、なにかしらの不満か望みがあるということだ。それを知り、叶える。それをもって荒ぶる魂を祀る」

「陥湖で水神様にやったようにだな。……なるほど」

洛宝は目の前に並んだ首を見つめた。

「あの化け物の望みは、私か、おまえの首だ。当然、望みを叶えてやることはできない。だとしたら、とれる手段はもうひとつ——駆邪」

魔を祓う。つまり、退治をするということだ。

「駆邪を成功させる鍵は、丹力だ。丹力とは人体が持つ根源的生命力のこと……つまり、気のことだ。気は誰もが身に宿しているが、道士は修行によってこの気を極限まで高める。高めたそれを丹力と呼ぶ。そして化け物というやつは、人間が放つ生命力……丹力に弱い。ゆえに――おまえに私の丹力を分けあたえる」

英傑は目を丸くした。

「剣は剣であるというだけで駆邪の力を持つが、丹力を通すことで、より強力な破邪の剣となる。私の丹力を受ける覚悟があるなら、そこに背を向けて座れ」

英傑は神妙にうなずき、言われたとおりにした。

「脱げ」

「……ん？」

「上衣だ。さっさと脱げ」

化け物相手にも恐れることのなかった英傑が「えぇ!?」とはじめて躊躇する。洛宝が「はやくしろ」とにらみつけると、英傑は観念した様子で上衣を脱いだ。

その剝きだしの背中を目にした洛宝は、目を見開いた。

むごたらしい傷が無数にあった。背だけではない、腕にも、脇腹にも、おそらく前面にも。ただの創傷ではない。これはまるで――拷問の痕だ。

洛宝は眉をひそめ、わずかに汗ばんだその背に指を這わせる。

「強い力が流れこむ。水を流すように受けいれろ。拒めばその反動で、体内を丹力が暴れまわり、経脈が断たれ、二度と動けぬ体になるぞ」

「……さらりと怖いこと言ってくれるじゃないの」

洛宝は呼吸を整え、経絡を巡る丹力を指先に集めた。

驚くべきことに、いっさいの抵抗を感じなかった。丹力は、熔けるまで熱した鉄のようなものだ。並の人間なら本能で拒絶してしまうほどに熱い。もちろん英傑なら受けいれられると判断したからこその荒業なのだが、それにしても驚くべき豪胆さだ。

（大した奴だ）

やがてその背がほのかに輝きだす。洛宝は安堵し、そっと指を離した――。

――行くな。

声がした。いつの間にか、目の前から英傑の背が消えてなくなっていた。かわりに、闇があった。そこには牢獄がある。格子の向こうに、誰かがうずくまっている。ふいに痛いほどに手首を掴まれ、顔をゆがめて視線を落とす。握られた手首から丹力を吸いとられていることに気づき、にわかに動揺する。だが、今、手を離せば、丹力が逆流して己の身が危うくなる。洛宝は顔をしかめ、求められるままに丹力をそそぎつづける。気が遠くなる直前、ぱっと手が離された。洛宝の体は闇の中から弾きだされ――気づいたら、どっと床に尻をついていた。

「終わったのか？……て、大丈夫か、丁師父！」

洛宝はびりびりと痺れている手首を掴み、英傑をキッとにらみつけた。

「……くそ。ちょっとは己を律しろ、強欲がすぎるぞ！」

英傑は「え？」と目をぱちくりさせる。

今のはいったいなんだ。怪訝に思うが、それどころではない。「調子はどうだ」とたずねると、英傑は拳を握り、また開き、その瞳を驚嘆に輝かせる。成功したようだ。

倒れこみたいほどの疲労を覚えながら、洛宝は口を開いた。

「駆邪に必要なものを言う。大皿に水を張って持ってきてくれ」

英傑は上衣を着なおし、階下に探しにいった。やがて水を入れた大皿を運んでくると命じられるままに皿の上に剣を横たえ、洛宝が用意した霊符をその刀身にのせた。

「水鏡に化け物の姿を映せ。あれの名がわかるはずだ。名を知られた化け物は通力を失う。正体を見破ったら、その名を叫び、斬れ。一撃必殺で仕留めろよ」

英傑が力強くうなずく。その顔に浮かぶ余裕たっぷりな笑みを見て、洛宝は不思議なほどに安心した。ああ、これでようやく夜が明けるのだ、と。

「じゃ、あとは任せた。私は寝る」

「えっ？　なんだ、弟子の雄姿を見ててくれねえのかよ」

「寝ないと化け物が来ないだろうが。おとりだ、おとり。おまえは物陰に身をひそめて、化け物を待ってろ。……じゃあ、おやすみ」

洛宝はふらふらと牀に戻り、ばたりと横になって落ちるように意識をなくした。

どれほど経ったころか、化け物が『寝たか』と問うたのを聞いた気がした。英傑が「ああ、寝たよ。高獲」と答える。次の瞬間、梁の上の化け物が『ぎゃあああっ』と悲鳴をあげた。どさりとなにかが落ちる音、それに激しい物音がつづき、ふたたび化け物の悲鳴が轟き……静寂が訪れた。英傑が「本当に寝る奴があるか」とぼやいた気がしたが、洛宝はなんの心配もなく、昔の夢に苛まれることもなく、眠りつづけた。


「おーい、丁師父。朝だぞ、起きろー」

瞼裏に眩しさを感じる。洛宝はのろのろと布団から這いでて、首を横に向けた。

すぐそばで、英傑が呆れ顔であぐらをかいていた。

「よくこんな状況で爆睡できるもんだな。よだれが垂れてんぞ。……で、具合はどうだ？」

体は軽かった。乱れた気もしっかり整っている。まだだるさは残っているが、それは英傑に丹力を吸われたことが原因だろうから、しばらくすれば元通りになるはずだ。

「治った」

けろりとして言うと、英傑は「あんだけ寝りゃな」と皮肉を言った。

「あの化け物は倒したのか」

当然倒したろうと思って問うと、英傑は苦々しげにうなる。

「瀕死の手傷を負わせたとは思うが、逃がした」

「なんだと？　一撃必殺と言ったはずだぞ、役立たず」

「返す言葉もないが、あんたの丹力、考えものだぞ。剣を振っただけで腕の血管がちぎれるかと思った。よくあんな物騒なもんを体内にしこんでられるな」

「ふん。あんなに貪欲に受けいれてたくせに」

英傑はまったく意味がわからないといった様子で首をかしげた。

旅館を出ると、朝日のもとに広がっていたのは、廃墟と化した無人の村だった。牡丹の花弁はもうどこにも落ちておらず、かわりに血痕が点々と村の奥につづいていた。血痕をたどった先にあったのは、崩れかけの茅屋だった。掛け筵をのけて中に入ると、うめき声が聞こえた。寝藁の上に男が横たわっている。

「高獲か」

洛宝が問うと、男は虚ろな目をこちらに向け、「ああ」と戸惑ったようにうなずいた。

その声には覚えがあった。村にたどりつく前、赤い霧の中で出会った農夫のものだ。ここらには化け物が出る、この先の村に旅館があるから泊まれとうながしてきた男だ。

「私の名は丁洛宝。旅の道士だ。村の旅館に泊まったが、覚えているか」

「ああ……覚えてる。そうか、仙女様かと思ったが、男だったか、はは……」

「この男が化け物の正体か？」

英傑がひっそりと訊いてくる。洛宝は「そのようだな」とうなずいた。

「半妖だ。昼の間は人の姿をしているが、夜になると化け物と化す。どうやら化け物だったときの記憶もすこしは残っているようだ。……高獲。なにがあったか話せるか」

男は口の端から血泡を噴き、力なく呟いた。

「頼む、見逃してくれ。あんたらのことは帰してやるから。あとひとりなんだよ……」

「なにがあとひとりなんだ？」

「お詫びの供物だ……神様から言われてんだ、五十人の命をとってこいって」

男の呼吸は荒く、弱かった。かすれた声で話をするたびに血が口からあふれる。

洛宝は男の頭上に目をやった。そこには牡丹が咲いている。だが、鮮やかな紅紫色をしているはずの花弁は枯れ、蕊もすでに退色していた。

(もしかしたら、この散らぬままに枯れた牡丹が意味するのは……)

洛宝は小さく息をつくと、男のすぐそばにひざまずき、その肩にそっと手を触れた。

「なにがあったのか、わけを話したいか」

囁きかける洛宝を、男は見上げた。その目に涙がにじむ。

「ああ……ああ、道士様、聞いてくれ。あれはもう五年も前になる——」

男——高獲は県の役人をしていたが、あるとき休暇をとって旅に出たという。だが、帰路に寄った妓楼で遊女に溺れ、気づけば帰任の期限をすぎてしまっていた。

「このままじゃ仕事をなくしちまう。焦ったよ。なんで妓楼なんかに寄ったんだと思ったが、後の祭りだ。けど……帰路の途中、ある立派な廟に出くわして……」

藁にもすがる思いで、高獲は名も知らぬ土地の神に祈りを捧げた。

——処罰を受けずに済みますように。聞き届けてくださったら、供物を奉納します。

すると、高獲は帰任に遅れたにもかかわらず、処罰を免れた。願いが叶えられたのだ。

「でもよ、あの廟に供物を奉納するにはまた休暇をとらなきゃならない。旅費もかさむし、供物に払う金だって馬鹿にならない。それで……もういいかと思っちまったんだなあ。そしたら五年経ったある晩、神様がやってきて言うんだ。供物の約束を五年も放置したからには、贖いとして五十人の命をとってこいって。それで……はは、このざまだ」

神は、男を夜になると毛むくじゃらの化け物に変化する半妖に変えた。

村の者は殺したくなかった。だから旅館に泊まった他人を次々と殺した。しかし噂はすぐに広まった。そのうち誰も旅館に泊まらなくなり、獲物を失った高獲は焦った。

「俺は殺さなきゃいけねえんだ。五十人の命を冥府に送らなくちゃ、人間に戻れねえ」

しかたなく村人を殺した。ひとり、またひとり。待てど暮らせど旅人は来なかった。村人が減り、弟夫妻を殺した。妻も手にかけた。老いた親を殺した。旅館の亭主を殺した。数だけはしっかり数えていた。四十八人。あとふたり。

「なあ、俺はついに娘も手にかけたよ。十歳にもなってなかった。化け物になった俺を見て怯えてた。俺はその首を切った。夜になると生えてくる、あの忌々しい尖った爪で」

男は苦しげにあえぎ、洛宝に腕を伸ばした。

「あとひとりで赦される。やっと五十人だ。やっと終われる。……なあ、仙女様。旅館、まだやってるか。旅の人は泊まってるか。あ……あと、ひとりで――」

洛宝は高獲の耳に顔を寄せ、そっと告げた。

「安心しろ。おまえが最後のひとりだった」

枯れた牡丹が意味するもの――それは、この者はとうに死んでいるということだったのだろう。村の荒れようや、英傑が酒坊の主から聞いたという「二十年前に廃村になった」という話を考えても、おそらく死んでから十数年は経っている。

裏切られた神は、はなから高獲を赦す気などなかったのだ。五十人目ははじめから高獲だと決まっていた。四十九人目としてみずからの娘を手にかけさせ、そしてきっと高獲は神罰によって死んだ。すべてはとうに終わっていた。

だが、子孫によって祀られることのなかった霊魂は怨霊と化し、怨嗟うずまく村に縛りつけられた。冥界に行くことができず、遊魂となって村に留まりつづけ、ひたすらに待ちつづけた。最後のひとりが旅館にやってきて、惨劇の夜が明けるのを。

「ああ……なんだ。……そうだったかぁ……」

男の頭上にあった枯れた牡丹が、ぱらぱらと花弁を落とし、消えていく。それとともに男の体から肉が溶けだし、白骨死体だけがあとに残された。

その後、廃屋に戻った旅館の地下からは、おびただしい数の頭蓋骨が見つかった。その中に、子供の頭蓋骨を見つけた洛宝は、牌楼で出会った娘のことを思いだした。

——旅館に泊まってください。お願い。でないと、お父さんが……。

あれはおそらく高獲の娘だったのだろう。お父さんが、その後につづく言葉はなんだったろう。最後のひとりを殺さねば、父がいつまでも赦されない、と言いたかったのか。つづきを想像しようとして早々にあきらめる。どうせ答えはわからない。

いずれにしても、苦しみの夜は明けたのだ。

五

「やっと酒が呑める。千日酒は残念だったが、この〈昌容酒〉もなかなかの香りだ！」

龍渦城市への帰路についた洛宝は上機嫌だった。そら、と隣を歩く英傑の顔に酒甕を近づけてやる。英傑もまた「これはこれは」と顔をとろけさせた。

この酒をくれたのは酒坊の主だ。顛末を報告し、「いつでも安心して墓参りに行っていい」と伝えると、主は泣いて喜び、報酬とともにこの昌容酒を持たせてくれた。千日酒のせめてものかわりに、と話していた。

「にしても、千日酒が手に入らなかったとなると、勝負はお預けになるな。俺はこのまま食客として居座ることになるが……どうする？」

そうたずねる英傑の目は楽しげに細められ、どこか挑発的に洛宝を見下ろしている。

――この男はいったい何者だろう。

龍渦城市の便利屋だ。しかし、洛宝にはこの男がただの便利屋には思えなかった。たたずむ姿も、颯爽と歩く姿も、琴を奏でる指さばきにも、動作のひとつひとつに隠しきれない品がある。加えて、あの拷問の痕だ。

（それに、こいつの体内宇宙で見た、あの牢獄にいた男……）

洛宝は興味の赴くままに英傑を眺め、ふいに我にかえって目をそむけた。

(なにを考えている。興味など持つな。こいつの正体なんて知らなくていい)

だが、関わりを拒むその胸に、ふと文飛の声がよみがえった。

——心を閉ざしてしまわないで。いつかきっとおまえを恐れぬ友と出会えるから。

それは幼いころ、人と距離を置きはじめた弟を案じ、文飛がかけてくれた言葉だった。

(なぜ今あの言葉を思いだす。友など……そんなもの、私は求めていない)

だが、この男が来てからというもの、久しぶりに退屈を忘れられた。「このまま居座る」と聞いても、その図々しさを不快に感じないのはなぜか。

(……そう大げさに考えるな。どうせこいつはすぐに出ていく)

あの甕に金が貯まるまで、それぐらいの間なら、暇つぶしに置いてやるのもいい。

洛宝はふっと肩から力を抜き、「べつにかまわない」と呟いた。

「おまえの作る飯はうまいし、琴もうまい。どうせ怪力乱神への対処法を学んだなら出ていくんだろう？　なら、それまでは食客として置いてやる」

そっけなく言うと、英傑は目をまん丸にし、やがて「へえー？」とにんまり笑った。

「素直に言え。俺といるのはなかなか楽しいだろう」

「ふてぶてしい奴だ。そう言ってほしいなら、言ってやる。あー楽しい」

棒読みで答える洛宝に、英傑は声をあげて笑った。

日暮れが迫るころ、ふたりはようやく龍渦城市に帰りついた。晩飯について話しながら、閉門した道観の前を通りすぎた——そのときだ。

『百華道士。不老不死の丹薬の作りかたを知っているか』

声をかけられる。門の脇にひとりの道士が立っていた。その姿を見た英傑が息を呑む。

「……いいや。残念だが、知らない」

洛宝が答えると、道士はガクンと首を横に傾けた。皮一枚でつながった、なかば落ちかけた首の切り口から、どろどろと黒い瘴気があふれだす。

『刺史様の求めに応じねば……無能者と罵られ、私は……なんのために清州に……』

道士は無造作に首の傾きを手で直すと、閉じた道観の門扉を通りぬけて姿を消した。

「丁師父、今のは――」

英傑が険しい声で問う。洛宝はただ静かに口を開いた。

「清州刺史の招きに応じて、龍渦城市を出ていったという道士だな。きっと殺されたのだろう。刺史の要望に応えられず、無能者扱いされて」

淡々と呟く洛宝を、英傑はまじまじと見つめた。

「獅子屋。おまえは前、私になぜ権力を嫌うのかと訊いたな。これが答えだ」

人は精怪や妖者のたぐいを総じて化け物と呼ぶが、本当の化け物はきっと人間の顔をして、人の世にまぎれている。この道士を殺した者がそうであるように。

洛宝は北東の方角に目を向けた。

すでに夜の闇に呑まれはじめた空の先にあるのは、乾帝国の皇都・金景だ。

（文飛は皇城の池で溺れ死んだ。……そう聞かされた）

その説明を家族は信じた。文飛は泳ぎが下手だった。きっと池に落ち、這いあがるこ

とができなかったのだろうと思ったのだ。だが、洛宝だけはその死に疑念を持った。

文飛は自分がまもなく死ぬとわかっていた。それなのに、どうしてうかつにも夜の池端を歩いたりするというのか。

（ただの溺死じゃない。その死にはなにか裏がある）

文飛はなぜ死んだのか。それを知ることは、洛宝がこの八年間、絶やさず胸のうちに抱きつづけた願いだ。今はまだ答えを見つけられずにいる。だが、もし。もしも、文飛の死が何者かによって故意に与えられたものだったとしたら、そのときには――。

（かならずそいつを見つけだし、この手で死の牡丹を咲かせてくれる）

洛宝は眦を決し、茜色の空をにらみすえた。

ふと身をかがめて、抱えていた酒甕を道観の門の前に置く。

「ろくに会話を交わしたこともなかったが、同じ道士として、せめてもの弔いだ」

洛宝が立ちあがると、英傑がすこし呆れた顔をしていた。

「生きてるうちは有象無象扱いするくせに、死んだら優しくしてくれるんだなあ」

「おまえのことも死んだら優しくしてやるよ」

英傑は「俺は死んだところで化けて出ねえよ」と笑い、大きく伸びをした。

「せっかくの酒がまたなくなっちまったな。どうする、洛宝。ちょっと奮発して、明洙楼で一級品でも買ってくか？」

洛宝は顔をしかめた。洛宝。また性懲りもなく名を呼んでくる。にらみつけるが、英傑は「ん？」と首をかしげる。どうやら無自覚らしい。

(べつにいいか。こだわるのも馬鹿馬鹿しい)

洛宝はふっとほほえみ、「それはいいな。英傑」と答えた。

ふたりは夕暮れの道を、灯籠(とうろう)をともしはじめた花街へと歩きだした。

＊＊＊

老いた指先が駒を盤上に置く。一手打ったびに、白く長いひげを手でなで、「ふうむ」とうなる。相手はいない。庭園の東屋(あずまや)で、棋譜を手に持ち、ひとり駒を打ちつづける。静かだった。だが、老人は時折、誰かの声に耳を傾けるようにし、小さくうなずく。

「……わかっておる。おぬしらの恨み、決して忘れたりはせぬよ……」

沈太保、と静かな声が東屋のそばであがった。黒衣をまとった男がひざまずいている。

老人は盤から顔を上げることなく、「申せ」と発言を許す。

「楊荘亮にふたたび謀反の兆しあり。この郭健明(かくけんめい)にどうか調査のご命令を」

老人は小さく息をつき、勝敗を決する最後の一手を打った。

「清州へ行け。わしもすぐに向かう」

志怪三　招魂の真偽

一

「……てことはつまり、墓荒らしの犯人はただの野犬でしたってことか」

渋面を作った洛宝の背後に立ち、その肩越しに墓を見て、英傑は呟いた。

「ああそうだ。というか、こんなもの、見ればすぐにわかるだろう。犬が掘りおこした痕跡(こんせき)がしっかり残ってるじゃないか。……おい、肩に顎(あご)をのせるな。暑苦しい」

洛宝がにらんでくる。英傑はにやりと笑い、肩にのせていた顎を離した。

夏の払暁、龍渦城市のはずれにある墓地だ。ふたりの目の前には土饅頭(どまんじゅう)があり、掘りおこされた土の中からは遺体がのぞいている。今回の依頼は、「墓を荒らされた。黒巫者(くろふしゃ)のしわざではないか。怖いから調べてほしい」というものだった。

「そもそもなぜ黒巫者のしわざなどと疑ったんだ。馬鹿なのか、その依頼主は」

道門や仏門などに属さない民間の術者のことを巫者と呼ぶが、中でも邪術を用いる術者は黒巫者と呼ばれ、忌み嫌われている。

「そう言うな。それに、墓をたしかめただけで報酬をもらえるんだ、うまい話だろ」

洛宝は白い目を英傑に向けつつも、「それはそうだな」と軽く笑んだ。

「さて、依頼主に報告に行くか。洛宝もたまには会っていったらどうだ？」

「なぜ私が龍渦城市の有象無象に会わねばならないんだ。口をきくのもごめんだ」

「俺も龍渦城市の有象無象だけど、毎日顔をあわせてしゃべりもするぞ。いいのか？」

「おまえはいい」

英傑はひょいと眉を持ちあげる。洛宝は英傑の驚いた表情には気づかず、「先に帰るぞ」と言って身をひるがえし、ふと英傑を振りかえった。

「そうだ、英傑。帰りに市場に寄って、辛味噌を買ってきてくれ」

「辛味噌？　いいけど、なにに使うんだ？」

洛宝はふふんとだけ笑って、明るみはじめた墓地を山のほうへと去っていった。

（人間嫌いの道士様が、ずいぶん心を開いてくれたもんだな。感慨深い……）

英傑が白淵山に住まうようになって四か月、世はすっかり真夏を迎えていた。

――墓地をあとにした英傑が依頼主の住む家へと報告に向かうと、泣きべそをかいた孫を脚にしがみつかせた老人が「犬だそうだよ、よかったなあ」と声を明るくした。

「実は、うちの婆さんの生家がある清州のほうで墓荒らしが多発してるそうでなあ。黒巫者のしわざじゃないかって言われてるそうだ。それで……まさかうちの先祖が鬼神にされちまったりはしてないかと怖くなってねえ。けど、孫もこれで安心できるだろう」

英傑は納得する。黒巫者による墓荒らし、たしかにそれは鬼神を連想させる。

四十年ほど前、乾帝国に襲来した鬼神は、巫者の部族、煉狼族が用いた邪法「召鬼法」によって作りだされた人造の怪物だという。鬼神の製造には、暴いた墓から得た死屍の一部を使うとされ、人々から恐れられていた。

「あー……ところで、百華道士はどちらに？」

「ああ、丁道士なら先に帰ったよ。……え。会いたかったのか？」

なにか用でもあったのかと思ったが、老人はあわてて手を横に振った。

「いやいや。物騒な御仁だ、会いたいってわけじゃないが……今をときめく〈牡丹と獅子〉のおふたりをそろって拝めるなら、老人会での話の種になると思ってな」

「〈牡丹と獅子〉……ってなんだ？」

「そういう通り名で売りだしてるんだろう？　明洙楼の蔡さんが広めてたが違ったかね」

英傑は唖然とした。

「〈牡丹と獅子〉ってのはいったいなんだ、紅倫！」

開店とともに駆けこんだ明洙楼の二階、いつもの窓ぎわの席に着くなり、英傑はやってきた紅倫に詰め寄った。紅倫は几を挟んで対面に座ると、からからと笑った。

「なんだい、今ごろ耳に入ったのかい？　もちろん、あんたたちふたりの通り名さ。百華道士と獅子屋をもじって、〈牡丹と獅子〉！　牡丹のごとき麗しの道士様と、勇壮なる武人の組みあわせは、なかなか注目されてるよ。笑いが止まらないったらない！」

言葉どおりに高らかに笑いだす紅倫を、英傑は絶句して見下ろす。

「翠姫や。例のあれ、ちょっと持ってきとくれ」

なじみの妓女の翠姫が「あーい」と寄ってきた。運ばれてきたのは、一枚の絹絵だ。几に広げられたそれには、牡丹と獅子が描かれている。吉兆図だ。富貴をもたらすとされる牡丹と、強さの象徴である獅子は、よく吉祥の題材として用いられていた。

「どこぞの画仙の作らしいが、市場で見かけた瞬間、閃いたのさ。これぞあんたたちふたりを売りだすのにふさわしい通り名だってね」

「待て。いつから俺と洛宝のそろいで売りだすって話になった。俺はあくまで期間限定で白淵山に世話になってるだけだぞ」

「そうかい？　最近、よくふたりで仕事をしてるって、城市の連中から聞いたんだが」

「……そりゃ、たしかに近ごろよく仕事につきあってくれてるが――」

当初こそ、相談役に留まっていた洛宝だが、最近は仕事に同行することが増えていた。

『英傑さまが来てから洛宝さまはお楽しそうで、うれしいです』とは斗斗の言だ。

どういう心境の変化だろうかと思いつつ、英傑は「ともかく」と紅倫に頭を下げた。

「あいつは牡丹扱いされるのが嫌いなんだ。すぐにやめてくれ。頼む」

「……驚いた。百華道士のために頭を下げるってのか」

紅倫はふと眼差しをやわらげた。

「どうだい、最近ちょっとは眠れてんのかい」

「……いや、あいかわらずの〈眠らずの獅子〉だよ。一睡もしてない」

そう、と言って、紅倫は笑い含みに紅を塗った唇を開いた。

「英傑。あんた、『獅子身中の虫』って言葉を知ってるか」

まったく脈絡がない問いかけに、英傑は首をかしげた。

「どっかの偉い坊さんの言葉だっけ。弱みなんてひとつもないように見える勇猛果敢な獅子にも恐れるものがある。己の肉を喰らう寄生虫――身中の虫だ。転じて、身内の裏切りを意味する……って、ああ、俺の話をしたいわけね」

「正解。なら、この吉兆図にこめられた逸話についてはどうだい」

英傑は几に広げられたままの絹絵に視線を落とした。

絢爛に咲きほこる牡丹の下で、小さな獅子が眠っている。

「獅子は身中の虫を恐れる。けど、その虫は牡丹に溜まる夜露を嫌う。だから獅子は、牡丹のもとでだけは安心して眠ることができる」

英傑は目を丸くし、紅倫が言わんとしていることを察してうなった。

「つまり、あのよだれ垂らしながら、昼も夜もなしに眠りほうけてる道士様のそばでなら、俺も安心して眠れるって？　笑える冗談をどーも」

「よだれだって？　そっちこそ、あたしの乙女な夢を破壊する冗談言うんじゃないよ」

仏頂面で言って、紅倫はふっと口角を持ちあげた。

「あたしはさ、こう思ってんだよ。あんたがまた他人のことを心から信じられるようになれたら、きっとまた安らかに眠れる、ってね」

　英傑はげんなりする。

「だから、勝手に俺を人間不信扱いするなと――」

「あんたって男は、愛想ばかりよくって、ちっとも本心をさらさない。笑っていても、心はここにあらずって感じだ。でも、最近のあんたはちゃんと楽しそうで嬉しいよ」

　紅倫の思いがけない想いを聞かされ、英傑は驚きに目を見張った。

「そんなこと思ってたのか？　人生楽しんだもん勝ち、それが俺の信条だぞ」

「楽しんでるふりしてるだけだよ、あんたは」

　一瞬、返事に窮したそのとき、通路にいた給仕の少年が「蔡さん、お客様を奥の間にお通ししましたよ」と声をあげた。紅倫は意気揚々と立ちあがった。

「ともかく通り名のことは撤回しないよ。稼ぎ頭をそう簡単に手放してなるもんか。第一、もう遅い。――あんたに客だ。〈牡丹と獅子〉の評判を聞いて来てくださった」

　来てくださった。紅倫の敬語に嫌な予感を覚える。

「まさか貴族の客じゃないだろうな」

「あれ、察しがいい。清州泰郡関県からいらした、県令・殷裕之様の奥方だ」

　くるりと背を向ける英傑の腕を、紅倫が「待ちな！」と力いっぱい摑む。

「貴族の仕事は受けないって言ってあるはずだぞ、紅倫！」

「わかってる。けど、せっかく名が広まってきたんだ。ここで一気に客層を広げて……」

「俺は今の稼ぎで十分なんだ、業突く張り」

紅倫の目が真冬の白淵山並みに冷ややかになる。

「ふぅん、ずいぶん偉そうにふるまうじゃないか、劉英傑。素性もろくに語ろうとしないあんたを、それでも信用して雇ってやったあたしに、へえ、業突く張り、ねえ？」

うっ、と言葉をなくす英傑に溜飲を下げたか、紅倫は媚びた目で英傑の腕をさすった。

「たかが県令じゃないか。七品以下の貴族なんて庶民に毛が生えたようなもんだ。ほら、この絵はあんたにあげるからさ。高かったんだよー、これ」

「いらねえよ」

こほんと咳ばらいがする。振りむくと、翠姫がひきつった笑顔で、壁ぎわに立つ襦裙姿の若い女を顎で示していた。女はくすりと笑って、おっとりとした口調で言った。

「はじめまして。庶民に毛が生えただけの貴族、張碧と申します」

張碧の背後で、老いた侍女が顔をしかめている。英傑と紅倫は同時に互いをにらんだ。

奥の間に通された英傑は、にこにこと笑う張碧の対面に不承不承あぐらをかいた。

「県令の奥方ともあろう方が、妓楼にお越しになるとは大胆でいらっしゃる」

結局、話を聞かざるを得なくなり、つい皮肉を口にするが、張碧は屈託なく笑った。

「実は夫には内緒なの。真面目な人だから、知ったらきっと卒倒しちゃうわね」

無意識にだろう、己の腹をそっとなでる。

視線に気づいてか、張碧は気恥ずかしそうに、そして幸せそうに目を細めた。

「はじめての子なの。まだお産は先だけど、生家の両親に知らせにいった帰りで……」

朗らかに言って、ふと張碧は表情を改めた。

「それで……ご相談したいのは、義父がおこなっている招魂についてです」

ことは半年前、義父の殷清が妻の華紹を車の事故で亡くしたことに端を発する。悲嘆に暮れた殷清は、県令の地位を張碧の夫でもある息子の殷裕之に譲ると、県内の山地にある〈桃源苑〉という道観に通いはじめた。なんでも道観の苑主が、義母を招魂してくれるのだという。殷清はすっかり招魂の虜となり、家を出て、出家者同然に道観で暮らすようになった……。

「それからというもの、義父の様子がおかしくなっていきました。道観を訪ねてもいつも上の空。『子を授かった』と伝えても、聞いているそぶりすらなく……」

悲しげに呟き、張碧は英傑を見つめた。

「招魂というのは実在するものなのでしょうか。たしかに話にはよく聞きますが」

招魂とは、死者の魂を、方術などによって意図的に冥界から呼び寄せることだ。

「その辺は俺にはなんとも……ああ、もしや道観の招魂を偽物と疑ってらっしゃる？」

「ええ。義父の様子がおかしいということもありますが、それ以上に桃源苑の苑主、李少鬼様とお話ししていると、なんだか不安になって……」

張碧は「道士様を疑うなんて失礼ですね」と苦笑する。

「無理にでも家に戻すべきではと夫に相談しましたが、放っておけと言われてしまって。夫は引き継ぎもろくになく道観にこもってしまった義父のことを怒っているようです。でも、夫に言われたからといって放っておくことはできません」

張碧は自嘲（じちょう）するようにほほえんだ。

「私、家事が不得手なんです。嫁いだばかりのときは、義母にも夫にも呆（あき）れられ、よく泣きました。けど、義父だけは『できることを懸命にやったらいい』と言ってくださった。私にできることなど数少ないですが、せめて一生懸命、殷家をお守りしたい。ですから、獅子屋さんには招魂の真偽をたしかめていただきたいんです。招魂が偽物とわかれば、義父もきっと目を覚ましてくださるはず……」

そう言って、張碧は「どうかお願いします」と頭を下げた。

(またこれまで受けてきた依頼とは毛色が違うのがきたな)

今まで洛宝とともに対峙（たいじ）してきたのは神や化け物、幽鬼のたぐいだったが、今回は生身の人間というわけだ。

(俺の本来の仕事は、むしろこっちなわけだが)

英傑はがしがしと砂色の髪を掻（か）きまわした。

「受けるかどうかは考えさせてもらえますか。……相談役にも意見を聞きたいので」

「噂の牡丹（ぼたん）の道士様ですね！　もちろんです」

苦々しく愛想笑いを浮かべて廊下に出ると、追ってきた紅倫が「受けてくれるかい？」

と勢いこんで声をかけてきた。英傑は額に手を押しあてて、うめく。

「ともかく白淵山に帰って、じっくり考える。それで文句はねえな？」

紅倫は「いい返事を待ってるよ」と紅色の唇をにんまりと持ちあげた。


すっかり慣れた険しい山道をのぼり、廃れた道観の牌楼（はいろう）をくぐる。緑雲閣を訪ねてみるが、洛宝は留守だった。しかたなく竹林のさらに奥にある庵（いおり）へと向かう。鹿頭村の一件が解決したあと、洛宝から「好きなところに住め」と言われて選んだ庵だ。

庭に面した扉を開けると、岩場に湧いた小さな泉が目に入った。ぼろ家だが、修繕すると居心地もよくなり、今では精怪や洛宝までが勝手に入って寛（くつろ）ぐようになっていた。

洛宝が脱ぎ散らかした衣服を隅によけ、あぐらをかく。紅倫から押しつけられた絹絵を取りだし、床に広げ、牡丹の下で眠る獅子（しし）の穏やかな寝顔を指でなぞる。

（紅倫はなんやかんや配下の便利屋を家族のように思ってくれている。この絵にこめたのも、家族に対する思いやりなんだろう）

紅倫は英傑が龍渦城市に来る以前、どこでなにをしていたのか知らない。ただ、昔、義兄弟に裏切られ、不眠になったことだけは知られていた。

——幼馴染（おさななじみ）だった。遊ぶときも、悪さをするときもいつも一緒で、十五の歳に義兄弟の契りを結んだ。「苦難のときには命を懸けて助け、決して裏切らぬ」と誓いあい、杯を交わした。以来、英傑が義兄弟の心根を疑ったことは一度たりともなかった。謀（たばか）られ、貶(おとし)められたと知ったその瞬間まで。

（人間不信になってるつもりはないんだがな……）

　だが、眠れなくなったのは、義兄弟の裏切りがあって以降のことだ。きっと無意識のうちに気を張りつめ、心を休めることができずにいるのだろう。

（眠れるものなら、俺も眠りたいよ）

　嘆息して絹絵を畳みなおしたとき、庭から葉擦れの音がした。

「戻ったのか、英傑。早かったな」

　洛宝の涼やかな声が聞こえた。英傑は庭に目をやり、はて、と思う。いない。立ちあがって軒下から庭の木々を見上げてみて、英傑はぎょっとなった。

「なにしてんだ、洛宝」

　曲がりくねった老松の枝に洛宝が立っていた。肩には斗斗をのせている。いや、それはいいのだが、まとった単衣(ひとえ)は泥にまみれ、乱れた黒髪には葉っぱをくっつけ、まくりあげた腕は傷だらけで、あげくその右手は雉(きじ)の細い脚をしっかり捕まえていた。

『英傑さま、聞いてくださいよ！　洛宝さまってば雉を追っかけてる最中に崖(がけ)から落ちちゃったんです。怪我がなくて幸いですけど……はあ、お洗濯が大変です……』

「雉ぃ？　おい、洛宝。泥汚れは落としにくいんだぞー」

　ひとりと一匹で不満をぶつけるが、洛宝は傲然(ごうぜん)と顎をそらした。

「家僕が暇しないよう仕事を作ってやったんだ、感謝しろ。それより見ろ、この肥えた雉を！　頼んでおいた辛味噌と合わせて、なにかうまいものを作ってくれ」

洛宝は得意げに雉を持ちあげた。己の命運を悟ってか、雉が「ケェンッ」と鳴く。

英傑は目を丸くし、「そういうことね」とくくっと笑った。

「なら、蒸し鳥にして、刻んだ葱としょうが、にんにくと一緒に葉でくるんで、辛味噌をつけて食べるってのはどうだ？　ついでに、氷室の氷を使って冷酒を愉しむ」

「完璧だ」と目を輝かせ、洛宝は身軽に庭先へと舞いおりた。勝手知ったる我が家で、泥で汚れた履のまま室内に入りこむ。その目がふと部屋の隅で止まった。

「あれは例の甕か。ずいぶん貯まったようだな」

視線を追った先にあったのは、金を貯めるための甕だ。すでに八割方、五銖銭で埋まっている。昨晩、いくら貯まったかをたしかめるために出しておいたのだ。

「おかげさんで。この調子なら、秋口には出ていけそうだな」

甕の金が貯まったら出ていくというのが当初の約束だ。

（白淵山を去るのは、ちょっと惜しい気もするが……）

少々感傷にひたりながら振りかえると、なぜか洛宝は驚いた顔をしていた。

首をかしげる。洛宝ははっと我にかえり、あわてたように口を開いた。

「ああ、そう。ようやく出ていってくれるかと思うとせいせいする」

「えーなんだよー。『寂しくなるな』ぐらい言ってくれよー」

「誰が。思ってもないことを口にする気はない」

『いやです、英傑さま、出ていかないでください。斗斗は寂しいです』

かわりに悲しそうに吠えたのは斗斗だった。英傑は斗斗の頭をなでまわした。

「斗斗殿は正直なのに、主殿はどうしてああも素直じゃないんだろうねえ」

洛宝はぎろりと英傑をにらみつけ、ふいにその視線を気まずげに泳がせた。

「……おまえこそ、多少は、さ……寂しいとか思――」

なにかを言いかけた洛宝だが、斗斗と目が合った瞬間、ぴたりと口をつぐみ、いきなり英傑の足を泥だらけの履で踏みつけた。

「いてえな！　なにすんだよ！　というか、俺の家に土足で入るんじゃねえ！」

「なにがおまえの家だ！　ぱっぱと稼いで、はやく白淵山から消え失せろ、塵芥が！」

「ち――塵芥だあ!?」

『でも、でも、そんなにすぐにお仕事入ってきませんよね？　ね？　英傑さま』

「え？　ああ……いや、それが……実は引きうけるかどうか迷ってる仕事があって……」

塵芥扱いの衝撃をなんとかこらえて言うと、洛宝が嘲笑を浮かべた。

「なんでもほいほい引きうける浅薄な奴だと思っていたぞ。どんな仕事だ」

「なんで俺がやりたくない仕事ほど興味を示すんだよ……。関県の県令夫人からの依頼だ。桃源苑って道観がやってる招魂の真偽をたしかめてほしいんだとよ」

洛宝は目を見開き、英傑を食い入るように見つめた。

英傑が怪訝に思ったそのとき、突然、山中に誰かの苦しげな声が響きわたった。

『洛宝さま、水神様の声です！』

斗斗の言葉を聞くなり、洛宝は手にしていた雉をぱっと庭に解き放つと、飛ぶような足さばきで庭を去っていった。英傑も立ちあがり、そのあとを追う。


陥湖では水神が湖面から半身だけを岸辺に出し、えずいていた。

「どうした、水神。なにかあったのか」

陥湖での騒動以降、洛宝は水神の母を祀るためにたびたび水神廟を訪れていた。英傑もよく同行したので、水神とはすっかり気心の知れた仲になっていた。その水神が苦しみもがく様子を見て、洛宝はひどく心配そうにする。

「洛宝、見ろ。腹の中でなにかが暴れてる」

蛇腹がぼこぼこと内側から蠢いている。なにかが外に出ようともがいているようだ。

「英傑。腹を蹴りとばせ。思いきり」

言われたとおり、力いっぱい腹を蹴る。すると水神は口から大量の水と、きらりと光る小さな物体を吐きだした。

それは指環だった。緑がかった白の玉製で、表面に葉脈めいた刻みが入っている。

『ああ……助かった。感謝するぞ、人間』

水神がぐったりとして顎を地面に置く。直後、指環がぶるりと蠢き、まるで命あるもののようにみずからを湖のほうへと転がしはじめた。洛宝が「斗斗！」と鋭く声をあげると、洛宝の肩にいた斗斗が地面に飛びおり、指環を太い前肢（まえあし）でむにっと踏みつけにした。洛宝が前肢の下から指環を取りあげ、すばやく霊符を巻きつけると、ようやく不穏な動きがおさまる。

『それは湖に入ってきた薄魚（はくぎょ）が、おぬしに渡せと託してきたものだ』

水神がゆったりと首を持ちあげて言う。洛宝が「薄魚が私に？」と怪訝そうにした。

薄魚とは翠尾江に棲（す）む魚の姿をした精怪だという。

『薄魚は別の精怪から託されたらしい。その精怪も別の精怪から託され……河のはるか下流、金景の都のほうから運ばれてきたようだ。託された瞬間、なんとしてもおぬしに渡さねばと思った。……だが、そやつ、腹の中でひどく暴れるのだ。来た方角に帰りたがり、なかなか前に進めなかった。皆も苦労したようだ』

「誰から託された？　それは聞いているか」

『さて。しかし、ここに運ばれてくるまでに、おそらく何年かかかっておろう』

「……かすかに呪力（じゅりょく）を帯びている。たしかに呪力の流れは北東の方角に向かっている」

洛宝は眉（まゆ）を寄せる。

「金景——」

乾帝国の皇都の名を口にし、洛宝は指環を指先でいじくる。

『もう行ってもよいか。今日も人の子らが母の参拝に来ておる。労（ねぎら）ってやりたい』

水神が赤い眼を向けた先には水神廟がある。ちょうど阿弓と仲宣が参拝に来ていたようで、礼儀ただしく頭を下げてくる。洛宝が思案に暮れて答えないので、かわりに英傑がうなずくと、水神は翡翠の鱗を輝かせて水中にもぐっていった。

「どうした、洛宝。その指環に気になることでもあるのか」

洛宝は「いや」と霊符ごと指環を握りしめ、英傑に顔を向けた。

「さっき、招魂がどうのと言っていたな。その仕事、受けろ。私も行く」

英傑は目を見張り、怪訝な思いで斗斗と顔を見合わせた。

二

照りつける陽光を、舟の幌がほどよくさえぎる。それでも河面から立ちのぼる熱気はどうにもできず、船尾の英傑は汗ばんだ首筋に手をやった。一方の洛宝は船べりにもたれかかり、小ぶりの酒甕を片手に、後ろに流れていく山々を清々しげに見つめている。

結局、洛宝に押しきられる形で、張碧からの依頼を受けるはめになってしまった。

(なんでか妙に意気揚々としてるんだよなあ、こいつ)

英傑は訝しんで洛宝に目をやり、そのはだけた胸元に、霊符で封印した指環が紐で吊るされていることに気づいて、首をかしげた。

「その指環、持ってきたんだな。結局なんなのか、見当はついたのか？」

「いや。なにかしらの呪物であるのはまちがいないが……。向かう先が道観なら、呪物にまつわる蔵書もあるだろう。手がかりが見つかるかもしれないと思ってな」

　そのとき、隣の舟から歓声が聞こえた。振りむくと、乗っていた男女が洛宝を見て、興奮気味に騒いでいた。騒ぎすぎて舟がぐらつき、危うくひとりが落ちかける。

「襟、ちゃんとしとけ。中身はだらしない山猿でも顔は仙女様なんだ、自覚しろ」

「暑いんだよ……。おまえこそ、よくそうきっちり着こめるな。熱にやられるぞ」

　英傑がただ苦く笑うと、洛宝は「ああ」と顔を上げた。

「もしかして、傷を隠したいのか」

　傷。そういえば、洛宝には体の傷を見られているのだったか。

「隠したいわけじゃねえが、見ていて気持ちのいいもんじゃないだろうしなあ」

　洛宝は「そうか」と呟き、ふと落ちつかない様子で酒甕を手の中でもてあそぶ。

「その傷、拷問か刑罰でも受けたように見えるんだが、いったいなんだ」

「なんだ、いきなり。お察しのとおり、拷問を受けた痕だよ」

「……前に義兄弟に裏切られたと言っていたが、それと関わりがあることか」

　いつになく追及され、英傑は「まあ、そうだな」と曖昧に答える。

「眠れないのは、そいつに裏切られたことがきっかけだと話していた。無意識に気を張っているから眠れなくなったのではないかと。まったく眠れていないのか。おまえはいかにも頑健だが、いくらなんでも体がもたないだろう」

　畳みかけられて、英傑はまごつきながらも答える。

「まったく寝てないわけじゃないと思う。時どき、周りに人のいないときなんかに意識が飛ぶことがある。気づいたらずいぶん長い時が経っていて、驚いたことがあった」

洛宝は「なんだそれは。危ないな」と顔をしかめた。

「そばに人がいるときは？　そのときも意識が飛ぶことはあるのか」

「……そう、だな。意識の半分が眠ってるような感覚に陥ることはある。すぐに戻るけどな。ただ、そのときはいつも——」

いつも、ひどい悪夢を見たあとのような恐怖を覚えている——。

眼前に、格子の影がよぎった気がした。すっと血の気が引き、英傑は口を閉ざす。

「……ともかく、自分でもなんで眠れないのかよくわからん」

かろうじて答えると、洛宝は「自分のことなのにわからないのか」と呆れ顔になる。

「おまえ、その義兄弟とやらにはちゃんと仕返しをしてやったのか？」

「物騒なことを。そういうことは考えてねえよ。終わったことだしな」

「やられたままにしているから、不眠なんてものになるんじゃないのか。仕返ししろ」

「過激な奴だな。前に言っただろう？　人生は楽しんだもん勝ちだって。昔のことは昔のこと。過去に囚われるより、俺は今を楽しめればそれでいいんだよ」

不服そうな洛宝を見つめ、英傑は首をひねった。

「にしても、なんで急に俺に興味津々なんだ？　ははあ、さてはもうすぐ白淵山を出ていくって聞いて、急に俺のことが惜しくなったか」

洛宝は目を丸くし、いきなり酒甕を投げつけてきた。「危ねえな！」とあわてて受けとめる。洛宝は勢いよく舟底に寝転がり、英傑を蹴飛ばす勢いで脚を伸ばした。

「寝る！　着いたら起こせ」

なんなんだ。呆気にとられたまま舳先の向こうに目をやる。舟は幽玄の山岳地——翠尾江の支流、黒河へと入っていくところだった。

多くの舟で賑わう桟橋におりたった英傑は、船着き場からつづく山道の賑わいと、その先に見える道観の甍の群れの壮麗さを見て、感嘆の息をついた。

「人が多い」

一方の洛宝はぼやき、頭に笠をかぶった。斗斗が『人が多くてもいらいらせずに済むように』と持たせてくれたものだ。ふちから垂れた薄絹が美しい面貌をさらりと隠す。

「しかし、低俗な道観だな。まるで行楽地だ」

道観までの道には露店がずらりと並んでいた。飲食の屋台に、土産を売る店まである。英傑は露店のひとつに足を止め、並べられた竹簡を適当に手にとって広げた。

「道教の修行を体験できるんだとさ。辟穀料理を食べられたり、仙薬づくりを見学できたり。招魂もそのひとつだ。……お」

英傑は片眉を持ちあげる。竹簡に描かれていたのは、男女が交合する図絵だった。題字を見返すと、『房中術の秘密』とある。房中術とは体内の気を高めるための性技の術のことだ。きわめれば若々しさと健やかさを得ることができるという。

「すごいな、図説付きだぞ。見てみろよ、洛宝」

洛宝は「ん？」とのぞきこみ、勢いよく英傑の手から竹簡をもぎとった。

「ば……っ不届きな便利屋め！　まじめな道書だぞ！」

「えー？　なんだよ、俺はすごいなって言っただけだけどー？」

英傑がにやにやと笑うと、洛宝は憤慨し、勢いよく竹簡を台に戻した。

「おい、店主。ここの苑主はどういう男だ。招魂ができると聞いたが」

洛宝に険の残る声で問われ、店主は怯みながらも顔を輝かせた。

「すごい方さ。とくに医術は神がかり的だ。前に城市で腹痛に苦しむ病人が出たんだが、なんと李少鬼様は腹を開いて、悪さをしていた虫をつまみ出して退治したとか！」

「腹を開くだあ？　それって腹の肉を切るってことか？　嘘だろ……」

「本当さ。開腹手術と言うらしい。麻沸散とかいう妙薬を用いると、痛みを感じずに済むとか。裂いた腹も、縫物をするように、針と糸で閉じてしまうんだとよ」

英傑は「おっかねえ」と震えあがった。

「洛宝。道教ってのは、そんな奇妙な医術の探究もしてるのか？」

「いいや。少なくとも、私が修行をした道観ではやっていなかったな。病気は邪神悪鬼の祟りか、虫や瘴気のしわざだ。薬か鍼灸、祈禱で治すし、治らなければそれが天命だ。ただ、昔、そういう奇怪な医術を使う神仙がいたとは聞いたことがある」

洛宝は面紗の内で、ふっと笑い声を零した。

「これはもしかしたら、昇仙間近の道士に出くわせるかもしれないぞ」

「見学は昼のみで、夜間の出入りは禁止ですので、夕刻にはご退苑ください」

説明を受けて観内に入ると、紅殻壁の拝殿の前は広々とした中庭になっていた。

英傑はわずかに首をかしげた。拝殿と、背面の峻厳な山々との間に、こんもりと丸く盛りあがった小山があった。大きさは拝殿よりもわずかに大きい程度で、緑の草で覆われている。人造の山に見えるのだが、あれは古墳かなにかだろうか。

そのとき、周囲の見学者からざわめきが起こった。彼らの視線の先を見ると、拝殿の階段をひとりの男がゆったりとした歩みで下りてくるところだった。

「桃源苑へようこそ！　苑主の李少鬼にございます。ここは道を探究し、深淵なる宇宙をのぞく場。ともに練丹術を学び、不老長生を目指そうではありませんか」

陰陽の紋が白糸で刺繍された、黒い道服をまとった男だ。年のころは英傑に近い。形のいい額を出し、長い黒髪を頭頂で結いあげている。小柄だが、優美な動作は人目を惹いた。なにより不思議な抑揚をつけて話すその声色が、聴く者の気をそらさない。

（……まばたきをしない奴だな）

奇妙なのは爛々と見開いた目だった。まばたきもせず、周囲を丹念に凝視するさまは、獲物を探す蜥蜴か蛇のようだ。張碧が「不安になる」と言ったのはこの双眸のせいか。

すると、李少鬼が突然こちらに顔を向けてきた。英傑はどきりとする。

「そこのお二方。あなたがたのほうから、ただならぬ気配を感知しました」

颯爽と近づいてきた李少鬼が英傑と洛宝とを見比べ、ふと洛宝の胸元に視線をやった。

「ああ、なにか呪物をお持ちなのですね。呪力がただよっているのを感じます」

笠をかぶったままの洛宝は、無言のまま、胸元から玉の指環を取りだした。

「ええ、これです。おや、霊符の封印が甘いようですね。肩凝りませんか？　ずっと北東の方向に引っ張られています。よければ封印を強化してさしあげましょうか」

洛宝はすこし迷ってから首から紐をはずし、指環を李少鬼に手渡した。

李少鬼は霊符の封印を解くと、途端に手の中で蠢きだす指環を指先でおさえこんだ。

「やんちゃな子ですねえ。……ん？　この指環、どこかで……」

「これがなにか知っているのか！」

洛宝が前のめりになると、李少鬼は玉の指環を太陽にかざした。

「どこかの文献で見た気がします。なんだったかな……。呪力の性質からして、この子、別の呪物と対になってますよ。つがいのもとに帰ろうとしているようです」

「その文献とやらを見せてもらえるか。指環の正体を知りたいんだ」

勢いこんで問う洛宝に、李少鬼は「それはかまいませんが」と愛想よく笑った。

「失礼ながら、先にご尊名、お聞かせ願えますか？」

英傑は思わぬ展開に戸惑いつつ、先に口を開いた。

「劉英傑だ。ここらには仕事で立ちよったが、面白い道観があると聞き、見学に来た」

「丁洛宝。道士だ。おまえに関心があって会いにきた、李少鬼」

英傑は呆気にとられて洛宝を見下ろす。李少鬼もまた、まじまじと洛宝を見つめると、ふいに頬を朱に染め、「え！」と口元を両手で覆った。

「あれ、丁洛宝？　丁道士？　あの噂のですか？　このわたしに会いに⁉」

洛宝が「噂ってなんだ」と声を低くする。

「もちろん、死期を予兆するという目の噂ですよ！」

英傑は瞠目する。「目が合うと死ぬ」という眉唾の噂ではなく、それはまさしく洛宝の能力を正しく表現したものだった。

「見てもよろしいですか？　わたし、医者なんです。人体の神秘に興味がありまして」

洛宝は面紗を軽く持ちあげ、李少鬼に顔をさらした。さすがにその美貌はひきつっているが、李少鬼は気にせず洛宝を凝視した。

ひとしきり観察したあと、李少鬼は「ほう」と感嘆の息をついた。

「ああ、ありがとうございます。なんという神秘的な経験でしょう……」

李少鬼はふっと我にかえった様子で、手に握ったままの指環に視線を落とした。

「指環のことを知りたいとおっしゃいましたね。蔵書をご覧いただくのはかまいませんが、収蔵数が多いので手間どりましょう。よければ、こちらでお調べしましょうか」

呪咒を囁きながら、手早く霊符を巻きなおして封印を強化し、洛宝に差しだす。

「ぜひ頼みたい」

洛宝がうなずくと、遠くで李少鬼を呼ぶ声があがった。李少鬼は唇をとがらせ、申しわけなさそうに頭を下げた。

「失礼、昼どきは多忙でして。お調べする件、承知しました。すこしお時間ください。あ、どうぞ観内は自由に見学なさってくださいね。それではまた」

李少鬼が道服の裾（すそ）をひるがえし、流れるような動作で去っていった。

「変わった奴だな」

英傑が言うと、洛宝は「そうだな」とうなずき、感慨深げに吐息をついた。

「私の目を恐れない奇特な人間、文飛や英傑以外にもいるんだな……」

そんなに驚くようなことか、と逆に驚かされる。これまでよほど他人から目をそむけられて生きてきたのだろう。英傑は笑って、洛宝の肩にぐいっと腕をまわした。

「よかったなー。気の合う友ができそうじゃないか。斗斗殿が喜ぶぞー」

「……おい。ふざけるなよ、なにをくだらないことを。友など私は——」

洛宝がぴたりと口をつぐむ。首をかしげると、洛宝はふいっと顔をそむけた。

「与太話はいい。桃源苑の見学、さっさと行くぞ」

——桃源苑は広かった。蔵書閣で議論を交わす者、鼎（かなえ）で丹薬を煮る者、見学者が仙薬を試せる房や、房中術を講義する堂もあり、まるで娯楽施設のように賑やかだ。

「俗な道観だと思ったが、意外と中はちゃんとしている」

夕刻になり、建物をあらかた見終えたところで、洛宝が疲れた口調でそうまとめた。

「なら、表面的なもんを見てても、なにもわからないってことだな。そろそろ行くか」

ふたりは周囲の目が途絶える建物の死角に入った。足早に物陰を移動し、敷地の奥にある建物の入り口をくぐる。道士ではない宿泊者のための客房だ。

張碧の話によると、義父の殷清にあてがわれた部屋は廊下のいちばん奥にあるという。英傑と洛宝は廊下を進み、やがて現れた両開きの扉をそっと押しあけた。

狭いながらも掃除が行き届いた部屋だった。家具は少なく、牀榻（しょうとう）、小棚や几（つくえ）に胡床（こしょう）……、それから長方形の櫃（ひつ）が置かれている。

「まさか、殷夫人が言ってたのはこの櫃か？」

招魂を見られるのは殷清本人だけだという。そこで張碧に「室内で身を隠せる場所はないか」と訊（き）いたら、「調度品や衣類を持ちはこんだ際に使った櫃はどうか」と提案されたのだが――小さい。「人ふたりが身をひそめても問題ない大きさ」と太鼓判を押していたが、おそらく小柄な自分を基準に考えてしまったのだろう。

「ふたりだときつすぎるな。ほかに隠れられる場所もなさそうだ。しかたねえ、洛宝はそこらの村で宿をとってくれ。今晩のところは、俺が櫃に入る」

蓋（ふた）を持ちあげると、洛宝が英傑を押しのけて櫃の前に立った。

「ここには私が入る。おまえは野宿でもしろ。得意だろう」

洛宝は脱いだ笠（かさ）を英傑に放った。反射的に受けとりつつ、洛宝の腕を摑（つか）んで止める。

「待て。まず俺が先だ。奥方から依頼を受けたのは俺だぞ」

「ふん。乗り気じゃなかったくせに」

「受けると決めたら、ちゃんとやるのが獅子屋の流儀なんだ！」

「おまえの流儀なんか知るか。どけ、邪魔だ」

「……なんだよ。この間から、ずいぶん招魂にこだわるな。なにかあるのか？」

動きを止めた洛宝の面差しに翳が落ちる。英傑は予感めいたものを覚えた。

「洛宝、もしかして兄上の――」

人の声がした。気をとられた隙に、洛宝が英傑の腕を振りほどいて櫃に飛びこむ。おい、と焦ると、洛宝は舌打ちして英傑の胸倉を掴み、強引に中へ引きずりこんだ。

「待っ、……い……っ」

閉められた蓋に後頭部を強打し、英傑はうずくまってうめく。英傑の下敷きになった洛宝が「どけ」と蹴りを入れてくる。さすがにいろいろ頭に来て、「あんたなあ！」と小声で怒ると、洛宝が犬でも追いはらうように「しっ」と息を発した。

扉の開く音がした。物音をどうにか抑えて、蓋のわずかな隙間から外をのぞく。

白ひげの老人が、侍従らしき少年に付きそわれて室内に入ってきた。殷清だ。侍従が「また明日」と声をかけて出ていくと、殷清は無言で胡床に腰かけた。どうやらこのままここですごすようだ。嘘だろ、とうめき、洛宝に目をやると、ちゃっかり広い範囲を陣取って器用に身を折り、寝転がっていた。「俺がいる場所がないだろうが」と囁くが、どこ吹く風だ。むかっときて、足をぐっと横に押しのける。舌打ちされるが無視して、ちょっとだけ広がった狭い空間に、ぎゅっと膝を抱え、頭を沈めて、うずくまった。

——どれほどの時が経ったか、櫃内はすっかり暗くなった。英傑は凝り固まった姿勢のまま、何十度目かのため息をこっそりとついた。寝息を立てている洛宝の図太さが無性に腹立たしい。狭いわ、暑いわ、体は痛いわ、たとえ不眠でなくても寝られやしない。

打ちひしがれていた英傑は、ふと近づいてくる足音に気づき、洛宝の体を軽く叩いた。目を開けた洛宝はすぐさま察し、身をよじって、英傑とともに蓋の隙間をのぞく。

李少鬼が手燭を持ち、部屋に入ってきた。牀榻で眠っていた殷清が飛びおきる。

「おやすみでしたか。どうします、今宵はもうやめましょうか」

「いやっ、いやいやっ、大丈夫だ。妻に会わせてくれ！」

「わかりました。では、こちらの胡床に座ってお待ちください」

別の道士が部屋の奥にある燭台に火を灯した。帳を引き、部屋を仕切る。殷清は帳の前に置かれた胡床に腰かけた。香燭にも火が入り、甘い香りがただよいだす。

「しつこいようですが、決して帳を開けてはなりませんよ。冥府の王の怒りを買い、夫人が罰を受けてしまいますからね。——それでは、どうぞよき夜をおすごしください」

殷清がいる側の燭台がふっと消された。かわりに帳の向こうだけが、まるで舞台のようにぼんやりと明るく染まる。

と、笛に似た音が聞こえてきた。李少鬼が唇をすぼめて音を出しているようだ。

「長嘯だ。あれで冥界から幽魂を招きよせる」

洛宝がそっと呟いた直後、今度は帳の奥から、ヒュゥと細い声がした。

「鬼嘯。――幽鬼が応えた」

洛宝が驚いて櫃の隙間にへばりつく。

白い帳にぼうっとした人影が浮かびあがった。髪形や体つきからして女のようだ。帳の向こうで胡床らしきものに腰かける。殷清は歓声をあげ、李少鬼と道士が部屋から出ていくのにも気づかず、妻に語りかけた。だが、答えが返ってくることはなかった。それでも殷清は熱心に話しつづける。英傑は顔を曇らせた。

（悲しい姿だな……）

親しい者を亡くせばつらいだろう。しかし下手に招魂などすれば、いつまでも死に囚われて、乗りこえることができなくなってしまうのではないか。

隣に顔を向けると、洛宝もまた真剣に招魂の様子を見つめていた。その瞳には、英傑とは対照的に、殷清を羨むような色が浮かんでいる。

（やっぱり洛宝が招魂に興味を示してるのは、皇城で溺死したという兄上のためか）

やがて燭台の火がふつりと消え、帳の人影が闇に呑まれた。――招魂が終わったのだ。

夜が明け、殷清が朝食に出かけた隙に櫃から這い出た。帳の向こうを探るが、そこに幽鬼がいた痕跡はない。桃源苑の開門と同時に押しよせる人々にまぎれ、苑の外へと脱出すると、そのまま近隣の牛落村という小さな村の食堂で朝食をとることにした。

「眠い。暑い。体が痛い。腹減った。飯が遅い。酒が飲みたい。酒はまだか」

「ぐっすり寝てたくせによく言うよ」

英傑は固まった首をまわしながら、さりげなく食堂を見まわした。それなりに入った客は皆、なぜかこちらをちらちらと見ていた。よそ者を警戒しているのだろうか。

英傑は首をかしげつつ、几に突っ伏している洛宝の頭を軽く小突いた。

「で、昨晩の招魂をどう思った？」

「……あれだけではなんとも言えない。帳を開けられたらいいが、冥界の奥方が罰を受けると言うなら、うかつには開けられないしな。おまえはどう思った？」

「うさんくさい奇術にも思えたが……帳に映った影はひどく生々しく見えたな」

胡床に腰をおろす仕草。髪をかきあげる手つき。それらすべてに「きっと殷清の奥方は生前こんな動きをしていたのだろう」と思わせる説得力があった。

「招魂ってのは、あんな風に簡単にできるものなのか？」

洛宝は長い黒髪を揺らして、几から顔を上げた。その美貌に気づいた客がにわかにざわめく。洛宝はそれらをいっさい無視してため息をついた。

「まさか。招魂は神仙から授かるほかない神仙術だ。私も昔、真偽のさだかでない道書をもとに、文飛の招魂を試みたことがある。だが、うまくいかなかった」

さらりと明かされ、英傑はぎょっとする。ちょうど給仕が酒と料理とを運んできたので、洛宝は酒甕をひょいと掴んで杯にそそいだ。

「なぜ兄上の招魂を？」

「文飛の死が、本当にただの事故死だったのか、疑っているからだ」

　英傑は目を見張った。

「そう思う理由がなにかあったのか」

「……直感みたいなものだ。きっと、おまえは笑うだろう」

「笑わねえよ」と答えると、洛宝はすこし考えてから、ふたたび口を開いた。

「前に、文飛が夜の皇城の池で溺れ死んだことは話したな。それを不自然に思っている。……文飛は泳げないんだ。死期が迫っていると知っていたのに、なぜ夜の池になんて近づいたのか。たとえ泳げても、夜の水辺は危険だ。私だって安易には近づかない」

　英傑は驚き、慎重に言葉を探した。

「つまり、兄上の死には誰かしら第三者が関わっている、と？」

　洛宝は「そう思っている」とうなずき、杯のふちを唇につけ、一口飲む。

「たしか……兄上は著作郎だったと言ったか。国史の編纂をしていたと。……人の妬みを買ったり、なにかしらの謀略に巻きこまれるような職にも思えねえけどなあ」

「朝廷の役職に詳しいのか？」

　問われ、英傑は「ああ、いや」と急いで手を振る。

「そういうわけじゃねえが、そうなのかな、と」

「そうか。……当時の詳しい状況を知りたくても、私の身分では朝廷の人間と接触ができないからな。だから、文飛本人に訊こうと思った。──幼いころから身を置いていた道観で招魂にまつわる道書を読みとき、埋葬されたばかりの文飛の墓を暴いて招魂を試みた。記された方術をすべて試してみたが、どれもうまくいかなかった」

墓を暴いた。その言葉に絶句すると、洛宝は「わかってる」と眉を寄せた。

「ひどいふるまいをしたことは理解しているつもりだ。母には泣かれたし、父にも責められた。師父からも破門された。村の者たちにも、黒巫者だの、死体を喰らう罔両だのと言われ、故郷を追われた。けど、遺体を損なうことがないよう十分に注意を払った。……文飛の遺体なんだ。大切に扱うに決まってる」

英傑は息をついた。

「故郷を追われてたんだな……。どこの出身だ？」

「金景の南西にある田舎だ。名を言っても多分わからない」

「金景のほうからだとしたら、白淵山はだいぶ遠いだろう。なんでわざわざ白淵山に？」

「白淵山は神仙の住む山だと聞いたから。招魂術を教わりたいと思ったんだ。……だが、神仙はいなかった。数年がかりで探したが、桃花の咲く仙府ってやつにもたどりつけなかった。仙府はないのか、あるいは神仙にならなければ着けない仕組みなのか。いないとなると白淵山に来た意味もないが、居心地がよくてそのまま居ついた。あとはやることもなく、まあ、だらだらと自堕落にすごしてきたわけだが……」

洛宝は憂いを帯びた目で杯にたゆたう酒を見つめる。

「あきらめてはいないんだ。招魂の使い手がいるなら、師事したいと今でも思っている」

言葉を失う。兄が死んでからの歳月を、洛宝はひたすら死者のために生きてきたというのか。猛獣や精怪が跋扈する険しい峰々で、「仙府はない」と確信するまでに、いったいどれだけの苦難があったことだろう。英傑は重苦しい気分になった。

「もし、桃源苑の招魂が本物だとしたらどうするつもりだ」

「李少鬼を師父とあおぎ、教えを授かる。今度こそ、文飛を招魂してみせる」

「招魂してなにをするって言うんだ」

「なぜ死んだのかを本人に訊く。本当にただの事故だったのかをたしかめるんだ」

「死の真相をたしかめるっていうのか。けど、もう八年も前だろう？」

「ああ――だが、何年たったとしても、私の思いは変わらないんだ！」

突然、大声をあげる洛宝に、周囲の客たちがぎょっとなる。

ふいに洛宝は首から下げていた玉の指環を取りあげた。

「李少鬼に調べるのを頼んだこの指環、文飛が私に託したものだと思う」

「……なんだって？」

「水神が言っていたろう。この指環は金景から来たと。指環の呪力もたしかに北東の方角に向いている。北東には金景――文飛が死んだ皇城がある」

あまりに突飛な解釈を聞かされ、にわかに洛宝の正気を疑う。

「なあ、洛宝。兄上の死がつらいのはわかるが、そりゃこじつけがすぎるってもんだろう。そら、もっと飲め。いつもの呑んだくれのご機嫌な道士様はどうしたー？」

　杯に酒を注(つ)ごうと酒甕を傾けると、その手を払いのけられた。

「おまえには、私が冷静さを欠いているように見えるのだろう。けど、そもそも私に指環を届けろと精怪に命じられる人間なんて文飛しか知らない。文飛には異能こそなかったが、昔から不思議と精怪たちは文飛になつき、よく従った。第一、私には知人も友人もいない。私に指環を届けるよう言う人間なんて、文飛以外に考えられないんだ」

　必死に言いつのる姿を目の当たりにし、英傑は酒を飲ませて機嫌をとろうとした自分の浅はかさを自省する。英傑は払われた手を几(つくえ)に置き、表情を改めた。

「兄上が死んだのは、あんたのせいじゃないぞ、洛宝」

「そんなこと、わかっている」

「わかってるなら、もう死にふりまわされるな。死者のために生きるなんて馬鹿げてる。もっと自分のために生きろ。生きている今を楽しめ。殷清を見ただろう？　亡くなった奥方にいつまでも執着する姿を見て、洛宝は憐(あわ)れだとは思わなかったのか」

「——つまり、おまえは私が憐れだと言いたいのだな、英傑」

　洛宝の瞳(ひとみ)に鋭い光が閃(ひらめ)いた。英傑はどきりとする。

「思うなら、好きに思え。だが、私はあきらめない。生きている今を楽しむ？　どうでもいい。文飛のためならなにを引き換えにしたってかまわない。私はかならず文飛の死の真相をつきとめる。そして、もしその死が誰かの意図したものであったなら、かならずこの手でそいつに報いを与えてやる……っ」

洛宝の激情を前にして、英傑は言葉をなくした。

（ああ、この目だ。はじめて会ったとき、俺は洛宝のこの目に怯んだんだ）

雨の降る夜の龍渦城市で、英傑を見上げた洛宝の双眸にも同じ光が宿っていた。

不屈の精神、そんな言葉が脳裏をよぎる。自分を責め、苛み、どうにもできなかった過去を悔いながらも、決して己の弱さに屈することはない。洛宝の瞳には、苦しい過去にも真正面から向きあうだけの強さが——不屈の魂が宿っている。

これほどまでに力強い目を持つこの男が憐れなはずがなかった。

（……羨ましいな）

突然そんな感情がこみあげ、英傑は動揺する。

「おはようございます、お二方」

耳元で声がした。はっと振りかえると、李少鬼が背後に身をかがめて立っていた。

（こいつ——）

気配をただよわせていなかった。まるきり突然、その場に現れたかのようだ。

李少鬼はあいかわらず圧の強い目を弓なりにし、身を起こして食堂を見まわした。

「皆さん、おふたりともわたしの知りあいです。ご安心くださいね」

訝しげにしていた客たちが、「なんだ、李先生の知りあいか」と顔をほっとさせる。

いつの間にか周囲の存在が意識にのぼらなくなっていたようだ。

「気をつけてください。近ごろ、ここらの村々で墓荒らしが横行してまして。皆さん、神経をとがらせてますから、下手したら犯人扱いされちゃいますよ」

「そういや、龍渦城市でもそんな噂を聞いたな。ここらの話だったのか」

　龍渦城市で「墓が荒らされた」と言って調査を依頼してきた老人が、清州では墓荒らしが多発し、黒巫者のしわざではないかと疑われている、と話していた。

「とくに丁道士。並外れた美というのは、人を惑わしもし、恐れさせもするんですよ」

　洛宝は「勝手に恐れてろ」と吐き捨て、柳眉を寄せた。

「おまえはどうしてこの村に？　その墓荒らしとやらを捕まえようというわけか」

「いいえ、往診です。ちょうど黒巫者を恐れて寝つけずにいる子を診てきた帰りですよ」

　そういえば、李少鬼は開腹手術などという奇妙奇天烈な医術を使う医者なのだったか。

「気の毒に、とても怯えていました。墓荒らしの件は桃源苑でも気にかけているのですが、ありがたくも見学客が増え、なかなか手がまわらず。……あっ」

　李少鬼は突然、英傑と洛宝とを見比べ、顔の前で両手を合わせた。

「実はおふたりの噂を耳にしたんですよ。なんでしたっけ、牡丹と獅――」

　英傑は「うわあ！」と声をあげる。忘れていた。〈牡丹と獅子〉の話はまだ洛宝は知らないのだった。洛宝がうろんな目で英傑を見つめてくる。李少鬼は不思議そうにしつつも、それ以上を口にするのはやめ、「ところで」と話題を変えた。

「おふたりは今晩まだこちらに？　もし時間があったら、一緒に墓荒らしのあった墓地を見に行きませんか。いい知恵があれば、ぜひご教授願いたい」

洛宝は「乗った」とすかさず言い、英傑を見向きもせずに口を開いた。

「かまわないな、英傑」

異論はなかった。英傑としても依頼解決のために李少鬼という人間に迫る必要がある。


夜を待ち、牛落村の墓地を訪れた三人は、手持ち灯籠を頼りに林の中を歩く。

「風情のある夜ですねえ。昼の暑さもやわらぐ夜風の中、死を視る目をお持ちの方と墓地散策だなんてどきどきします。あ、こちらが荒らされた墓のひとつです」

李少鬼が示したのは、ひときわ多くの供物や祭物が置かれた土饅頭の前だった。埋めもどされたばかりなのか、その墓の周辺だけは草の一本も生えていなかった。

「どの墓にも共通しているのは、副葬品は手つかずで、死屍の一部が盗まれているという点です。こちらの方は心臓をとられました。皮膚を破られ、肋骨が折られた状態で、放置されていたそうです。丁道士はどう見ます？」

「死因は？」

洛宝の質問に、英傑が首をかしげた。

「死んだ理由がなにか関わりあるのか？」

「ある。死屍が盗まれて、まっさきに考えるべきは、鬼神だからな」

洛宝は息を呑む英傑をちらりと横目に見て、老師気取りで顎をそらした。

「鬼神は、召鬼法と呼ばれる黒巫術によって生みだされる。素材となるのは、厲鬼の魂魄だ。無知な便利屋のために教えてやるが、厲鬼とは、焼死、溺死、事故死、縊死のような非業の死をとげた者たちのこと。魂魄とは、つまり死屍と魂のことだ」

「……ご親切にどうも、丁師父」

「墓を荒らし、死屍から体の一部を盗みだす。それを媒体に、怒りで近づいてきた魂を捕らえ、ともに器に封じる。そうして鬼神化した魂魄は、肉をまとった異形の怪物となり、召喚者の意のままに使われる。ほんのわずか、生前の記憶もあると聞く」

「醜悪な術だな……」

「ただの可能性の話だけどな。私が昔いた道観では、『死屍を盗まれたときにはまず鬼神を疑え』と教わるんだ。過去にこの国は鬼神に痛い目に遭わされているから」

なるほど。英傑が納得すると、李少鬼が意気揚々と身をのりだした。

「それで、その盗掘者を捜すとして、丁道士ならどんな方術を用いますか⁉」

「……あまりその手の繊細な術は得意じゃないんだ。おまえならどうする？　指環の封印を簡単に直せるぐらいだ、こういうのは得手だろう」

「そうですねえ。もし盗掘者が巫者のたぐいであるなら、身からあふれた霊力の痕跡がなにか残っているかもしれません。ですので、たとえば……」

つらつらと方術について語る李少鬼に、洛宝の瞳が徐々に輝きを帯びはじめる。

「へえ。博識だな、李少鬼」

「ふふ。この世のありとあらゆる事象に関心があるものですから！」

李少鬼は「なにひとつ見逃してなるものか」とばかりに目を見開き、胸を張った。洛宝は目を丸くし、ふっと楽しげに微笑する。

「おかしな奴だな、おまえ」

すっかり蚊帳の外に置かれた英傑は、つくねんと立ちつくした。

「暇ならほかを見てきたらどうだ。憐れな顔でたたずんでいるな」

洛宝がつっけんどんに言ってきた。英傑はこめかみをひきつらせる。

（この野郎。憐れだと言ったことを根に持ってんな）

英傑は嘆息し、墓地と周囲の林をぐるりと見渡して——目つきを鋭くした。

「……へいへい。ちょっとそこら辺を歩いてくるわ」

墓地を離れると、急に夏草の勢いが増した。なんの変哲もない雑木林だ。うっそうと生い茂った下草に身を隠して、夏の虫が軽やかな鳴き声をたてている。

胸の高さまで伸びた草の中を歩きながら、英傑はだんだんと足音を、そして己の気配を消していく。——人がいる。左手の木立の向こうだ。闇にまぎれる黒衣を着ている。

英傑は黒衣へと接近する。草の中を歩いているのに、足音はほとんどたてない。獲物を狩る獣のように姿勢を低くし、ひそやかに、だがすみやかに距離を詰めていく。

ふいに黒衣が走りだした。気づかれたか。英傑は足を速めて追走する。

黒衣が身を反転させた。その手に白刃が閃く。英傑はすかさず剣を抜くと、振りおろされた刃を軽々と打ちはらった。黒衣が一歩よろめく。逆に、英傑は一歩踏みこみ、剣を繰りだした。しかしそれは、体勢をたてなおした黒衣にからくも受けとめられた。

一合、二合と剣を交わす。火花が散り、英傑の重い剣さばきが黒衣をどんどん後ろへと追いやっていく。だが、打ちあううちに英傑は眉を寄せた。

(この太刀筋、どこかで――)

剣を交差させ、英傑は間近から黒い面布で覆われたその顔を凝視した。男だ。目元だけがあらわになった男は、あきらかに狼狽していた。英傑は虚をつかれる。

隙をつき、男が英傑の剣を押しかえした。待てと言う間もなく、男は軽やかに地面を蹴って後退すると、林の奥へと姿を消した。

英傑は剣を鞘におさめ、呆然と立ちつくした。

(なんで、あいつがこんなところに……)

どくりと心臓が震えた。一瞬で動揺に呑みこまれる。

揺らぐ視界に格子の影がちらついた。

「――っ」

英傑は固く目を閉じる。脂汗のにじむ額を手で押さえ、力なくうなだれた。

ふたりのもとに戻ると、英傑の顔を見るなり、洛宝が不満げにぼやいた。

「戻ったか。こっちは不発だった。痕跡がなにもない。黒巫者のしわざじゃないのか、そうでなければ痕跡を残さず姿を消せるほどの手練れか……英傑？」

ぼんやりしていた英傑は我にかえり、「いや、なんでもない」と首を横に振った。

「……ひどい顔色だぞ。どうした。なにか見たのか」

まっすぐに自分を案じる眼差しを受け、英傑は口角を持ちあげた。

「なにも見てねえよ。なんだ、俺の心配か？　さっきまでの不機嫌はどこいった」

洛宝は顔をしかめる。と、李少鬼がにこりと笑って、洛宝の肩を親しげに叩いた。

「丁道士、痕跡を見つけられなかったことですし、これでお開きとしましょうか」

「……ああ、そうだな。おまえの方術への考え方は、なかなかいい刺激になった」

「ふふ。わたしこそ大変有意義なときをすごさせていただきました」

すっかり意気投合した様子のふたりから目をそむけて、英傑は小さく息をついた。

桃源苑に戻るという李少鬼を見送ったあと、ふたりは李少鬼の紹介で牛落村の長老の家に身を寄せることになった。英傑は床にあぐらをかき、剣の手入れをする。洛宝は粗末な牀にだらりと横になり、食堂で手に入れた安酒をちびちびと飲む。

「墓でなにがあった、英傑」

洛宝に蒸しかえされるが、英傑はとぼけて笑った。

「なんの話だ？　それより、李少鬼とは馬が合いそうでよかったな」

洛宝は「はあ？」と上体を起こし、英傑をにらみつけてくる。

「またおまえはそういうことを。気など合っていない」

「そうか？　人を蚊帳の外に置いて、ずいぶん盛りあがってたろうが」

英傑は口をつぐむ。

(待て、これじゃまるで拗ねてるみたいだ)

洛宝は英傑の困惑には気づかず、不機嫌そうにつづける。

「私は墓でなにがあったかと訊いたんだ。はぐらかすな」

「べつにはぐらかしてねえよ。もう遅い。火、消すぞー。人ん家だしな」

ああ、たしかに今はぐらかしたな。自覚しつつも、どうすることもできず、英傑は言葉どおりに灯火器の火を消す。

室内が闇に沈み、窓から差しこむ月光だけが光源となる。洛宝はしばらく無言でいたが、やがて短く息をつくと、牀に身を横たえた。

英傑は剣を鞘にしまい、ぼんやりと窓の向こうの星々を見つめた。

三

「李少鬼。おまえに師事したい」

翌日、ふたたび桃源苑を訪れた洛宝は、客堂で李少鬼と会うなりそう切りだした。

英傑はぎょっとする。どうやら昨晩の墓地でのやりとりで、洛宝は李少鬼の実力を認めたようだ。李少鬼は感動に打ちふるえて両腕を広げた。

「丁道士に桃源苑への入門を希望していただけるとは光栄です！」

「入門するとは言っていない。招魂術を教えてほしい」

李少鬼は、到底ひとに教えを乞う態度ではない洛宝を見て、ふふっと笑った。

「なるほど、招魂に興味がおありなのですね？　一昨日の晩、殷清様の部屋の櫃にもっていたのはそういう理由からでしたか」

英傑はうなり、洛宝も眉を持ちあげる。李少鬼は苦笑した。

「お声をかけるべきでしたか？　いかにも怪しかったので、すこし泳がせました。あんな狭いところにおふたりで……暑かったでしょう。どなたかに雇われたと邪推しますが、義娘の張碧様でしょうか。前にいらしたときに、ずいぶん詰め寄られましたから」

英傑は頭を抱えた。昨日、村の食堂で声をかけられる直前、洛宝との会話の中で「殷清」の名を出した記憶がある。それも察する要因になったろうか。

「咎めはしませんよ。ただ、招魂術は門外不出の神仙術なんです。おいそれと教えるわけには。……と言いたいところですが、ご高名な丁道士にならば考えないでもない」

「へえ。ご高名なのか。龍渦城市での評判は散々なのにな」

軽口を叩く英傑を、洛宝が憤懣やるかたないといった目つきでにらんでくる。

相当、機嫌が悪い。昨晩のことがいまだに頭に来ているようだ。

（心配してくれてたんだよな。……悪いことをした）

精怪や幽鬼には優しいが、生きた人間のことは有象無象呼ばわりするあの洛宝が、「ひどい顔色だぞ」などと言って。――だが、普通の心地ではいられなかったのだ。まさか清州の片田舎で、あの男に出くわすとは思ってもみなかった。

英傑は震える拳を握りしめる。昨晩の邂逅を思いだすだけで心臓が不穏に高鳴る。

「もしかして丁道士の名声をご存じないんですか？　相方でいらっしゃるのに？」

どこか含みのある言い方をする李少鬼に、英傑は顔をしかめる。

「丁洛宝。九歳で乾帝国最大の道観に入門。わずか数年後には、並み居る王侯貴族が列をなし、当家の専属道士にと乞うたほどの天才道士です。とくに幻術の才は他者に追随を許さない。ひとの意識に干渉し、思考を支配する……幻とわかっていてなお拒むことができないという。こちらこそが師事したいぐらいです」

「ああ、そういえば陥湖の水神様と対峙したとき、窮奇を幻術で呼びだしてたな」

感心して洛宝を振りかえるが、洛宝は険悪な態度で顔をそむけた。

ふいに李少鬼が腕を伸ばし、洛宝の左の頬にそっと指先を這わせた。

「それだけじゃありませんよ。あなたの死期を視る目……ずっと興味があったんです」

突然のことに身を引く間もなかった洛宝は、体を硬くして李少鬼を見つめた。

「招魂術、教えてさしあげてもいいですよ。そのかわり、眼球をひとつください」

「は？」

「……え!?」

洛宝に遅れて英傑も声をあげた。李少鬼は微笑を深め、突然、左目のまわりをなぞっていた指をぐっと眼窩の奥に押しこんだ。

「なにをする気だ！」

英傑がとっさに声をあげると、李少鬼は手を止めながらも目の奥に昏い光を宿した。

「招魂は尊い神仙術です。対価として、この方の眼球ひとつが妥当と愚考します」

「なに言って……」

ぞっとするが、眼球を奪われかけた当の洛宝は、怒るよりも呆れた風だった。

「目なんか抉りとってなにをする気だ。体から取りだせば、いずれ腐るだけだぞ」

「なにをする？　もちろん探究をするのですよ！」

李少鬼は恍惚としてほほえみ、洛宝の頰を両手で包みこんだ。

「道教がなぜ不老不死を求めるかおわかりですか。肉体の死後、霊魂が向かうとされる冥界がどんなものかわからず、恐ろしいからです。死後、冥界では新たな暮らしがはじまると言われています。ですが、あちらから戻ってきた幽鬼が死後を語ることはない。なぜ語らないのでしょう？　冥府の王に禁じられているからですか。もしかしたら、冥界など存在しないのではありませんか。だとしたら、幽鬼とはいったい、神とは、死とは、生きるとはいったいなんなのですか！　ああ、丁道士……死期を視る目だなんて素敵すぎます。決して明かされることのない死の秘密に触れられるだなんて。あなたの目をいただけば、わたしも死の正体に触れられる……みずからの手で！」

眼前で畳みかけられ、洛宝は「わかったから放せ。痛い」とげんなりと呟く。

李少鬼は素直に手を放し、しかしなおも洛宝へとにじり寄る。

「取りだした眼球ですが、丹力を流しこむと肉体にあったときと同様の作用をします。つまり客観的に調べることができるのです。どうです、わたしとふたりで人体の神秘を追究してみませんか」

「おい、洛宝、はっきりことわれ。この道士様、本気で目玉を抉りかねないぞ」

「交渉に口を挟まないでください。招魂を求めたのは丁道士であり、眼球をくれるもくれないも、丁道士が決めるべきです。名ばかりの相方のあなたではなく」

「……ああ？　さっきからなにが言いてえんだよ、李道士」

険のある言い方にいらだちを覚えると、洛宝が嘆息した。

「英傑、いい。道の探究は道士の使命だ。これはそうおかしな提案でもない」

「おかしな提案じゃないだと？　どう見たって異常な提案だろうが！」

「いいから、かまうな。おまえには関係ない」

きっぱりと言われ、ぐっと詰まる。洛宝の擁護を得た李少鬼は満足そうに目を細めた。

「丁道士、あなたはその力をいつ宿したかご存じですか。赤子のころから？」

「幼いころに突然、視えるようになった。きっかけはなにもない」

「牡丹を視ると聞きました。牡丹が咲いたあと、その者はどれだけで死に至るのですか」

「長くて二十日ほど。私が牡丹を目にした時点で、咲きはじめてからどれぐらい経っているかにもよるが……咲く瞬間を視たなら、二十日前後で死ぬ」

「ほかにわかっていることは。なぜ牡丹なのかは知っていますか」

「知るか。知りたくもない」

「知りたくない？　己の異能を知ろうとしないなんて、どうかしています！」

洛宝は怯（ひる）んだ様子で後ずさった。

「あなたはその牡丹の力をどれだけ知っていますか。ほかはどうです」

「ほかは……ひとたび牡丹が咲いたら、その死は避けられないと――」

「本当に？　これまで何人の死を見送ってきました。千人？　一万人？　どれほどの牡丹を目にして、『死は避けられない』という結論に至ったのですか」

「そんなに多くはないが……百人かそこらは……」

「ああ、だめです。ちっとも足りません。なにかを結論づけるには少なすぎる！」

壁ぎわにまで洛宝を追いつめ、李少鬼がふたたび両手でその顔を包みこむ。背丈で言えば洛宝のほうが高い。だが、李少鬼の落とす影は、洛宝を覆いつくすように見えた。

「牡丹の死は避けられない。そう決めつけているだけではありませんか。もしかしたらこれまでにも、あなたになら回避させられた死があったのでは？」

「回避させられた死が……あった――？」

洛宝の顔が見る間に青ざめ、瞳（ひとみ）が揺れうごく。それを目にした瞬間、英傑はなにを考えるよりも先に李少鬼の肩を摑（つか）み、洛宝から引きはがしていた。

「そこまでにしろ、李道士」

即座に、李少鬼が鋭い目つきで英傑を見据える。

「なんです、探究の邪魔をしないでください。道士でもないくせに」

「道士だったら、同胞を傷つけてもいいって言うのか」

声を低くすると、李少鬼は怪訝そうに眉を寄せた。

「俺もこいつのことをよく知ってるわけじゃない。けど、こいつが牡丹が見せる死に苦しんできたことは知ってる。あんたは千人だの一万人だのと気軽に言うが、洛宝にとったら、ひとりの死だって重く、苦しいものなんだろう。こいつが抱えてきた苦しみは俺には想像もできないし、あんたにだってわからないはずだ。なら、せめて不用意につつくような真似はするな」

客堂に沈黙が落ち、しまったと我にかえる。「おまえには関係ない」と言われたばかりだった。ため息まじりに洛宝に目を向けた英傑は、まばたきをした。

洛宝は、英傑を凝視したまま硬直していた。

見開かれた瞳に光が戻り、蒼白になっていた顔が赤みを取りもどしていく。

「丁道士。もしかして、大切な方を亡くされてます？」

「えっ？」と裏返った声をあげ、洛宝があわてて英傑から目をそむけた。

「大切な方――、あ……兄を……」

「そうでしたか。それはわたしが無神経でしたね。わたしも母を亡くしています。わたしを産むと同時に亡くなったのです。わたしの生は、母の死とひきかえにある。それゆえに、生と死の関わりに深い関心がある……」

最後は独り言のように呟き、李少鬼は愛想よくほほえんだ。

「よろしければ、桃源苑にしばらく滞在してみませんか？　丁道士と方術について談義を交わせたら、これほど嬉しいことはありません。指環のこともありますしね。ああ、招魂術を教えることはできませんが、招魂したい方がいるなら力を貸しますよ」

洛宝はまだ狼狽を残したまま、かぶりを振った。

「招魂は他人任せにはしたくない。だが……そうだな、滞在はさせてもらいたい」

「ぜひ。……そこのお邪魔虫もどうぞ。方術なんて高尚なものに興味ないでしょうけど」

あからさまな敵意をぶつけられ、英傑は「ご親切にどうも」と顔をひきつらせた。

道士に案内され、英傑と洛宝は客房の廊下を歩く。数歩前を行く洛宝は足どりが不確かだった。ふらりと壁にぶつかりそうになり、あわてて背筋を伸ばし、またふらっと逆側の壁にぶつかりそうになる。どうしたのだろうか、と英傑は困惑する。

通された部屋のつくりは殷清のものと同じだった。英傑は「さて」と腰に手をやった。

「これからどうするか。思いっきり、李少鬼の懐に入っちまったわけだが」

ぼうっと虚空を見つめていた洛宝は、「え？」と問いかえしてくる。

戸惑う。よくわからない反応だ。まだ怒っている、というわけではなさそうだが。

「……ここからは別行動といくか。洛宝は李少鬼と話をしてきたいんだろう？」

「あ、ああ、別行動か。それはいい。そうしよう」

洛宝は安堵したようにうなずいた。

「招魂については、おまえが受けた依頼ともかぶる。わかったことがあったら報せる」

「……おう。なら、俺はそこらの村で李少鬼や桃源苑について聞きこみでもしてくるわ」

洛宝は「わかった。ではな」と言ってぎくしゃくと庭へと出ていった。

洛宝がいなくなると、室内は急に静かになった。

庭から鳥の軽やかな声がする。苑内の喧騒はひどく遠くに聞こえた。

ふと視界に翳が差す。意識がぼやけ、英傑は立ちつくす。目の前に格子がある。腕を伸ばして格子を摑む。手が震えだし、唇がわななく。

ああ、寝ているな、今——。

自覚した瞬間、英傑ははっと目を覚ました。気づけば、室内に突っ立ったままだ。時の経過はよくわからないが、日差しの傾きは先ほどとさほど変わらない。

墓地に行ってから、動揺が収まらない。きっとそのせいだろう。

(仕事に専念しろ。李少鬼には招魂のことを調べてると感づかれてる。さっさと終わらせて、龍渦城市に帰るんだ)

——だが、あの黒衣の男はかならず英傑に会いに来る。おそらくは今日にでも。

英傑は顔を曇らせ、腰帯に佩いた大剣の柄を握り、ひっそりと部屋をあとにした。

「李先生ですか。ええ、立派な方ですよ。治療代は不要とおっしゃるんです。桃源苑でずいぶん寄進をいただいているし、ひとを治すことは自分の使命だからと……」

昨日と同じく牛落村の食堂に入った英傑に、給仕の娘がそう明かした。

「へえ。金をとらないとは、たいそう義侠心(ぎきょうしん)にあふれた御仁だな」

「はい。李先生のことは、清州の偉い方も認めるほどなんです。ええと、お名前はなんだったか……お父さん、誰だっけ！」

娘の問いかけに、帳場の父が笑って答えた。

「楊刺史様だ。不老不死に関心があるそうで、桃源苑に多額の出資をしてるとか」

英傑は酒の杯を傾ける手を止め、目を鋭くした。

（そうか、ここは清州だったか）

不老不死を求めて道士を集めているという、清州刺史の楊荘亮だ。楊荘亮と、道士たちが大勢いる桃源苑とが急速に結びつく。

（……待て。ってことは、まさかあいつが墓地にいたのも、楊荘亮がらみか）

息を呑(の)んだそのとき、食堂に影が差した。出入口に太陽を背にして長身の男が立っていた。黙って見つめていると、男がためらいながら几(つくえ)の前までやってくる。昨日の黒衣姿とは異なり、今朝は灰色の長衣に、剣を帯びているだけの気軽ないでたちだ。

――名は郭健明。歳は二十六。一筋の乱れもなく結いあげた黒髪を頭頂でひとつにまとめている。きりっとした眉からも、鋭い目尻(めじり)や、真一文字に結んだ唇からも、頑固なほどの生真面目さが見てとれた。最後に会った四年前とすこしも変わらない。

「よせ、健明。それは俺を貶める」

その場に膝をつこうとした郭健明を、英傑は鋭い声で制する。

郭健明は躊躇したのち、拳を握りあわせて一礼し、「馬を用意しております」とだけ言った。英傑は目を伏せ、「わかった」と答えて立ちあがった。

連れていかれたのは関県の県城にある高級旅館だった。二階の広々とした一室に通される。円窓から涼風の吹きこむ室内では、老爺がひとり正座していた。結いあげた白髪を銀の冠でまとめ、長い白ひげをたくわえている。背は曲がっているものの、長身のためか、弱々しい印象がない。英傑はとっさに老爺の前に膝をつき、拝礼をした。

「面を上げよ。そうかしこまらんでよい。わしに懐かしい顔を見せておくれ」

言われるままに顔を上げた英傑は、なつかしさに胸が苦しくなった。

「ご無沙汰しております。沈丞相」

「――今は、太保であらせられます」

ひっそりと郭健明に訂正され、ああ、そうだった、と思う。知ってはいたが、老爺を前にして、記憶がずいぶん昔までさかのぼってしまったのだ。

老爺は英傑の姿をゆっくりと見つめ、優しくほほえんだ。

「かまわぬ。それよりも、まさかこのような場所で会おうとは驚いたぞ。劉邑鉄将軍」

英傑は改めて面を伏せ、唇をぐっと噛みしめた。

老爺の名は、沈遠という。楊荘亮と同じく、沈遠の名を知らぬ者は乾帝国広しと言えど、そうはいない。朝廷において、もっとも尊き三公の一、太保の地位につく。三年前に帝位についた幼い皇帝を教え導く、いわゆる教育係だ。一種の名誉職だが、かつて丞相として朝廷の綱紀粛正に貢献した功績から今の地位についた。諸国漫遊を好み、とくに太保となってからは名誉職なのをいいことに各地を旅してまわり、諸侯から「漫遊老」などと呼ばれていた。──英傑にとっては、母方の遠戚でもある。

「李少鬼のことを探らせていた郭健明が、昨晩、泡を食って帰ってきてのう。訊けば、劉将軍をお見かけしたなどと言う。この鉄面皮があそこまで取り乱すのは、おぬしが費士宗に謀られ、無実の罪で投獄されたとき以来じゃ」

じわりと額に脂汗がにじむ。英傑は深くうなだれた。

「……沈太保には劉家の没落に際し、子女たちをひきとっていただき、感謝の念に堪えません。ですが、今や俺は庶人に落とされた身。どうか劉邑鉄の名はお忘れください」

沈遠はしばらく黙りこみ、やがて慈しみのこもった口ぶりで答えた。

「昔の話はしたくないか。ならば、今の名を名乗るがよい」

「劉英傑。……獅子屋と呼ばれる素性卑しい便利屋ですよ」

意を決してふてぶてしい口調で答えると、沈遠のかたわらに控えた郭健明がぎょっと身をすくめた。英傑も内心で冷や汗をかく。本来ならこんな砕けた口調で接していい相手ではないのだ。

だが、沈遠は気にしたそぶりもなく、白ひげをしごいて笑った。

「ふむ。便利屋とな。それは、どういったものじゃ」

「なんでも屋ってやつですかね。乞われれば、炊事洗濯、旅の護衛、茶飲み相手、赤子のおむつ替え、なんでもやります。最近は怪力乱神がらみの依頼も受けてますよ」

言ってから、しまった、と思う。沈遠は長い眉毛の奥にある目を鋭く細めた。

「なんでもやる、か。それはちょうどよい」

「……いや、悪いんですが、お貴族様からの依頼は受けないと決めて——」

「実は篡奪侯に謀反の動きが見られ、半年ほど前から調べを進めておる」

言葉尻をつぶすように言ってのける沈遠に、英傑はひそかにほぞを噛んだ。

(やはり楊荘亮のことを調べていたか)

もっとはやくに察するべきだった。点と点がつなぎあわさっていなかった。

「もっとも篡奪侯はこれまで幾度となく不穏な動きを見せてきたがのう。そのたびに芽を摘んできたが……あの男の帝位への執念には、目を見張るものがある」

帝位への執念——その言葉に、かつて乾王朝を揺るがした十年前の事件を回顧する。

絶大な権力で朝廷を牛耳っていた楊荘亮が、帝位の篡奪をもくろみ、決起したのだ。

発端となったのは、目の前の沈遠であると言われる。日増しに力を強める楊氏の勢力を恐れた皇帝が、楊荘亮の対抗馬として、深山に隠棲していた賢人・沈遠を朝廷に招き、丞相の地位に据えた——それは皇帝が決して楊荘亮には与えなかった地位だった。

長年の功績を無視された楊荘亮は激怒し、内乱鎮圧の名目で兵を集めた。その数八万。大軍が攻めてくると知った金景の民は都を逃げだし、皇城もまた混乱状態に陥った。

しかし、楊荘亮のくわだては失敗に終わる。金景に進軍する中で、いったいどうしたわけか八万の兵が、砂山が崩れるように離散してしまったのだ。さらに一年後、楊荘亮はふたたび謀反を試みるが、これもまた同じような理由で成功しなかった。

楊氏の巧みな根まわしによって、楊荘亮自身が断罪されることはなかった。だが、二度の挙兵で私財も人望も失った楊荘亮は、数年後にはみずから朝廷を辞した。そして今に至るまで、刺史として清州にこもりつづけている……。

人々は楊荘亮を「天に嫌われた」と陰で嘲笑い、簒奪侯などと不名誉な名をつけ、落ちた英雄譚として語りついでいる。

「今のあやつに往年の力はない。号令をかければ、ともに起とうとする氏族もいようが、もはや金景に軍を送るだけの力はあるまい」

「……では、造反の動きというのは」

「道士を集めておる」

英傑は眉をひそめた。

「道士を集めてるのは、不老不死を求めてのことと聞いてますが」

「それは真じゃ。ただ、李少鬼と出会ってから、どうもその目的が変わった気配がある。──おぬし、李少鬼とともに墓地を調べておったそうじゃな。どう見ておる」

「調べるってほどのことはなにも。ただ、清州の各地で墓荒らしが頻発しているって聞いて、見に行っただけです。遺体の一部が盗まれ、それがもしかしたら、鬼神――」

言いかけた英傑は、はっとした。

「まさか鬼神を使って、金景に攻めいろうとしているとでも？」

「李少鬼が桃源苑を開いたのがおよそ半年前。墓荒らしは同時期からはじまっておる。こういう偶然の符合をわしは好まぬ」

つまり沈遠は、李少鬼こそが墓荒らしにして黒巫者(くろふしゃ)張本人だと疑っているのだ。さらにはその背後に楊荘亮がいて、ふたたび帝位簒奪を狙っている、と。

あまりに規模の大きな話に、英傑は肝を冷やす。

「けど、俺と丁道士が墓地を調べたのは、ほかならぬ李少鬼に誘われたからですよ」

「丁道士？　おお、そういえばおぬし、仙女のごとき美貌(びぼう)の道士とともにいたそうじゃの。そうか、丁道士というのか。丁……丁か……」

珍しくもない「丁」という姓を幾度か口の中で転がし、沈遠は「まさかな」と笑った。

「李少鬼がおぬしらを墓に連れていったのは、疑いをそらすためだったかもしれんのぅ」

沈遠は茶器を持ちあげた。のんびりと清涼な香りを楽しみながら、何気なく言う。

「さて、獅子屋よ。おぬしには桃源苑の内部に、墓から奪われた死屍(しし)の一部がないか、あるいは李少鬼が鬼神づくりをしている証(あかし)がないかを調べてもらおう」

やはりきたか。なかば予測してはいたが、英傑は青ざめる。

「劉家はかつて皇帝直属の間諜であった。おぬしの曾祖父の代で、正当な武門の仲間入りを果たしたが、子息は代々、間諜としての秘技を身につけてきた。桃源苑の内部をひそかに探るには、おぬしほどの適任はおるまい」

「沈大人、俺は──」

「苑外に配下をへばりつかせておく。なにか見つけたら合図を送れ。探るだけでよい。それ以上なにをしろとは言わんよ」

英傑は返す言葉をなくし、ただ力なく拱手した。

旅館をあとにした英傑は、どこをどう歩いたかも記憶にないまま桃源苑へと戻った。行きは馬だったので、帰りついたころには夕刻になっていた。退苑をはじめた人々の喧騒がわずらわしく、近くの林に足を向け、木の根元にずるずるとへたりこむ。

（これまで、なんのために貴族の依頼を受けずにきたんだろうな……）

紅倫に「貴族の仕事は金になるのに」といやみを言われようと、徹底してはねのけてきたのは、万一にも顔見知りに遭遇しないためではなかったのか。

（けど、誰が清州の片田舎で、朝廷の重鎮に出くわすと思うよ）

漫遊老め。皮肉めいた気持ちで、英傑は立てた膝に両肘を置き、頭を抱えこむ。

今から四年前まで、英傑は「劉邑鉄」の名で朝廷に仕えていた。若くして任じられたのは、十二将のひとり──北部の鎮護を役目とした鎮北将軍だ。

北は波乱の地だった。鬼神を抱える煉狼族の国や、騎馬民族の国々と、大河を挟んでにらみあいをつづけ、時には激戦となることもあった。だが、多くの優れた配下に恵まれたこともあり、鎮北軍の功名は朝廷にも広く知られるようになった。

ところが二十四歳の年、皇帝陛下の命により皇城に召喚された。

北の守りを郭健明ら腹心に託し、金景に戻った劉邑鉄を待ちうけていたのは、身に覚えのない罪——皇帝の寵妃との姦通罪による投獄だった。読みあげられた罪状を聞いたときは耳を疑った。一年の大半を北の駐屯地ですごす劉邑鉄が、なにをどうすれば、後宮の奥深くにいる女と情を交わせるものか。

きっとすぐに無罪放免となる——そう思ったが、そうはならなかった。時の皇帝は暗愚で疑りぶかい気性の持ち主だったのだ。

はじめの半月で審問がおこなわれた。次の半月でそれは拷問にかわった。凄惨な日々の記憶はほとんど残っていないが、劉家の名誉にかけて一貫して無実を訴えた。

誰が罪をでっちあげたのか。なんの目的でそんな真似をしたのか。それが明らかになったのは、投獄からひと月後のことだった。ある日、牢獄に義兄弟であり、劉家と同格の武門である費家の嫡子、費士宗がやってきたのだ。

——来てくれたのか、士宗。外の様子を教えてくれ。劉家はどうなった。父上はどうされている。母上は苦労していらっしゃらないか。鎮北軍はどうなっている。

劉邑鉄はむごたらしいありさまとなった体を引きずり、格子にしがみついた。

――大丈夫だ。私が新たな鎮北将軍として、北の地に行くことになった。

その言葉に、どれだけ安堵したかわからない。若くして将軍位についた英傑に対し、費士宗はなかなか出世の機会に恵まれずに来たが、信頼する義兄弟が後を継いでくれるなら安心だ。そう告げると、費士宗は首をかしげて、こちらを見下ろした。

――私も安心したよ。おまえほどの人間でも、これほど惨めな姿になれるのだな。

費士宗はどこか疲れたようにつづけた。

――ずっと、おまえを目障りに思っていた。おまえという存在は私には眩しすぎた。私よりもはるか先を行くおまえが妬ましかった。この世から消えてくれと願いつづけてきた。……陛下があからさまな冤罪も信じるような暗愚でよかった。

言葉が出てこず、なんの思考も浮かんでこない。だが、牢に背を向けて歩きだした費士宗を見て、勝手に口から声が漏れだした。

――待て、士宗。どういうことだ。士宗……行くな、費士宗……！

義兄弟が足を止めることはなく、それが彼を見た最後となった。

英傑が投獄されていた期間、朝廷内外ではさまざまなことが起きた。まず、北の大地では、費士宗によって鎮北軍の構成が一新された。劉邑鉄の冤罪を主張した者は更迭されたが、そのさなかに煉狼族の襲撃を受け、軍は大敗、多くの兵が死んだ。費士宗はその責を負って僻地へと送られた。

朝廷では門閥貴族による派閥争いが激化した。当初、劉家と費家の小競りあいだったものが、皇帝が病に倒れたことにより、次の皇帝に誰を据えるかを巡って百家総出の闘争が勃発した。そうした激動の中、やがて劉邑鉄の存在は忘れられていった。冤罪を晴らそうと動いてくれた者も多かったと聞くが、その声が騒乱の渦中にあった朝廷で重視されることはなく、結局、一年もの間、劉邑鉄は牢に放置されることとなった。

劉家宗主である父は息子の冤罪を信じたまま、戦地で憤死した。劉家は没落し、母や劉家の子女は遠戚であった沈遠によって引きとられた。

それらの話を、劉邑鉄は釈放後に聞かされた。牢から出されたのは、冤罪が晴れたからではなく、皇帝の崩御によって新皇帝がたち、恩赦がおこなわれたためだった。

――おぬしの罪が晴れたわけではない。ゆえに、おぬしは庶人に落とされる。

釈放された劉邑鉄を出迎えてくれた沈遠は、痛ましげにそう言った。

――悔しかろうが、今はこらえてくれ。かならずや罪を晴らし、劉家を再興させる。

沈遠はそう慰めてくれた。だが、不思議なことに劉邑鉄はなにも感じなかった。悔しさも憎しみも、胸のうちにはない。なにせ牢から出たらすべてが終わっていたのだ。向ける先のない感情など持っていても無意味だ、そう思った。

ただ、そのころからまともに眠れなくなった。

その後、紆余曲折あって龍渦城市で便利屋となった。「英傑」という、落ちぶれた身には不似合いすぎる名をくれたのは紅倫だ。皮肉すぎて、拒む気力さえ起きなかった。

冤罪が晴れたと知ったのは、それからすぐのことだ。

（帰ろうと思えば、帰れた。けど、その気になれなかった）

没落した劉家を再興させれば、父の霊魂を慰めることもできる。それこそが謀略に嵌（は）められた劉邑鉄にできる唯一の孝行だったろうに。

（薄情な話だな……）

英傑は力なく樹冠の隙間に見える日暮れの空をあおぎ見た。

ともかく沈遠に対しては返せないほどの恩義がある。桃源苑を探れというなら、そうするほかなかった。

四

翌日の昼から、英傑はほかの見学者に交じって道士たちの動きを探った。夜は黒衣をまとい、苑内の怪しい場所をたしかめた。

探索するうち、何度か李少鬼とともにいる洛宝を見かけたが、ずいぶん打ち解けて見えた。他人は有象無象呼ばわりの洛宝にしては珍しい。洛宝の視線を恐れない胆力に加えて、道士同士ということもあり、気も合うのだろう。あるいは英傑の知らぬ間に、心を許すだけのなにかがあったのか。

胸の奥が奇妙にざわついた。近くを行きすぎても、洛宝がこちらに注意をはらうことはない。まるで帳（とばり）の向こうにいる生者を羨（うらや）ましげに見つめる幽鬼になった気分がした。

桃源苑は広く、入り組んでいた。仙府を模したという桃花の木々が植わった庭園、鍛錬の場、苑を取りかこむ林を含め、物を隠す場所は山とあった。だが、地道に探りを入れるうち、英傑の狙いは次第に定まっていった。拝殿の裏にある、こんもりと丸い形の小山だ。一帯の地形を見るに、あのような形状の山が自然にできるとは考えにくい。だとしたら、あれはやはり墳墓である可能性が高い。

あの山に疑いを持ったのは道士の動きからだ。夜間、数十名いる道士はそれぞれの活動をはじめるが、毎夜決まってふたりの道士が、小山のある拝殿裏の林に向かうのだ。

(棒を隠すなら藪の中、死体を隠すなら墓の中ってとこか)

そして、桃源苑に滞在しはじめてから五日目。朝から出かけていた英傑が客房の部屋に戻ると、庭に面した扉を開けはなち、洛宝が床で寝転がって昼寝をしていた。

英傑はわずかに戸惑う。こうして近くで姿を見るのは、なんだか久しぶりな気がした。

(あいかわらず、だらしねえ寝顔)

英傑は寝息をたてる洛宝のかたわらに腰をおろして、しげしげとその寝姿を眺める。半開きにした口はどこか笑っているように見えた。暑いのだろう、脛もまるだしに長衣の裾をめくれあがらせて眠っている。その無防備すぎる姿を見ていると、不思議と気持ちが安らいだ。自然と体から力が抜け、英傑はほっと息をつく。

英傑は小さくほほえみ、手にしていた酒とつまみを洛宝の頭のそばに置いた。

「……ん……斗斗か？……ああ、英傑か。どこ行ってた。あ、酒じゃないか……」

洛宝は寝ぼけ顔のままふらふらと酒甕を摑み、愛しげに両腕で抱きしめる。

「県城まで、殷夫人に中途の報告に行ってた。それは土産」

洛宝は「県城」と繰りかえし、不満げに目を半分にした。

「なんだ。県城に行くなら、声をかけろ。酒楼に行きたかったのに」

のそりと身を起こした洛宝が、英傑をにらみつける。

と、ばちりと視線が合った瞬間、洛宝ははっと目を剝き、勢いよく顔をそむけた。

「……なんだよ。李少鬼との話に口出ししたこと、まだ怒ってんのか？　悪かったよ」

少々傷つきながら言うと、洛宝はうめき声をあげ、寝乱れた髪を気まずげに搔いた。

「いや、違う。おまえはなにもしていない。……じゃなくてだな……」

もごもごと言って、洛宝は深々と息をつき、抱えていた酒甕を押しつけてきた。

「これは、おまえが吞め」

「……なんでだよ。村の安酒じゃなくて、城市のいいやつだぞ」

「だからおまえが吞め。ここ数日、眉間に皺が寄ってるぞ。気づいているか？」

英傑は「え」と驚き、はじめて顔がこわばっていることを自覚する。

「この仕事、乗り気じゃなかったんだろう？　私が強引に受けさせた。なにがいやだったのかは知らないが、今からでもことわっていい」

なんの話だ。そう思うが、そういえばこの仕事は、気乗りのしない英傑を、洛宝が「受けろ」の一言で動かしたものだったことを思いだす。

（こいつ、まさかそんなことを気にしてたのか）

しかも好物の酒を譲ってまで、英傑の心情を慮ってくれるとは——。

英傑はむずがゆい気分で口角を持ちあげ、押しつけられた酒甕を受けとった。

「そうか。ありがとう。これ、俺が買ってきた酒だけどな」

洛宝は「これもやる」と言って、つまみも英傑の足元に寄せる。

「いや、これも俺が……まあいいけど。で、これはなんでくれるんだ？」

「礼だ。李少鬼に詰め寄られたときの。……正直、助かった。不覚にも動揺した」

英傑は目を見開く。思わず「何日も前の話だ」と言うと、洛宝は顔をむっとさせた。

「おまえがなかなか客房に戻らないから悪いんだろうが！　どこを捜してもいない」

「……捜してたのか、俺を」

気づいていなかった。呆けて呟くと、洛宝は気まずげに舌打ちした。

「なにをにやけている。気色の悪い」

「ええ？　べつににやけてねえよ。……にやけてねえだろ？」

英傑は頬肉を指でつまむ。洛宝は不気味そうに英傑を見つめ、ふと顔を曇らせた。

「牡丹が告げる死は避けられないというのは、李少鬼の言うように確証があるものじゃないんだ。死を回避させようとすると、なぜか体調を崩す。それを案じた文飛が、『死は天が定めたもの。逆らってはいけない』と言ったから、いつからか避けられないものと思いこんだだけだ。だから、李少鬼に『回避させられた死があったのでは』と言われ、我を忘れかけた。もし、本当は避けられるのだとしたら。文飛の死も回避させることができたのだとしたら、私は――」

「避けられなかったよ。どうにもできないから、死は恐ろしいんだろ？」

きっぱりと言うと、洛宝は強ばらせていた表情をやわらげた。

「そうだな。けど、おまえは死を恐れないのだろう？」

洛宝の口調に軽さが戻り、英傑は安堵してうなずいた。

「ああ、恐ろしくないね。みんな、遅かれ早かれ死ぬ」

「私とて自分の死は怖くない。有象無象の死もだ。だが、有象無象ではない者の死は恐ろしい。いや、ただの死ならきっと受けいれられる。ただ、牡丹が咲くのを視るのは怖い。次にそんなことが起きたら、自分がどうなるかわからない。……最近そう思う」

英傑は驚く。洛宝が口にした恐れは、普段の傲然とした態度からは想像もつかないほど率直で、弱々しかった。この男が弱音を吐いたのは、千日酒の酒坊の主から受けた依頼をこなした晩以来ではないだろうか。

(なんで急にこんなことを)

思い、ふと気づく。もしかして、洛宝は今、自身の中にあるその恐れと、真正面から向きあおうとしているのだろうか。誰かと深く関わろうとしているのだ。いったい誰と。

英傑の脳裏に閃いたのは、李少鬼の姿だった。ここ数日、洛宝が積極的に関わっていた人間といえば、あの道士をおいてほかにない。

「……洛宝、あんた……見る目がねえなあ。なんでよりによって……」

思わず呟くと、洛宝が「は？」と白い目を向けてくる。

李少鬼の評判はいい。だが、沈遠が動いている以上、鬼神づくりに関してはおそらく黒だろう。だとしたら、せめて招魂だけでも真実であってほしいと思う。

もし本物なら、殷清は変わらず死者に囚われつづけることになる。洛宝もそうなる可能性はあった。それでも、心を寄せた相手に裏切られるよりましだ——。

英傑はやるせなく息をつき、洛宝の丸まった背をばしっと力まかせに叩いた。

「言っただろーが。死期を視ようが視まいが、人はいずれ死ぬ。いつか訪れる日のことなんか考えず、関わりたい奴と関わって、今を存分に楽しんだらいいさ」

痛そうに顔をしかめていた洛宝は、意表をつかれたように英傑を見つめた。その双眸がどこか途方に暮れる。

「おまえ、多分わかってないな。……いや、いい。疲れた。散歩でもしてくる」

ふらりと立ちあがる。数歩歩きかけて、洛宝は思いきった様子で英傑を振りかえった。

「ここの飯はまずい。酒もないし、斗斗のもふもふした腹もない。さっさと仕事を終わらせて帰るぞ、英傑！」

声高らかに宣言して、洛宝は「あああ」とうめき、炎天下の庭へと出ていった。

英傑は呆気にとられた。わけがわからない。

ただ、渡された酒甕の存在がやけにくすぐったい。

（ああ。また、白淵山の竹林であいつと酒が呑みたいな……）

ふいに郷愁めいた感覚に襲われ、英傑は自分自身に呆れる。郷愁とは恐れ入った。

（ともかく、さっさと李少鬼のことを調べて、あとは沈遠に任せる。それで白淵山に帰って、冷酒を用意して、辛味噌添えの蒸し鳥を作る）

今晩だ、と決意する。今晩、あの小山に探りを入れる。

半分に欠けた月が蒸した夜空に昇り、鈍い光を放っている。桃源苑の門は固く閉ざされ、通いの者たちがいなくなった苑内は静寂に沈んだ。

今夜も黒衣をまとい、英傑は拝殿裏の林に身をひそめて小山を監視する。一刻ほどが経ったころ、道士がふたり、手持ち灯籠を提げ、小山へと近づいていくのが見えた。小山の裏側にまわり、伸び放題の雑草をかきわけ、やがて姿を消す。

英傑は物陰から出て、道士がいなくなった辺りに近づいた。下草をかきわけると、小山の地面近くに長方形の穴が開いていた。ちょうど家屋の扉ほどの穴だ。

（やはり墳丘……石室の入り口か）

前にたしかめたとき、この入り口はなかった。方術で隠されていたのかもしれない。さすがにそれは見破れないが、そうまでして隠すものなら後ろ暗いものに違いない。

石室へと入る。広い。いくつかの房に分かれているようで、道士たちの明かりは奥のほうに向かっていた。湿った土のにおい。かすかな腐臭……。

明かりのもとで、道士ふたりがなにかをたしかめている。彼らの前には、壁一面に棚が巡らされていた。棚板の上には無数のひょうたんが安置されている。

「次は、殷清の奥方の時間だ」

殷清。その名を耳にし、英傑は目を見張る。道士がひょうたんのひとつを手にとり、呪咒を唱えた。栓をはずすと、中から緑色の液体があふれだし、床に水たまりを作る。

水たまりが蠢きだした。ぐにゃりと立ちあがり、人の形を作りだす。英傑が息を呑む一瞬の間に、それは緑の皮膚をした裸の女へと変わっていった。腰まである白髪、瞳のない白い眼球、虚ろに開けた口、喉元まで垂れさがった長い舌。

『……あぁ……ァ……ああ……』

女が嘆くように鳴く。長い舌がぶらぶらと揺れ、よだれがしたたり落ちる。

「さあ、奥方。旦那が首を長くして待ってるぞ」

道士が鐘を鳴らして歩きだした。女がのたのたと不器用に歩きだす。

遠ざかるふたりの道士と女を見送った英傑は、すばやく物陰から出て、棚の前に向かった。ひょうたんのひとつを手にとる。貼られた朱色の霊符には人名が書かれている。

（道士は呪咒を唱えていた。だとしたら、唱えさえしなければ、あの奇妙に蠢く緑色の液体はあふれでてはこないはず）

英傑は栓をはずした。予想どおりになにも出てこない。試しに左右に揺らしてみても、液体が入っている気配もない。思いきって手の上で逆さに振ると、ぽとりとなにかが落ちてくる。それは、子供のものと思われる、どす黒く変色した「指」だった。

――素材となるのは、厲鬼の魂魄だ。無知な便利屋のために教えてやるが、厲鬼とは、焼死、溺死、事故死、縊死のような非業の死をとげた者たちのこと。

――墓を荒らし、死屍から体の一部を盗みだす。それを媒体に、怒りで近づいてきた魂を捕らえ、器に封じる。そうして鬼神化した魂魄は、肉をまとった異形の怪物となり、召喚者の意のままに使われる。

洛宝が墓地で語った言葉がよみがえる。張碧は殷清の妻は事故死したと言っていた。だとしたら、あれこそが鬼神。招魂などではなく、鬼神を生みだす邪法、召鬼法だ。

突きあげるような怒りに顔をゆがめ、英傑は道士たちが向かった通路に足を向けた。

通路は途中で幾本にも枝分かれしていた。道士の持つ灯籠の明かりを追いかけ、そのうちの一本を選ぶ。奥にのぼりの階段があり、戸があった。長嘯の音が聞こえてくる。道士は鬼神のために戸を開けると、すみやかに逃げだした。闇に身をひそめる英傑には気づかず、目の前を通りすぎていく。鬼神はゆっくりと戸の先に入っていった。英傑は階段をあがり、閉じかけた戸をそっと押さえて中の様子を探る。

室内はぼんやりと明るかった。鬼神が用意された胡床に座り、体を前後に揺らしはじめる。几に用意された箱を開け、中から櫛を取りだしてぼさぼさの長髪を梳きはじめる。頭皮ごと剝がれてしまい、鬼神が手を止めた。

「来てくれたか、華紹。ああ、髪をといているのかい。おまえの髪は艶やかだったね」

帳の向こうで殷清の声がした。鬼神が抜けおちた髪を見つめ、悲しげに哭きだす。

「ああ……なぜいつも悲しそうなんだ。仕事にかかりきりで、かまってやれなかった私を恨んでいるのか。許してくれ。華紹、華紹……」

英傑は太ももの脇できつく拳を握りしめた。


元来た通路を引きかえして林へと出ると、英傑は黒衣を茂みの奥に脱ぎすてた。外にいるはずの沈遠の配下に向けて指笛を鳴らす。夜のしじまに響きわたる音に、外からも指笛が返ってくる。すぐにも沈遠の手の者が桃源苑にやってくるはずだ。

(これで沈大人への義理は果たした。ここから先は便利屋に戻る)

招魂の真偽を張碧に伝える。いや、それよりも一刻もはやく洛宝に知らせねば。信じた者に裏切られるのはつらい。短い時間ではあっても、洛宝は李少鬼に信頼を寄せていたはずだ。その相手に謀られていたと知ったら——。

客房に戻り、急ぎ足で廊下の角を曲がった瞬間、誰かにぶつかる。注意が散漫になっていたようだ。詫びを入れようとした英傑は、相手が洛宝であることに気づく。

「洛宝、ちょうどよかった。李少鬼のことで話が、——どうかしたのか」

洛宝もまた心ここにあらずという様子だった。

「なにがあった。……まさか、李少鬼の奴がなにかしたのか!」

知らず言葉が鋭くなるが、洛宝は物憂げに胸元に吊るした指環を取りだした。

「この指環がなんなのかわかった」

指環。なんの話だ。英傑は混乱した。あまりに多くのことが起こりすぎて、玉の指環のことが頭から抜けおちていたのだ。

「李少鬼に調べてもらっていたろう。あいつが言っていた文献がやっと見つかったんだ。古代王朝の呪物一覧に出てきた。形状も同じ、呪力の種別も同じ、おそらくは合ってる」

口早に言って、洛宝が指環に巻いてあった霊符をとく。封印から解き放たれた指環はすかさず蠢きだす。だが、洛宝がふっと息を吹きかけると、動きを止めた指環から細い光の帯がほとばしった。光は廊下の壁に古代王朝の古文字を投射する。

「この古文字が表しているのは〈讖（しん）〉だ」

英傑は戸惑いとともに、投射された古文字を見上げる。

「讖とは予言の書のことだ。讖書ともいう。王朝にふりかかる災異をあらかじめ示し、皇帝に警告を発するとされる、神代に天が神仙に造らせ、皇帝に与えた神具だ。この指環はその一部で、青銅の円盤と対になっているらしい。円盤が本体で、これはいわば本体を開く鍵（かぎ）。円盤のくぼみに指環を嵌（は）めこむと、なんらかの形で、王朝に待ちうける未来を知ることができる……そう文献には記されていた」

「洛宝、待ってくれ。頭がついていけてない。その指環が讖書とかいうものを開くための鍵だとして……それがなんだっていうんだ」

「讖書とは皇帝に与えられたもの。つまりは皇帝の御物。この指環は、本来、皇城にあるべきものということだ！」

洛宝は興奮したように言って、決意を固めた眼差しで英傑を見上げた。

「李少鬼に招魂を教わることにした」

その宣言を聞いた瞬間、先ほど目にした光景がよみがえり、一瞬で頭に血がのぼった。

「なに言ってるんだ。あいつの招魂は……いや、それよりも、あいつが見返りになにを求めたか忘れたのか」

「わかっている。でも、この指環は皇城から来たんだ。精怪たちを介して、何年もかけて、私のもとに届けられた。そんなことをするのは、やっぱり文飛以外考えられない」

洛宝は今にも泣きだしそうな顔で指環を握りしめ、拳を額に押しあてる。

「けど、なぜ私にこの指環を？　そこにはどんな切迫した理由があった。はやく訊いてやらなくちゃ。……どうして白淵山に留まり、ほかに神仙のいる山を探さなかったんだろう。八年も文飛を待たせてしまうなんて。これ以上は待たせたくない」

英傑はとっさに洛宝の肩を摑んだ。

「洛宝、よく聞け。ここに招魂なんてものはない。あれは李少鬼の卑劣ないかさまだ」

水を差されたとでも思ったのか、洛宝は顔をしかめた。

「李少鬼はおかしな奴だが、私が出会った中ではもっとも優れた道士だ」

「冷静になれ。李少鬼をもっとよく見ろ。兄上の死を悔いてるのはわかるが、その死に囚われすぎて、目がくらんでるぞ！」

「……目がくらんでいる？　私が？」

「李少鬼は黒巫者だ。拝殿の裏にある墳墓の石室に、鬼神の入ったひょうたんが大量にあった。殷清の奥方も鬼神だった」

「なにを……鬼神？　墳墓の石室って……」

「李少鬼の背後には、清州刺史の楊荘亮がついてるんだ！　李少鬼に鬼神を作らせ、おそらくは皇城に攻めいらせることで、帝位を奪いとる気だ」

唖然としていた洛宝の英傑を見る目に、ふと疑念が宿る。

「その話、いったいなんのために調べた。県令夫人からの依頼じゃないな」

とっさに答えられずにいると、洛宝は眼差しを鋭くし、英傑をにらみすえた。

「墓地で本当はなにを見た。あの剣戟の音が耳に入らなかったとでも思っているのか」

洛宝は気づいていたのか。それでいて、深くは問わずにいてくれたのだ。しかし今、洛宝の表情は不信感に満ちあふれていた。

「おまえ……何者だ。劉英傑」

何者。問われ、英傑は口を開く。隠しているわけではなかった。素性を話して洛宝を止められるなら、それでかまわない。だが、開けた口からは言葉ひとつ出てこなかった。

――あんたほどこじらせた人間不信も、そうそういないと思うけどねぇ。

まったくの唐突に、いつかの紅倫の言葉が脳裏をよぎる。

人間不信になったつもりはない。そう思う。ならば、なぜ言葉が出てこない。過去を語れない。心のうちをさらせないのは、洛宝を信じられないからか。心を許し、また裏切られ、傷つけられたらと恐れているとでもいうのか。

（——直視したくないのか）

そう思った瞬間、固く蓋されていた記憶がすさまじい勢いで噴きだした。信じた者の裏切りを、義兄弟が抱えた妬みや憎しみに気づかなかった己の底の浅さを、凄惨な拷問に気をおかしくして惨めにも泣き叫んだ日々を、助けを求めて必死にすがった牢の格子の冷たさを。誰ひとり助けにこないまま、牢に放置された空虚な一年を——。

呆然と立ちつくす英傑を見つめ、洛宝がふっと自嘲気味に笑った。

「はぐらかしの次は、だんまりか。……目がくらんでいると言ったな。ああ、そうかもな。村人から信頼される李少鬼と、素性の知れない便利屋、本当に怪しいのはどちらか、私にはよくわからないのだから」

「……俺が李少鬼より信用できないって言うのか」

「おまえのことをなにも知らないのに、なにをどう信じろと言うんだ。なにを訊いても適当にはぐらかし、ろくに本心を明かそうともしない奴のことなど！」

声を荒らげ、そんな自分に驚いたように、洛宝は唇を噛みしめた。

「……ともかくもう決めた。一応、話しておこうと思った私が馬鹿だった、——っ!?」

英傑は洛宝の腕を掴み、強引に引きずって廊下を歩いた。「放せ」ともがく洛宝を問答無用で連れていった先は、殷清の部屋だ。扉を開けると、まさに殷清が「妻」に向かって語りかけている最中だった。

英傑は洛宝の腕を放し、戸惑う殷清の前を横切り、帳に手をかけた。

「な、なにをする、おまえたち何者だ。帳を開けるな……誰か！」

帳を開くと、中では生前の姿を想像することもできないほど悲惨な姿をした鬼神が、腰かけた胡床の上で体を前後に揺らしていた。殷清が悲鳴をあげた。尻もちをついて後ずさる。そして洛宝もまた鬼神を前に立ちすくんだ。

「これが……こんなむごたらしいものが……招魂……？」

洛宝が呟いたとき、悲鳴を聞きつけたか、道士をともなって李少鬼が現れた。

「おやおや。乱暴な方だ。殷清様が腰を抜かしてしまっている。お気の毒に」

「よくもこんなものを招魂だと偽ったな。これは鬼神を生みだす邪法だろうが！」

怒りに任せて詰め寄る英傑に、李少鬼は首を傾け、「うーん」とうなった。

「どちらも霊魂を招くという意味では、招魂も召鬼法も大差ないんですよ？　それに、これも尊い神仙術のひとつです。勝手に邪法扱いしてるのは朝廷です」

「尊い？　殷夫人の墓も荒らしたんだろう！」

「墓から死屍の一部をとってきたのは殷清様ですよ。招魂に必要だと言ったら、喜んで掘りだしてくださいました。すべては合意のもとです。……っちょっと！」

李少鬼の腕を摑んで後ろ手に押さえつけ、さらに李少鬼を助けようと近づいてくる道士たちを蹴りで昏倒させ、英傑は肩越しに洛宝を振りかえった。

「洛宝、なにか縛るものを持ってきてくれ！」

だが、洛宝は答えず、光の失せた瞳で李少鬼を見つめた。

「招魂できると言ったのは、嘘だったのか」

李少鬼は英傑に腕を押さえこまれながら、不思議そうに首をかしげた。

「さっきも言いましたが、鬼神もまた呼びもどした霊魂ですよ。やり方もそこまで差はない。あなただって、わたしのように兄上の墓を荒らしたんでしょう？　同じです」

洛宝は目を見開き、帳の向こうで鬼哭をあげる鬼神に顔を向けた。

やがて眉を曇らせると、「縛るものだったな。持ってくる」と言い残し、出ていった。


縛りあげた李少鬼と、騒ぎを聞きつけてやってきた道士たちを客房に閉じこめた英傑は、中庭に置かれた鼎の台座に腰をおろし、力なくため息をついた。

「客房は霊符で封印しておいた。これで李少鬼はあそこから出られない」

声をかけられる。顔を上げると、洛宝が表情をなくして立っていた。

「苑内の道士が助けに駆けつけても私の封印は解けない」

「……そうか。手間かけたな」

洛宝は目をそむけ、英傑から離れたところに配された岩に腰をおろした。

半刻ほどが経ち、馬の荒々しい足音が近づいてきた。英傑が立ちあがると、影壁をまわりこんで、六人ばかりの人間が馬に乗って中庭に入ってきた。

　郭健明が下馬するなり英傑のもとに走ってきた。英傑が「客房に李少鬼。拝殿裏の墳丘内に鬼神」と簡潔に告げると、郭健明は配下をともない、客房へと駆けていく。

　すこし遅れて沈遠の乗る馬が入ってきた。英傑は手を貸し、馬を下りる手助けをする。

「よくやってくれた。獅子屋よ」

　沈遠はゆっくりと中庭を見渡した。すでに夜半。上空には半月と夏の星がまたたいている。中庭には魔除けの篝火が焚かれ、夜空の暗さに反して明るい。

　洛宝が座る岩は明かりの届かぬ暗がりにあり、沈遠は最初、その姿に気づかなかったようだ。じっくりと周囲を見たあとに、ようやく洛宝に気づき、動きを止める。

「文飛……」

　沈遠が唖然と呟く。洛宝がはっとして、英傑もまた硬直した。沈遠は夢から覚めたように肩を震わせ、白く長い眉の下でまばたきをした。

「ああ……これは失敬。知人によく似ていたもので、ちと驚いた」

「文飛を――兄のことを知っているのか！」

　洛宝は岩から立ちあがるなり、勢いよく沈遠に迫った。沈遠は当惑した様子で英傑を振りむく。英傑もまた混乱しつつ、「丁洛宝。文飛殿の弟です」と明かした。

　沈遠は「おお」と感嘆し、洛宝の顔を懐かしげに見つめた。

「なんと。丁道士と聞いたときには、まさかと思いもしたが……よく似ておるのう。文飛のほうがもちっと穏やかな印象だったが、目鼻立ちの秀麗さはそっくりじゃ」

「おまえは誰だ。なぜ文飛のことを知っている」

「名を、沈遠と言う。文飛を朝廷に抜擢(ばってき)したじじいじゃよ」

英傑と洛宝は同時に言葉をなくした。ただ沈遠だけがゆったりとほほえむ。

「弟がいることは聞いておった。寡黙な若者だったが、弟の話をするときだけはどれほど言葉を費やしても足りぬといった様子でのう。奇縁もあったものよ」

「おまえが……文飛を抜擢した――」

洛宝はふいに両腕を伸ばして沈遠の衣にすがりついた。

「なぜだ。どうして文飛を抜擢したりした。たかが田舎の豪族の出にすぎなかった兄をどうして……っおまえがそんな真似をしなければ、文飛は死なずに済んだかもしれない。今も故郷の豊かな山野で、笑っていたかもしれないのに……っ」

沈遠は必死にとりつく洛宝のさまから、目の前の若者がいまだ兄を失った苦しみを抱えたままなのだと気づいたようだ。沈遠は己の衣を摑む洛宝の手をそっとさすった。

「そうか。わしはおぬしから兄上を奪ってしまったのか。すまぬことをした。……わしが文飛に任じた著作郎は国史の編纂(へんさん)をおこなう役職でな。正史を記すには、歴史を公平に見る目が必要じゃ。派閥争いに終始する朝廷において、どの派閥にも属しておらぬ、清らかな目を持った若者をわしは欲していた。そんなとき、才知にあふれ、人徳に優れた若者がいると耳にしてのう……。許せ、丁道士」

洛宝は長い睫毛(まつげ)を震わせた。力なく沈遠から手を放し、悄然(しょうぜん)とうなだれる。

「文飛は著作郎に選ばれたことを喜んでいた。文飛にとってあなたは、力を発揮できる場所を与えてくれた恩人だった。……子供じみた八つ当たりをした。申しわけない」

自分の失言を詫びる姿は、普段の居丈高な洛宝からは想像もつかないほどに殊勝で、見るにしのびなかった。英傑は沈遠に目を向ける。

「沈大人。洛宝は……丁道士は兄上の死に疑念を抱いているんです。聞けば、文飛殿は泳げなかったとか。それが夜にどうして池に行ったりしたのかと」

沈遠は困惑げに英傑に目を向けた。

「夜間、見回りの際などに、足を滑らせて死ぬ者もいる。文飛が見回りの業務についていたとは聞いてはおらぬが……散歩をし、思索することを好む若者だったからのう」

黙ってその説明を聞いていた洛宝は、ふと襟元に手をやった。

「沈大人。あなたなら、これがなにかわかるだろうか」

紐をたぐりよせ、吊るされていた玉の指環を、洛宝は手のひらにのせる。

──その瞬間、沈遠の穏やかな表情が恐れにゆがんだ。

「なぜ。どうしてこれが、おぬしの手に……」

血走った眼は洛宝の手の中の指環を凝視する。

「ずっと捜しておった。文飛がどこか安全な場所に封印してくれたものと己に言い聞かせてきたが、まさか──あの讖書がなぜ……」

沈遠が指環を摑もうとする。洛宝が「讖書」と繰りかえし、さっと身を引いた。

「安全な場所とはどういう意味だ。文飛はただの著作郎じゃないのか。讖書は天が神仙に造らせ、皇帝に与えた神具だと聞いた。皇帝の御物であるなら、皇城の宝物殿にでも入れられていてしかるべきじゃないか。なのになぜ文飛が……」

畳みかけられ、沈遠は平静を取りもどした様子で口を開いた。

「たしかに、古代王朝期には讖書は御物として大切に扱われておったと聞く。しかし、皇帝が政に讖書を使わなくなって久しい。今では、御物ではなく、ただの古代遺物という扱いでな……。讖書を開けば、過去にどんな予言がされ、実際にはどのような歴史をたどったのかを知ることができる。国史編纂のため、歴史を知る手がかりのひとつとなる。それゆえに、当時は讖書を著作局で保管しておったのじゃ。……ただ」

沈遠は肩を落とした。

「八年前、文飛がわしに言ったのじゃ。楊荘亮に讖書を渡すよう迫られている、と」

楊荘亮。何度となく聞いて来たその名をふたたび耳にし、英傑は慄然とする。

「文飛は楊荘亮をひどく恐れ、わしにこう提言した。讖書は封印すべきだと。文飛が溺れ死んだのはそのさなかのこと。そして文飛の死とともに、指環は消えてしまった……」

「まさか文飛殿の死には、楊荘亮が関わっていると?」

英傑がおののき問うと、沈遠はゆるゆると首を横に振った。

「わからぬ。当時、わしもまさかと疑い、調べさせはしたが、足を滑らせての溺死ということ以外はなにもわからんかった」

英傑は洛宝に視線をやる。洛宝は表情をなくして立ちすくんでいた。

「……なぜ、楊荘亮は讖書を欲したんだ」

「それもわからぬ。だが、楊荘亮が讖書に示した執着は異常であった。文飛の死後、楊荘亮が消えた指環を捜すために、丁家に踏みこんだことは知っておるか？」

「踏みこんだ？」

「おぬし、文飛の招魂を試みたことがあったろう。それを耳にし、丁家に踏みこんだのじゃ。もしかしたら、文飛の幽鬼から指環のありかを聞いたのではと思ったのやもしれんな。消えたおぬしの行方まで、血眼になって捜しておった」

洛宝は呆然（ぼうぜん）とし、眉を寄せた。

「そういえば故郷を離れてしばらくして、何度か妙な連中に襲われた。ただの賊と思い、事情も訊（き）かずに返り討ちにしたが、まさかあれが……」

そうひとりごち、洛宝は揺れていた眼差（まなざ）しに決然たる意志を宿した。

「楊荘亮に会いたい」

英傑は身構えるが、それよりはやく沈遠が「ならん」と言った。

「楊荘亮のことはこちらでも調べておる最中じゃ。慎重に事を進める必要がある」

そう言って、沈遠はふっと穏やかな笑みを浮かべ、洛宝に手を差しのべた。

「指環をこちらへ。それはわしが責任をもって保管しよう。安心するがよい、文飛のこともあわせて調べておく。わかったことがあれば、すぐに劉英傑に報（しら）せをやろう」

「──おまえ。耳元でそうもうるさく囁かれて、うっとうしいんじゃないか」

洛宝の唐突な言葉に、沈遠が凍りついた。

篝火の爆ぜる音が、妙にはっきりと響いて聞こえる。

洛宝は赤く照った顔を冷ややかなものにし、薄い唇を開いた。

「おまえは信用できない。取りかえしたいなら力ずくで奪っていけ」

「貴様、この方をどなたと心得ての言動か！」

突然、横合いから現れた手が洛宝の肩を乱暴に摑んだ。郭健明が戻ってきたのだ。英傑は息をついて、郭健明の腕を洛宝から引きはがした。

「よせ。朝廷とは関わりのないひとだ、口調ごときで目くじらを立てるな」

「ですが、劉将軍！」

劉将軍、と洛宝が小さく繰りかえす。顔を向けると、洛宝は感情の読めない笑みを浮かべ、「そうか、だから朝廷の役職に詳しかったのか……」と呟いた。

英傑がなにかを言うのを封じるように、洛宝が淡々として言った。

「県令夫人に事の次第を報せてきたらどうだ。殷清には迎えがいる」

「……洛宝は──」

「ここにいる。疲れた。眠い。そこらへんの東屋で寝てる」

英傑は言い知れぬ不安を抱きながら、「すぐ戻る」と言い残して歩きだした。

「健明。県令に事情を説明してまいれ。人手が欲しい。それに牢も借りたいしの」

沈遠の命令を受け、郭健明が「劉将軍、お待ちを」とあとを追ってくる。英傑が徒歩で牌楼を抜けようとすると、すかさず馬の手綱を渡してきた。

「健明。俺はもう将軍じゃない。二度と呼ぶな」

声に知らず険が宿る。騎乗すると、郭健明は馬を横づけしてくる。

「私はずっと劉将軍がお戻りになる日を待っていました」

「馬鹿言うな。もう誰も俺のことなんか覚えてねえし、俺も戻る気はねえよ」

「なぜです。便利屋などという下賤の仕事につき、あのような無礼な道士と行動をともにするなど。劉家の再興はどうなさるのです」

「劉家はもう再興してる。沈大人の助力あって、従兄が当主として踏んばってる」

「では、ご自身の名誉は。劉邑鉄の名は取りもどそうとは思わないのですか！」

英傑はそれを無視して、馬の腹を蹴って山道を疾駆した。


夜明けの開門と同時に県城に入った英傑は、すぐに県令の邸に向かった。事情をかいつまんで説明すると、張碧は口元に手をあてがった。

「大変だわ。すぐにお迎えにいかないと。支度をします」

「張碧」と邸の奥から若い男が現れた。頭頂には県令を示す冠がのせられている。張碧の夫、関県県令だろう。英傑に気づくと、県令は鋭い顔つきでこちらを見据えた。

「県令、殷裕之と申す。妻が迷惑をかけたようだ。まさか県令夫人の立場で便利屋などを雇うとは思ってもみず。報酬はいかほどか。用意させる」

金を払うから、さっさと帰れ、ということだろう。英傑は肩をすくめて答えた。

「報酬の件はあとでいいですよ。お急ぎのようだ。どうぞそっちをお先に」

郭健明が役所に向かったはずだから、殷裕之は急な来客を知って出仕するところなのだろう。張碧が「お義父様が」と話しかけるが、殷裕之はそれを無視して去っていった。

張碧はしばらくそれを悲しげに見送っていたが、ふいに顔を凜々しくして言った。

「桃源苑に行きます。夫はあの調子ですから、私がお迎えに行かなくては」

身重の張碧を気づかい、馬車をできるだけゆっくり進ませ、桃源苑に戻る。桃源苑ではすでに殷裕之ら県の役人が沈遠と合流し、道士たちを連れだすところだった。今後しばらくは、県城の牢に入れられることになるだろう。

侍女に助けられて馬車を下りた張碧は、中庭に集められた宿泊客の中に殷清の姿を見つけ、小走りに近づいた。そばに膝をつき、その丸まった背をそっとなでる。

「お義父様。私がそばにおります。ここにいますからね」

だが張碧に気づいた様子もなく、殷清は妻の名を呟くばかりだ。

「──張碧、なぜ来た。父のことなど放っておけと何度も言っているだろう」

拝殿から出てきた殷裕之が近づいてくる。張碧は急いで立ちあがった。

「でも、これではあまりにお気の毒で──」

殷裕之は首を横に振って、足早に役人たちのもとへと向かう。

張碧は立ちつくした。英傑の気づかう眼差しに気づいてか、無理やり笑顔を作る。

「お義母様が亡くなられてから、ずっとこうなんです」

気丈だった表情がすっと抜けおち、体から魂が抜けたように張碧の影が薄くなった。

「おかしいですよね。私は生きてここにいるのに、誰も見てくれないんですよ。子のことも、私のことも。まるで死んでしまったのは、私のほうみたい……」

その言葉に、英傑はさっと顔をこわばらせた。

——行くな。ここにいてくれ。誰か……誰か話を聞いてくれ……。

投獄されてから数か月、朝廷の争いが激化する中、英傑は捨ておかれた。牢を訪れる者もなくなり、無実を訴えても聞く者はいなかった。牢番が通りすぎるたびに格子にしがみついた。奴婢が飯を運んでくるたびに情けなくその手を摑んだ。

まるで幽鬼だと思った。もしかしたら、とうに死んでいるのではと何度となく恐怖した。いっそ拷問してくれとさえ思った。声を聞いてくれるのなら、なんだってよかった。

碧様、と声がした。振りむくと、老いた侍女が張碧の背に腕をまわしていた。

「大丈夫ですよ、碧様。わたくしがついておりますから……」

張碧が顔をくしゃりとゆがめ、その胸にすがる。それを見て、英傑はほっとした。張碧には支える者がいる。少なくとも、ひとりは。

張碧のことは侍女に任せ、英傑は拝殿へと足を向けた。

そこには洛宝がいた。道教の神々の立像の前で、こちらに背を向けて立っている。

英傑はわずかにためらってから、洛宝のかたわらに立った。

「仕事、済んだぞ。もういつでも帰れる」

「そうか。なら、先に帰れ。私はやることがある」

会話を拒むような硬い口調で言われ、英傑は身構える。

「まさか楊荘亮に会いにいこうなんて思ってないだろうな」

「おまえには関係ない」

まるで龍渦城市ではじめて会ったときのように冷淡な態度だ。

「兄上の死に楊荘亮が関わっていたとして、どうする気だ。仕返しでもしようってのか」

「……おまえは義兄弟に裏切られても、仕返しをいっさい考えないんだったな。もう終わったことだと踏ん切りをつけられる。私には無理だ」

「やめろ。楊荘亮はかつて朝廷を牛耳っていた大貴族だぞ。過去に二度、帝位の簒奪をもくろみ、簒奪侯などとあだ名されながら、罪に問うことができなかったほどの大物だ。不用意に近づくな。沈大人に任せておくんだ」

洛宝は答えなかった。だが、その横顔は決意に引き締まっている。

本気で報いを与える気なのか。英傑は焦燥を覚えた。

「朝廷のいざこざに巻きこまれたら、ただじゃすまない。命だって危ういんだぞ」

「どうでもいい。文飛のためならこんな命、惜しくはない」

こんな命。あまりに己をないがしろにした言葉に、英傑は思わず洛宝の腕を摑んだ。

「馬鹿げたことを！　あんたは朝廷がどんなところかも知らないだろう！」

摑む手に知らず力がこもり、洛宝が顔をしかめる。

「わからないようだから何度でも言ってやる。もっと自分の生を大切にしろ。過去に縛られ、八年も時を無駄にして、そんなこと兄上が望んでるとでも思うのか」

洛宝の目が、激しい怒りに閃いた。

「否定するのか。たかが食客風情が——私がやってきたことを無駄だとほざくのか！」

「ああ、無駄だ。あんたには違う生き方ができたはずだ。過去に囚われ、死を恐れて、人との関わりを断って生きるんじゃなく、もっと別の……」

とっさに口から零れた言葉に、英傑は困惑しつつも、つづける。

「人間嫌いだとか言ってるが、本当はそうじゃないんだろう？　本当に嫌いなら、俺のことをああもたやすく白淵山に受けいれられるはずがない。それに鹿頭村の騒動のときだって、俺の身を案じてわざわざ助けにきてくれた。多分、あんたは自分でも気づいてないだけで、本当は情の深い人間のはずだ」

洛宝は顔を赤くして、英傑の手を振りはらった。かまわずに英傑は言いつのる。

「白淵山に帰れ、洛宝。帰ったら、俺が龍渦城市に広まってる噂を否定してやる。李少鬼に謀られたことは悔しいだろうが、あんたなら龍渦城市にだって気の合う奴をいくらでも見つけられる」

洛宝は「李少鬼？」と呟き、ふいに目を見開くと、詰めていた息を短く吐きだした。

「……ああ、そう。お気づかいに感謝するよ。まったくずいぶん上から物を言ってくれたものだな。何様のつもりだ。ああ、そういえば将軍様だったな。私の嫌いな権力者だったか。どうりでいけ好かない」

痛罵を口にし、洛宝は脚の脇で拳を握りしめる。

「李少鬼に謀られて悔しいだろうだと？ ああ、悔しいとも。見識の深さを安易に信じた己の浅はかさには怒りすら覚える。だが、そう言うおまえはなんだ。正体を隠し、陰でこそつき、私を謀っていたのはおまえもだろう」

「――謀ったわけじゃ……」

「なら、話す気も起きなかったか。たかがいっとき相談役として関わっただけの人間など、言うに足りぬ相手と軽んじたわけだな。いつも適当に話をはぐらかし、そのくせ暗い顔して、心配をさせておいて、おまえにとってこの丁洛宝は心の澱を打ちあけるに足る相手ではないと……信頼の置ける相手ではなかったと、そういうことだろう！」

英傑は目を見張った。洛宝はどこか狼狽したように、英傑から目をそむけた。

「……もういい。うんざりだ。白淵山から出ていけ。金は十分に稼いだだろう。招魂の真偽だっておまえがひとりで暴いたようなものだ。私の教えなどもう不要のはず」

「……洛宝」

「出ていけ！」

英傑は唇を引きむすんだ。

「……わかった。世話になった、丁道士」

　顔をそむけたままの洛宝から視線をはずし、英傑は背を向けて歩きだした。


　その日の夜、県城の酒楼で、英傑はぐったりと壁にもたれ、力なく杯を持ちあげた。酒を口に運ぶが、明洙楼とは比べものにならない安酒はろくに味がせず、ただ喉に苦みだけを残す。

（なんだってあんなお節介な説教を垂れちまったんだろうな……）

　気分が晴れない。ここまで激しく落ちこんだ記憶は長らくない。

（けど、楊荘亮に近づこうなんて……くそ、あいつのことなんか知ったことか）

　どうあれ、もう自分には関係がない。出ていけ、と言われたのだ。あそこまではっきりと拒絶されてなおも食らいつけるほど、深い関係ではないだろう。

　ずいぶんと寂しい終わり方をしたものだ。英傑は顔をゆがめる。

「ご一緒してもよろしいか」

　顔を上げると、県令の殷裕之が立っていた。気乗りはしなかったが、いつの間にか酒楼は満席だ。いつもなら愛想笑いのひとつも浮かべるところ、無言のまま対面を示す。

　殷裕之は英傑の機嫌の悪さには気づかないようで、裾をさばいて正座した。

「沈太保の親しい知人だとうかがった。今朝方は失礼をした」

「ただの便利屋だ、かしこまらないでいい。……親父殿はどうした」

「家に連れもどしたが、母を想って嘆くばかりだ」

殷裕之は給仕が新たに持ってきた杯を手にとり、こちらに視線をよこした。まるで英傑がそそぐのを待つかのようで、渋々と酒甕を傾ける。

「妻のことでは迷惑をかけた。まさかあれほど父を哀れんでいたとは思いもしなかった」

殷裕之が酒を飲みほす。一気に赤くなる顔をうつむかせ、つらつらと不平を語る。

「父は仕事の鬼というやつでね。私や生前の母を顧みることはほとんどなく、役所にこもってばかりいた。なのに、今さら母を求めるなど遅すぎる。……碧も父のことなど放っておけばいいのだ。もうすぐ子も生まれるというのに、なにを考えてるのか」

「仕事にかまけて妻をないがしろにしてきた親父殿とあんたと、なにがどう違うんだよ」

殷裕之は驚いた顔を英傑に向けた。

「まったく違う。私は父が突然隠居することになり、慣れぬ仕事を懸命に……」

「夫人もはじめてのお産に懸命に挑もうとしている。ひとりきりで」

殷裕之は英傑を見つめ、愕然となった。

「……私も父と同じ道を歩もうとしていたと……？」

素直な男だ、とすこしばかり呆れる。とはいえ、他人のお節介にもきちんと耳を傾け、まっすぐに受けとめられるのなら、殷家の行く末もそう心配はいらなそうだ。

酔いがまわったのか、聞いてもいない張碧とのなれそめをつらつらと語りはじめる殷裕之に適当に相づちを打ちながら、英傑はあいかわらず味のしない酒を飲む。

白淵山で飲む酒はうまかったな、とふと思う。

いや、酒の味ばかりではない。白淵山での日々は不思議なほどに楽しかった。

思いかえしてみても、なんてことのない日々だ。忙しそうに世話を焼く家僕の精怪たちと、だらしなくて、呑んだくれてばかりの道士。料理を作れば嬉しそうに舌鼓を打ち、「うまいか」と訊けば「まずい」と言う。脱いだ履をそこらに放りだして、裸足で白淵山の岩場を駆けまわり、雉を捕まえ、得意げに笑う……。

（いい顔で笑うんだよなあ、あいつ）

洛宝は喜怒哀楽の豊かな男だ。出会った当初こそ「無愛想な奴だ」と思ったが、白淵山で居候をはじめてからは、その豊富な感情に何度となく驚かされた。

かつて戦地にいたときの英傑もあふれんばかりの感情を持っていた。明日をも知れぬ命だからこそ、明日までを心のかぎりに生きた。だが、義兄弟に裏切られたあの日から、それらの感情は遠いものになった。龍渦城市の人々と笑いあっているときですらそうだ。

それが、洛宝といるときはすこし違った。ふっとしたとき、昔のように魂の躍動を感じることがあった。心から笑っているような感覚があったのだ。

（多分、あいつがあまりに楽しそうに笑うから、つられたんだ）

脳裏に洛宝の思いつめた表情がよぎった。

英傑は杯の酒を見据え、口を引きむすんだ。

――やはり、このまま放っておくことはできない。

「獅子屋殿、あれは……精怪だろうか」

殷裕之が声をかけてくる。英傑が顔を上げると同時に、甲高い鳴き声が聞こえた。

声の出どころを探すと、窓辺に鳥が一羽、留まっている。人面鳥だ。優美な鳥の体に、黒いひげを蓄えた男の顔がのっかっている。不気味すぎる風体を見た客たちが「精怪だ！」と叫んで逃げだす。殷裕之もとっさに腰の剣に手をかけた。

英傑だけは動かなかった。白淵山で暮らすうち、精怪という生き物がずいぶん身近になっていたからだ。精怪は窓辺を飛びたつと、軽やかに英傑のいる几のふちに留まった。と、精怪が口からなにかを吐きだした。ぎょっとして身を引く英傑だが、几に転がり落ちたものを目にし、驚きに目を見開く。直後、複数の足音があわただしく酒楼に入ってきた。官服姿の男たちが殷裕之に駆けより、なにごとかを耳打ちする。

「脱獄――？」

殷裕之が呟いた瞬間、今度は郭健明が姿を現した。殷裕之のそばにいる英傑に気づくと、すかさず膝をついてその報せを口にした。

「李少鬼が隠しもっていた鬼神を召喚し、牢を破り、逃走しました。目撃した者によると、丁道士もともに連れていかれたようです！」

志怪四　讖（しん）　天命の書

一

がたり、と車輪が石に乗りあげ、馬車が大きく傾（かし）ぐ。

洛宝は目を開け、四方を囲う板壁を見まわし、小さく息をついた。どうやら眠っていたらしい。まったくのんきなものだと自分で自分に呆れる。

壁に這わせて体を起こすと、背中で縛られた手首が縄にこすれてじわりと痛んだ。

荒い息遣いが聞こえた。見ると、すぐそばに鬼神が一体、しゃがんだ姿勢で洛宝を監視している。緑の皮膚、白目を剝（む）いた眼球、裂けた口からは牙（きば）が生え、よだれを垂らしている。小柄な鬼神だが、肩幅が異様に広く、両腕の筋肉は岩石のようだった。

ここは、李少鬼が手綱を握る箱馬車の中だ。

——丁道士のことを我が主（あるじ）に話したのですよ。そうしたら連れてこいと言われまして。

牢を破ったばかりの李少鬼は悪びれることなく言い、鬼神に羽交い絞めにさせた洛宝の経穴をついて気を失わせた。そして、気づけばこうして馬車に揺られている。

袖（そで）の内にあった霊符はすべて奪われていた。うかつだった。だが、そもそも牢を訪ねたのは、李少鬼に会って楊荘亮に渡りをつけてもらうためだ。だったら、捕まったことはそう悪い事態じゃない。そう自分に言い聞かせる。

「起きましたか」

　箱の外で李少鬼が嬉しそうに声を発した。洛宝は馬車の壁を蹴りつけた。

「ここから出せ、李少鬼。この大法螺吹きの黒巫者め！」

　その途端、鬼神が猛然と拳を振りあげ、洛宝の腹を殴った。ぐっと息が詰まり、遅れてやってくる痛みに歯を食いしばって耐える。

「こらこら、おいたはいけませんよ。ひょうたんに戻りなさい」

　鬼神の体がどろりと溶け、緑色の粘液となって板壁の隙間から外に抜けでていく。おそらく李少鬼が持つひょうたんに戻ったのだろう。

「手荒な真似をして申しわけない。まさか牢であなたと鉢合わせするなんて思ってもみなかったものですから。あなたのことは、あとでお迎えにあがろうと思ってたんですよ？　もちろん抵抗されたら、無理にでも馬車に詰めこんだでしょうけどね」

　洛宝が舌打ちすると、李少鬼は楽しそうに笑った。

「ところで、あの劉英傑という男、何者です？　ただの便利屋と侮っていたら、まさか沈遠ほどの大貴族と知りあいだったとは。ちょっと油断してました」

「……あいつのことは、あいつに訊け。私はなにも知らない」

「食客に迎えた者のことをなにも知らないなんて、そんなうかつなことあります？」

むかっとくる。だが、事実だ。自分は劉英傑のことをなにも知らない。精怪に調べてもらったことはあるが、龍渦城市での評判を聞いただけだった。

そもそもからして、どうだっていい。どうせ甕に金が貯まるまでの間、白淵山に仮住まいしているだけの食客だ。深く知る必要などない。退屈しのぎにちょっと仕事の「相談役」になってやっただけの相手だ。

そう思っていたはずだったのに。

――洛宝にとったら、ひとりの死だって重く、苦しいものなんだろう。

桃源苑で李少鬼に「回避させられた死があったのでは」と問いつめられたとき、英傑はそう言って洛宝をかばった。

牡丹を視ることは苦しい。けれど、世の有象無象どもは視られることを恐れはしても、洛宝自身の視る苦しみに目を向けることはない。文飛以外は誰ひとりとして。

それに不満を持ったことはなかった。理解されなくていいと思っていたし、理解されたいと望んだこともない。

だが、心に寄りそう英傑の言葉を聞いたあの瞬間、体の奥深くから途方もない熱が噴きあがってきた。

その熱がどんな感情から来たものなのか、今もってもよくわからない。

ただ、不快な感情ではなかった。むしろ戸惑うほどに心が浮きたった。

あれほどの混乱は味わったことがなかった。おかげで、惨めなほどに狼狽えるはめになってしまった。それでも、なんとか理性をかきあつめて、平静を装っていたというのに——あの男！

——李少鬼に謀られたことは悔しいだろうが、あんたなら龍渦城市にだって気の合う奴をいくらでも見つけられる。

思いだした途端、猛烈に頭にきて、洛宝はふたたび馬車の壁を足蹴にした。

「なんなんだあいつは！　誰が龍渦城市の有象無象のことで悩むものか！　馬鹿が！」

「ちょ、ちょっと、なんです⁉　壁、蹴らないでください！」

誰彼かまわず関わりたいなどとは思っていない。悩んでいるのは、ほかならぬ英傑についてだ。なのに、なにが腹が立つかと言ったら、あの言動からして、英傑自身はこの丁洛宝とこれ以上関わりを深める気がない、そんなことなど考えもつかないということだ。いや、べつに英傑がそう考えていることに腹が立ったのではない。そうではなくて、洛宝自身があの言葉にだいぶ傷ついたということに怒りを覚えたのだ。

洛宝は唇を噛みしめた。

（くそ。あいつのことなんか考えている場合か）

ようやく文飛の死の真相に近づけるのだ。今はそちらに集中すべきだ。

楊荘亮。かつて朝廷を牛耳っていたという大貴族。あの豪胆な英傑ですら「近づくな」と警告するほどの人物に、これから身ひとつで挑まねばならないのだから。

移動は長時間のものとなった。夜になり、馬車に閉じこめられたまま朝を迎え、さらに移動をつづける。板の継ぎ目から差しこむ光が赤みを帯び、まさか今晩も野宿かと案じたとき、時を告げる太鼓の音が響いた。どうやらどこかの城市に着いたようだ。

やがて馬車が完全にとまった。背後の戸が軋んだ音をたてて開かれる。

「ここから先は馬車の進入が禁止されてるんです。失礼しますね」

李少鬼が顔をのぞかせる。後ろ手に縛った縄を引かれ、洛宝は下車した。

夕暮れの空を鴉の群れが飛んでいく。久しぶりに見る空だ。だが、息つく間もなくすぐに背を押され、つんのめるようにして前に歩かされた。

目の前に大きく開かれた門扉があった。扁額には〈清州州府〉とある。洛宝は目をすがめ、甲冑姿の兵士が両脇に立つ門をくぐりぬける。

びしゃり、と血が地面を打った。洛宝は目を見開き、顔を上げる。

回廊に囲われた中庭に、齢六十ばかりの男が立っていた。精緻な刺繡のほどこされた青い袍をまとっている。隙のない端整な顔だち、几帳面に整えられた口ひげ、きっちりと結いあげた頭には、刺史を示す冠をのせている。

男の手は鮮血に濡れた剣を握っていた。足元の血だまりには切断された頭部と首のない体とが転がり、そのそばでは道服姿の男たちが青白い顔をしてひざまずいていた。

その道士たちの頭上には、満開の牡丹が浮かんでいる。

「戻ったか、李少鬼」

冷淡で低い男の声が洛宝の耳朶を打つ。李少鬼はほほえみ、ひざまずいて拝礼した。

「はい、閣下。ご用命どおりに、丁洛宝を連れてまいりました」

男は「そうか」と答え、無造作に剣を振りあげた。ひざまずく道士たちの首が次々と宙を飛び、屍が血だまりに倒れこむ。だが、男の袍は返り血の一滴も浴びていない。

「皆、苦労をかけた。無能者がこれほどいては、さぞ目障りであったろう。ほかに諸君の働きを妨げる者がいたら、すぐに報せるがよい」

「感謝いたします、閣下！」

突然、周囲から声があがった。首を巡らせると、中庭を囲う回廊に道士たちがずらりと立ち並んでいた。桃源苑の道士は捕らえられたので、州府直属の者たちだろう。

男――楊荘亮は剣の血を払って腰の鞘に戻し、無言のままに洛宝へと近づいてくる。洛宝よりも長身だ。近づくにつれ、背丈以上に大きな男に感じる。

洛宝は内心の動揺を隠し、楊荘亮の冷徹な眼差しを真っ向から受けとめた。

「丁洛宝だ。拝礼はしない。こんな失礼な招きを受けたんだから、かまわないだろうな」

道士たちが非難にざわめく。楊荘亮は冷ややかな表情のまま、李少鬼に目をやった。

「縄をといてさしあげよ。丁道士を客人として歓待する」

李少鬼は喜々として「はいっ」と答え、洛宝の縄をほどいた。腕の自由を取りもどすなり、洛宝は李少鬼を思いきり突きとばす。李少鬼がぺたりと尻もちをついた。

「なんです、いきなり。ひどい人ですねえ」

洛宝は「自業自得だ」と吐き捨て、正面の堂へと向かう楊荘亮のあとを追った。

堂の廊下を移動する。洛宝は前を行く楊荘亮の隙のない背を見つめ、己の背後の李少鬼にも意識をこらした。堂の裏手には池を配した庭園があり、奥に立派な建物がそびえていた。どうやら刺史の私邸のようだ。

「李少鬼が手荒く扱ったようだ。お詫びしよう。丁重にお連れするよう命じたのだが」

庭園を囲う回廊を歩きながら楊荘亮が言う。洛宝はそっけなく答える。

「なんでもいい。私は忙しい。用件をさっさと言え」

楊荘亮は足を止め、洛宝を振りかえった。その口元はうっすらと笑っている。

「……よく似ている。礼儀を知らぬところはそっくりだ」

文飛のことだ。察した瞬間、ぞわりと鳥肌が立った。

「文飛のことを知っているようだな」

「無論、知っているとも。私から讖書の指環を奪った男だ」

「奪った？　讖書は天が皇帝に授けた神具だぞ。まるで自分のものを奪われたように語るのは不敬すぎるのではないか。楊荘亮」

「笑止。あれは私のものである。皇帝に与えられた神具であるがゆえにな」

「……どういう意味だ」

楊荘亮は答えるまでもないとばかりに微笑した。

やがて通されたのは〈楊氏祠堂〉という扁額のかかる一室だった。足を踏み入れると、線香の香りが鼻腔をくすぐる。正面の祭壇には息苦しさを覚えるほどたくさんの位牌が並べられていた。燭台の火が揺れるたび、位牌の影がゆらゆらと蠢き、まるで楊一族の祖霊たちが突然の来客を見定めに出てきたようだった。

(いや、本当にいる……)

位牌の中から、幽鬼たちが這いでてくる。線香の細い煙が怪しく揺らいだ。

(手入れの行き届いた祠堂だ。ここを見るに、楊荘亮は祖先をきちんと祀っている。にもかかわらず、これだけの数の祖霊がこの世に留まっているなんて……)

幽鬼が現れる理由の多くが、子孫の祀り方を不満に思ってのことだ。だとしたら、楊家の祖霊たちはなんらかの理由で、きちんと祀られていないと感じているのか。

『我が子よ、天に選ばれし光の御子よ。はやく帝位を楊氏にもたらすのじゃ』

老いた女の祖霊が呟いた。洛宝はすばやく女のいる位牌の位置をたしかめた。祭壇のほぼ中央。「我が子」と呼ぶからには楊荘亮の母親か。

さらに隣の位牌から現れた老いた男が、威厳ある目で楊荘亮を見据える。

『おまえが生まれたとき、日者は告げた。「この者はいずれ皇帝になる」と。それゆえにわしはおまえを玉体のごとく扱い、財力、知力、人脈、すべてを駆使し、育てあげた』

日者とは易者の中でもとくに優れた者のことをいう。易経、紫微斗数、鉄版神数などあらゆる学問に通じ、日者が告げる吉凶は天意そのものとさえ言われた。

『一刻もはやく楊氏の宿願を果たせ。それこそが我らへの孝行ぞ』

それを皮切りに、祖父母や親族とおぼしき幽鬼たちが口々に言葉を述べはじめた。そのどれもが楊荘亮を激励し、鼓舞するものだった。

(不満があって留まっているわけではない。……期待しているのか)

楊荘亮はかすかに笑みを浮かべ、祭壇に向かって座し、厳かに拝礼した。

「偉大なる祖霊よ、父よ、母よ。ご安心めされよ。長らく時を要したが、楊氏の悲願、この不肖の息子がまもなく成し遂げてみせますゆえに」

幽鬼たちが歓喜に笑いさざめく。その異様な光景を前に、洛宝は眉をひそめた。

「いずれ皇帝になると日者が告げた？　だから自分が皇帝だ、皇帝に与えられた神具である讖書も自分のものだとほざくのか。図々しいにもほどが――」

幽鬼たちの生気のない目が、一斉に洛宝をとらえる。冷や汗がにじむ。幽鬼相手に今さら怯む洛宝ではないが、楊氏の祖霊が放つ瘴気には尋常ならざる圧があった。

楊荘亮はゆっくりと立ちあがり、背後の洛宝を振りかえった。

「日者のお告げは真。事実、天は我がもとに召鬼法を知る李少鬼を遣わした。これこそは鬼神を得て、帝位をとれという天の差配にほかならぬ」

「は。まさか、鬼神を使って皇城に攻めいりでもする気か」

「いかにも。……いや、そのつもりであったと言うべきか。奇しくも、天は新たなる道も示された。讖書――それを開くための玉の指環。一度は手にすることをあきらめた奇跡の神具が、よもやふたたび我が前に転がりこんでこようとは……」

楊荘亮はゆったりと手を差しだした。

「指環を渡してもらおうか」

来たか。洛宝は目つきを鋭くした。

「指環を欲するのはなぜだ」

「知れたこと。陛下の御前で讖書を開き、我を皇帝にせよという天の意思を知らしめる。陛下にはすみやかに玉座を退いていただき、帝位の禅譲を天下に宣言していただく」

洛宝は顔をしかめる。禅譲とは、皇帝みずからが皇族でない者に帝位を譲ることだ。

「鬼神を用いて皇城に攻めいれば、不要な血が流れ、簒奪者のそしりも免れえぬ。それもいたしかたないが、穏便な禅譲であるならばなおよい」

「なんだその暴論は。そもそもおまえのような老いぼれがこれから帝位につくことを、天が本気で望んでいるとでも？」

老いぼれ。そう口にしたとき、ほんのわずかに楊荘亮の顔にゆがみが生じた。

「たしかに私は老いた。八年前、丁文飛が指環を素直に渡しさえすれば、ことはもっと迅速に進んだろうに。……愚かな男よ。正統なる皇帝が帝位につくことを邪魔するとは」

「——文飛のなにが愚かだって言うんだ」

声が震える。視界が怒りに赤く染まった。

「あの男は沈遠の気に入りだった。讖書になにが記されているかを知り、私に帝位をとらせまいと邪魔だてした。我が手から指環を奪い、逃げだしたのだ」

逃げだした。その言葉に脳の奥がちりちりと痺れる。

「指環を奪って逃げて……それから文飛はどうした。それを見て、おまえはどうした」

口早に問う。楊荘亮は「知れたこと」と答えた。

「我が御世に無能者は不要である」

無能者。ふいに、龍渦城市の道観の前にいた道士の幽鬼のことを思いだした。

――刺史様の求めに応じねば……無能者と罵られ、私は……なんのために清州に……。

道士は首を斬られていた。殺したのだ。この男が。あの道士を。先刻の道士たちを。

文飛を。

「おまえが殺したのか。文飛を」

「天罰である。天意に逆らったのだから当然の報いであろう」

頭が真っ白になった。考えたくもないのに勝手にその情景が浮かびあがる。

指環を手に、夜の皇城の中を逃げまどう文飛。追いかける楊荘亮。池端に追いつめ、指環を奪いとろうとする。文飛は抗ったろう。池に落ちたのは、もみあったからか。文飛は這いあがろうとしたはずだ。泳げない中で必死に。楊荘亮はどうした。頭を摑み、池に沈めたか。その命が尽きるまで。

当然の、報い。当然の報い。当然の――。

なにを言っているんだ、こいつは。

「指環をこちらへ」

楊荘亮がふたたびうながす。洛宝は「は」と短く笑った。

「欲しいなら、先に言っておけ。持ってきていない」

楊荘亮は目をすがめ、洛宝の背後に控える李少鬼を睥睨した。

「確認不足だな、李少鬼」

「申しわけない、閣下。まさか閣下の狙いが指環のほうにあったとは思わず。てっきりわたしは優秀な人材として丁道士を仲間に引きいれるおつもりなのだと……もう、丁道士。指環をどこに置いてきたのですか！」

なぜか焦りを帯びた李少鬼の言葉に、洛宝は「誰が教えるか」と答える。

楊荘亮は表情を変えないままに洛宝を見つめ、口を開いた。

「李少鬼。この者に指環のありかを吐かせろ」

「……ええと、閣下、吐かせろと言いますと……」

「万一にも讖書が手に入らねば、そのときには当初の予定どおり、鬼神を用いて皇城に攻めいる。今のうちに鬼神の力を見ておきたい」

「拷問には不向きです！　知性を持たず、力加減というものを知らない」

李少鬼は言いつのるが、楊荘亮に譲る気がないのを見てとると、洛宝を振りかえった。

「指環のありかを教えてください。丁道士、あなたを壊したくはない」

「ことわる」

李少鬼はうめき、やがて小さく息を吐いた。腰帯からひょうたんを取りあげ、呪咒を唱えて栓をはずす。緑色の液体があふれ、馬車で洛宝を監視していた鬼神が出現した。

「丁道士を適度に痛めつけなさい。決して死なせてはならない」

洛宝は身構える。霊符はない。できることは、ともかく逃げること。逃げるうちに反撃の糸口も見いだせるはず——そう思った直後、鬼神が電光石火の速さで洛宝の頭をわしづかみにした。ぎりぎりと頭を締めつけられる。洛宝はうめきながら短い呪咒を詠唱する。と、鬼神が洛宝を祠堂(しどう)の外に放りなげた。すさまじい勢いで投げとばされた洛宝の体は、庭園を通りすぎ、向かいの建物の壁に激突して地面に落下する。先ほどの呪咒は体に防護の膜を張るものだったのだが、意味をなさないぐらいに強烈な衝撃だった。

(くそ、なにが「適度に痛めつけろ」だ、李少鬼)

さらに突進してきた鬼神に足を摑まれ、逆さまにされる。李少鬼が「手加減を!」と再度命じると、鬼神は小首をかしげ、洛宝の足首を「軽く」握った。

「……ぅあああああっ」

激痛に悲鳴をあげた。とっさの抵抗で、鬼神の足に摑みかかる。だが、ふたたび投げとばされた洛宝は、地面を勢いよく滑り、どこかにぶつかって停止した。

熱い。痛みよりも先に、猛烈な熱を感じる。折れたか。どこが。わからない。

「丁道士、指環(ゆびわ)のありかを教えてください! 鬼神は手加減が得意でないんです!」

「言うか、馬鹿道士め……っ」

叫びかえすと、まるで自分が馬鹿にされたように鬼神が吠(ほ)えた。李少鬼が「ああもうっ」と頭を抱える。鬼神が突撃してくる。体当たりされ、全身に激しい衝撃を受ける。

まずい。そう思ったのも一瞬、洛宝の意識は闇に没した。

――刺激のある臭いがする。汚物の臭いや腐臭に交じったそれは、薬の臭いだ。

瞼を無理やり開けると、赤々と照った天井が見えた。視線を下げると、格子が見える。どうやら牢獄のようだ。格子の向こうでは、李少鬼が困り顔でしゃがんでいた。

「呆れた方だ。霊符もなしに、ここまで身を守る方術を使うとは。とはいえ、足首の骨折に、肋骨にもひび……どうぞ安静に。あ、治療は済んでるので安心してくださいね」

「……治療は無駄だ。楊荘亮は私が吐くまでつづける気だろう？　私は吐かない」

李少鬼は膝小僧に頬杖をつき、「つづけますよ」と拗ねた口調で言った。

「だって、逆らえませんもん。道士の命なんて、あの方にとっては虫けら同然。わたしが雇われる以前にも、大勢の道士が不老不死の丹薬づくりを任され、できずに殺されましたから。わたしはまだ死にたくない」

李少鬼は立ちあがり、格子戸の鍵を開けて中に入ってきた。身動きのとれない洛宝のかたわらに膝をつき、手にした竹筒の水を絹布にしみこませて洛宝の唇に触れさせる。

「嘗めてください。薬湯です」

「痛めつけた相手を献身的に介護か。悪趣味だな」

言いつつも、絹布を口に含む。苦い。どうせなら酒にしてくれればいいのに。

「本当に。こういうのは専門のひとに任せてほしいです」

「ひとの目を抉りだそうとしたくせに。いかにも他人を痛めつけるのが好きそうだ」

「心外ですっ。人体の神秘に迫るために肉を切り開くことには抵抗はありませんけど、欲しいものを手に入れるために鬼神に痛めつけさせるなんて、気分が悪いですよ」

「……おまえ、なぜあんな男に従っている」

問うと、李少鬼は首をかしげた。

「多額の資金援助をしてくださるからです。医術の探究にはお金がかかりますし、それに、お金のないひとも無料で診てさしあげられますしねえ」

「おまえは人助けなんて柄には見えない」

「ええ？　そうでもないですよ。感謝されれば心は弾みます。あなたと同じで、あまりまっとうに世間に受けいれられていないので、人の役に立てるのは嬉しいのです」

絹布をふたたび薬湯で湿らせ、洛宝に与えて、李少鬼は目を細めた。

「そういうあなたは、どうしてそこまで指環に執着するんです？　讖書になんて興味はないでしょう。まして朝廷の権力争いとは無縁に思えますが」

「……文飛に託されたものだから」

簡潔に言うと、李少鬼は不思議そうにした。

「それだけ？　亡くなった兄上に託されたからというだけでここまで？」

「なにか変か」と顔をしかめると、李少鬼は感慨深げに顎に手をあてがった。

「情の深い方ですねえ。死者のために、生者が命を削るのは不毛なのでは？」

「おまえも英傑と同じようなことを言うんだな……」

「あの男と同じと言われるのは不愉快ですけど、生きている人のほうが大事です」

「生きているときに大事だったのだから、死んだって大事だろう」

李少鬼が目を見張り、「なるほど」と呟いた。

「指環のありかは吐かない」

洛宝は改めて口にする。李少鬼は「そうですか」とため息をつくと、袖から小さな袋を取りだした。中に入っていたもの――大小さまざまな針や、小刀、毒物らしき鉱物、中で蟲の蠢く小瓶などが床に並べられる。洛宝は思わず目をそむけた。

「痛めつけるのは本意ではありません。が、別段、苦でもない。……もう鬼神は使いません。わたしがほどよい塩梅を探りながら、体に傷を残すことなく、苦痛だけを与えてさしあげます。針、毒、蟲……どれからはじめましょうか？」

楽しみですねえ、と李少鬼は蠱惑的にほほえんだ。

二

あれからどれだけの日数が経ったのかわからない。気を失っていた時間は計算できないからだ。だが、指環のありかはしゃべっていない。いや、さだかではないが、李少鬼が「肝の据わった方だ」と感激に打ち震えていたから、多分。

（斗斗の腹毛に顔をうずめたい）

洛宝はちくちくする敷き藁に横たわり、ぼんやりと思う。

（白淵山に帰って、陥湖に舟を浮かべて、冷酒が飲みたい）

明洙楼の酒が恋しい。とろりとした濁酒。いくら飲んでも足りないほどにうまかった。

（うまい飯が食いたい。……ああ、英傑の作る飯はうまかったな）

どうでもいいことばかりが頭をよぎる。

（白淵山に戻っても、あのうまい飯はもう食えないのか）

出ていけ、と命じたのだ。洛宝がみずから。

（またひとりで酒を飲むのか）

重い孤独に襲われ、洛宝は知らず自嘲する。ずいぶん気楽なものだ。この期に及んでなお白淵山に帰れると思っているとは。このまま吐かなければ、死が待つのみだろうに。

もうなにも考えたくない。疲れた。洛宝は重たい瞼をおろした。

……眠っていた洛宝はふと目を開けた。ぼんやりと天井近くの換気窓を見つめる。

今、声がした気がした。

「おーい。洛宝、いるんだろ。生きてるかー」

英傑の声だ。まさかと笑う。孤独をこじらせ、ついには幻聴まで聞こえるようになったか。

「言っとくけど、本物だぞ。あんたお得意の幻じゃない」

洛宝は目を見開いた。体の痛みをこらえて身を起こす。

「英傑？　なぜ——どうやって……」

「苦労したよ。州府だと当たりをつけたはいいが、さすがに侵入するのは骨が折れた」

侵入。その言葉に、ようやくこれが現実であると気づかされる。

「なんて危険なことを……すぐに去れ。どうして来たりしたんだ」

嗄れた声で言うと、英傑は「ひでえ声だな」とのんきに笑った。

「むしろ、そっちこそ、どうしてだ」

「……なにがだ」

「どうして俺に指環を託した」

「指環を？　おまえに託した？　そんなこと——」

していない、と言いかけて口をつぐむ。関県の牢獄の通路で、脱獄した李少鬼と鉢合わせした。気取られぬよう長嘯し、精怪を呼んだ。鬼神に羽交い絞めにされる直前、指環を窓の外に放りなげ、念じた。精怪、指環をどこか安全なところへ送ってくれ、と。

「違う、私はただ安全なところへと……！」

精怪は命じられてもいないことはしない。「安全なところ」と念じて、とっさに洛宝の心によぎったのが英傑だったということなのだろう。

洛宝は羞恥のあまりに口をぱくぱくとさせ、深々とため息をついた。

「……悪かった。巻きこむような真似をして。出ていけと言っておいて、このざまだ」

悔いることもできないほど落胆し、洛宝は顔を上げる。

「だが、来る必要はなかった。ただ指環を持っていてくれたら、それでよかったんだ」

「そうは言うが、放ってはおけねえだろ。洛宝が死に向かおうとしてるってのに」

「私がどうなろうが、おまえには関係ないだろうが」

「関係なくはねえな」

「どう関係あると言う。出ていけと言ったろう。おまえはもう食客ですらない」

英傑は「うーん」とうなり、どこか気まずげな口調で答える。

「あんたがどう思うかは知らねえけど、洛宝と呑む酒はうまかった。だから、また一緒に呑みたいな、と。まあ……つまり、そういうことだ」

それは州府に侵入するという危険な真似をするに値する理由ではないだろう。

そう思うが、言葉が出てこない。これはまずい。目頭が熱くなる。

「おーい。洛宝、聞いてるかー？」

「き、聞いてるっ」

上ずった声で答えると、換気窓からなにかが投げこまれた。摑みとったそれは竹皮で包んだ食べ物らしきものと竹筒だ。竹筒は酒かと期待するが、残念ながら水のようだ。

「食べろ。そいつはちょっと食べづらいが栄養価が高い。水で流しこんでも食え。あんたをここから逃がす」

「そんなこと、できるのか？」

「とりあえず食べきってくれ。説明はあとだ」

洛宝は急いで竹皮をはずした。水で練ったなにかの粉を四角く固めた代物だ。口に含んだ途端、げそっとなる。まずい。しかも食べにくい。

「いやなもんだよなあ、牢ってのは。じめじめしてるし、臭いし、暑いし、寒いし」

英傑がぼやく。洛宝は食べ物をかじっては水で流しこむのを繰りかえしつつ問う。

「拷問を受けたということは、おまえも牢にいたことがあるんだよな」

英傑は黙りこむ。洛宝は「いや、いい」と顔を上げた。はぐらかされて腹を立てたりもしたが、本当はわかっていた。英傑が昔のことを語ろうとしないのは、それだけ傷が深いということなのだろう。

「劉邑鉄っていう名だった。武門の一族である劉家に生まれ、十九の歳で十二将のひとり、鎮北将軍に任じられた。我ながら、結構な若さでの任命だったよ」

いきなりずらずらと語られて、洛宝はあわてた。

「話さなくていいと言っている！」

「食べきるのに時間がかかるだろう？　食事ついでに聞いてくれ」

そう言って、英傑は己の過去に起きたことを話しはじめた。

若くして鎮北将軍に任じられ、北の防衛を任されたが、義兄弟の謀りによって無実の罪で投獄された。ひと月にわたった審問と拷問、そして一年近くの間、牢に放置された。

その後、新皇帝の誕生によって恩赦を受けるも、冤罪は晴らされないままに庶人に落とされた――そうしたことを英傑は淡々とした口調で語っていく。

「……という次第だ」

あくまで軽い口調で締める英傑に、洛宝は眉間に深々と皺を刻む。

「なぜ、義兄弟はおまえを貶めたんだ」

「嫉妬したそうだ。目障りに思ってた……そんなことを言われたな。そんな風に思われてたとはついぞ気づかず、義兄弟面していた俺はさぞ無神経に見えたことだろう」

洛宝は「はあ!?」と牢の中であることも忘れて声をあげ、石の壁に拳を叩きつけた。

「嫉妬？　目障りに思っていた？　なにを甘えたことを。義兄弟の契りを結んだのだろう？　己に不足があると感じたなら、並びたてるよう努力しろ！　それでもだめなら、それを己の分とわきまえろ！　責めるなら、己の無能さを責めるべきだろう！」

「なんだ。優しいなー、洛宝は。自分のことのように怒ってくれる」

「おまえが自分で怒らないからだろうが！」

英傑の他人事のような口調にいらだち、洛宝は石壁をにらみつける。

「そこまでされて、なぜ仕返しをしようと思わない。義兄弟が憎くはないのか」

「……憎いとは思わねえな。というか……なにも感じないんだ。感情ってもんがどこか遠くにいっちまったみたいで」

「眠れなくなるほどの苦しみを受けておいて、なにも感じないというのか」

「そうだ。ああ、けど……眠るのは怖いって思う」

洛宝が「怖い」と繰りかえすと、英傑は「そうだ」と答えた。

「死ぬのは怖くないのに、眠るのが怖いなんて馬鹿みたいだろう。けどな、眠っちまうと、牢の中にいる夢を見るんだ。……ひどく生々しい夢だ。むしろあちらが現実のような気さえする。本当の俺は今も牢の中にいて、こっちでのことはすべて夢なんじゃないかって。それを思うと……すげえ怖い」

これほど屈強な男が「怖い」と言う。洛宝は言葉を失った。

以前、化け物を駆邪するため、英傑に丹力を分け与えたときのことを思いだす。

あのとき、洛宝は英傑の体内宇宙に、牢に閉じこめられた男の姿を見た。行くな、と言われた。痛いほど必死に手を摑まれて。

あれはもしかしたら、英傑の中に潜在する恐怖が形になったものだったのだろうか。

「急に意識が飛ぶことがあるとも話していたな。まさか、そのときも――」

訊くと、英傑は「ああ、そんときも牢の中だ」と困ったように笑った。

「隠してたわけじゃないんだ。ただ、思いだしたくなかった。はぐらかして悪かった」

「……なぜ急に話す気になった」

「今さら隠してもしかたないしな。それに、あんたには話しておきたい気がした」

洛宝は黙りこむ。と、英傑がはっきりしない口調で切りだした。

「あと、打ち明け話ついでにもうひとつ……怒らないで聞いてほしいんだが、実は俺の親分が、俺とあんたとを〈牡丹と獅子〉って名前で勝手に売りだしちまったんだ」

「……は？」

「止めたぞ、言っとくけど！　ただ、そういうのを聞くひとじゃなくてな。悪い」

洛宝はぽかんとした。重い過去を打ちあけられたあとでは、馬鹿馬鹿しくなるほどどうでもいい話だった。しかもさっきよりも深刻な口調だ。おかしな気分になる。

「へえ。明洙楼の蔡だったか。いい酒を仕入れるくせして、名づけの才は皆無だな」

「だろー？　しかも笑える話をしてたぞ。獅子は身中の虫を恐れる。身中の虫ってのは寄生虫のことだが、身内から出た裏切り者のたとえでもある。で、その虫は牡丹に溜まる夜露に当たると死んじまうらしい。だから、獅子は牡丹の花の下では安心して眠れる」

なんだその逸話は。いかにも仏僧あたりが好みそうな話だが。

「洛宝、なんかそういう夜露に通じるような仙薬、持ってないか？」

「……持っていたら、とっくに高値で売ってやってる」

英傑の不眠はきっと根が深い。恩赦がなければ、今も英傑は牢の中にいたかもしれないのだ。先の見えない恐怖と戦いながら獄中ですごした絶望は、想像に余りある。

（どうやったら、こいつは眠れるようになるんだろうな）

目障りなだけの牡丹の夜露にそんな力があるなら、手に入れたいものだ。

「さて、そろそろ食いおわったな。さっき、ここから逃がすと言ったが、実は厳しい。州府まではなんとか来れたが、さすがに牢の正面突破は無理だ。ほかの手段を講じたいんだが、なにか思いつくか」

無策で侵入してきたのかと呆れるが、洛宝ならなにか思いつくだろうと信じ、とりあえず来てみたというのなら、悪くはない気分だった。

「なら、教えてくれ、英傑。牢番は兵士か、それとも道士か」

「兵士がどっさり、道士はひとりだな。李少鬼は近くにはいない」

「たとえば道士を誘いだし、ひょうたんを奪えるか。そうでなければ、霊符、退魔鏡、破邪の剣、なんでもいいからほしい。それさえあれば、自力でなんとかできる」

英傑はわかったとも言わずに、なにかを窓から放りなげてきた。短剣だ。

「ひとまずは護身用に持ってろ。すぐに戻る」

言うなり、英傑の気配が消えた。

洛宝はふっと息をつく。重苦しい気分が一気に楽になっていた。

（どうかしている。この私がひとの助けに安堵を覚えるなど）

洛宝は複雑な気分で目を細め——その表情を消しさった。

足音がした。それも複数だ。当然、英傑のものではない。

（……せっかく助かる目が出たというのに）

洛宝は目を閉じ、覚悟を決めて格子の向こうの暗がりに目をやった。

案の定、手持ち灯籠を掲げてやってきたのは、楊荘亮と李少鬼だった。

「李少鬼より話は聞いた。まだ指環のありかを話す気にはならないようだな」

洛宝は壁を支えによろめき立ち、格子ごしに楊荘亮をにらみつけた。

「なにをされようと私は吐かない。己の無力を呪うのだな、簒奪侯」

楊荘亮は静かに洛宝を見据え、ふっと興味が失せたように顔をそむけた。

「ならば、好きにしろ。――どうであれ天意は我にある。讖書はもういらぬ」

楊荘亮は踵を返し、李少鬼に「始末しろ」と命じた。

李少鬼が目で訴えかけてくる。黙していると、落胆に肩を落とした。

「……残念です。丁道士」

腰帯に吊るしたひょうたんの栓を抜いて、その口を格子の隙間から中へと差しこむ。

赤黒い液体があふれだし、馬車で監視していたのとは別の鬼神が牢の内部に出現した。

赤い肌に、二本の角を持った巨漢だ。口から牙を生やし、目に炎をたぎらせている。

「冥界で兄上と会えますように」

李少鬼が背を向けると、鬼神が咆哮をあげて洛宝に跳びかかった。

とっさに身をかわす。だが、心身ともに痛めつけられ、体は情けないほどに鈍重だった。折れた右足首はまともに床につけられず、あっという間に追いつめられる。

左の二の腕が爪で裂かれ、血が飛び散った。洛宝は顔をしかめる。狭い牢内だ、逃げ場はない。英傑はまだ来ない。方術の道具は間に合わない。

ならば、今ここにあるものを使って鬼神を降すほかない。

「太上延生、台光英霊、劈陰陽鬼、保命陽精――」

鬼神の攻撃をなんとかかわしながら、洛宝は英傑から受けとった短剣で衣の袖を切り裂いた。腕から流れる血に指を這わせ、袖の切れ端に呪文を記す。即席の霊符だ。

「天丁神兵、八卦之精、攝到神将、安慰吾身、――っ」

喉を狙って拳が迫る。身を沈めてかわし、左足で床に敷かれた藁を蹴りはらう。あらわになった石の床に竹筒の水をまき、できた水たまりに短剣を放る。

そして、水たまりを挟んで鬼神と対峙する位置まで逃げると、洛宝は足を止めた。

「来い、鬼神。調伏してくれる」

まるで挑発に呼応するように、鬼神が雄たけびをあげて水鏡となった水たまりの上をまたいだ。刹那、水中からほとばしった光が虚空に鬼神の生前の名を示した。「陳寛永」。

洛宝は破った袖で作った霊符を口にくわえ、印を結んで告げた。

「陳寛永、我に名を捧げ、我が力のもとに屈服せよ！」

中空に示された「陳寛永」の三文字が洛宝の額へと吸いこまれる。同時に、鬼神がぴたりと動きを止めた。洛宝はすばやく霊符を吐きだし、その広々とした背に飛びのった。

「格子を破壊し、牢から――州府から脱出しろ！」

鬼神は咆哮をあげ、体ごと格子にぶつかった。激しい破壊音とともに木っ端が散る。

そのまま牢を出て、暗い通路を四つ足で疾駆する。

激しく視界が上下する。振りおとされないよう、鬼神の二本角をぐっと摑む。夜空の下に出るやいなや槍を手にした兵士が集まってくるが、鬼神は難なく兵士を蹴散らした。

（英傑はどこに）

闇に目を凝らす。見つからない。だが、洛宝が脱獄したことを知れば、英傑なら自力で脱出できるはず――、

すさまじい衝撃が横手から襲いかかった。視界の隅に映ったのは、体当たりしてきた別の鬼神だ。角から手が離れ、洛宝の体が虚空に投げだされる。

勢いよく草地に転げおちた洛宝は、胸の痛みに息を詰まらせた。

風を切る音。顔を上げる。目の前に鋭い三本爪が。

よけられない――。

覚悟した瞬間、眼前に白刃が閃いた。鬼神の三本爪を弾きかえすと同時に、英傑が洛宝の前に躍りでる。ぎりぎりで駆けつけたのだろう、無茶な体勢で攻撃をしのいだ英傑は、次の一手をからくも打ちはらう。

その後も次々と繰りだされる斬撃を刀身で受けとめるが、その顔には焦りと苦悶とが浮かびはじめていた。そして、何撃目かに振りおろされた爪は英傑の防御をかいくぐり、その下腹を薙ぎ払った。一瞬遅れて、血が夜空に噴きだす。

「英傑……！」

鬼神がよろめく英傑へと跳びかかる。洛宝はとっさに、調伏した己の鬼神を呼ぼうと口を開く――その直後だ。猛々しい叫び声があがった。はっと顔を向けると、英傑が顔をゆがめながら鬼神へと突進するところだった。爪をよけ、鬼神の片腕を付け根から断ち、もう片腕を、さらに片脚を斬り飛ばしていく。

強い。鬼神を相手に力負けしていない。あの大剣の名をたしか無獅剣と言ったか。

その姿はまさしく獅子の舞うがごとく雄々しかった。

両腕片脚を失った鬼神が動きを止めると、英傑は洛宝のもとへ後退した。

「すぐそこは城外だ。二重の城郭の向こうに河がある。脱出できるか」

口早に問われ、洛宝はうなずいた。

「任せろ。――陳寛永！」

近くで洛宝の命令を待っていた鬼神が四つ足で駆けつける。洛宝が先にその背にしがみつき、英傑も周囲を警戒しつつ、かたわらに取りつく。

「走れ。城郭を飛びこえろ！」

鬼神が駆けだした。立ちはだかる城郭の手前で地を蹴ると、一気に城郭のてっぺんまで舞いあがり、さらに歩哨(ほしょう)を蹴って、もう一枚の城郭へと跳びうつる。

眼下に、月光を浴びて銀色に輝く水の流れが見えた。洛宝は背後を振りかえる。城郭の下で李少鬼がひょうたんを掲げるのが見えた。洛宝の鬼神をひょうたんに戻す気だ。河へ、と命じる。鬼神が大きく跳躍した。その姿がふいにどろりと溶けた。ひょうたんに戻されたのだ。

体を支えていたものがなにもなくなる。

空中へと投げだされた洛宝は、英傑の腕をしっかと摑み、濁流へと落下した。

三

月明かりの下、どこかの岸辺に流れついた洛宝は、意識のない英傑の腕を肩にまわし、力を振りしぼって水から引きあげようとする。

「……くそ。重い、筋肉野郎……っ」

びくとも動かない。英傑の重さに加え、洛宝も満身創痍だ。丹力の枯渇もいちじるしい。結局、重さを支えきれず、洛宝は倒れて、英傑の下敷きになる。

「英傑！　起きろ、おい！」

ふっと体から重みが消えた。見上げた視線の先で、ゆらりと英傑が立ちあがる。

「悪い。ちょっと意識なくしてた。……大丈夫か？　あそこに小屋が見える。歩けるか」

洛宝は「ああ」と安堵のあまりに顔をほころばせ――ぎくりとした。

英傑の顔は血の気がなかった。唇は紫に変色し、目の焦点も合っていない。鬼神の一撃を受けた下腹に視線を落とすが、裂けた衣が水を吸って重く垂れさがり、傷口をたしかめることはできなかった。血は止まっているように見えるが――。

「なんつー顔してんだ。大したこっちゃねえよ。そら、歩け歩け」

英傑が洛宝を助けおこし、しっかりとした足どりで歩きだす。

小屋は廃屋のようだった。垂れさがった筵をのけて中に入ると、土のままの床に古い寝藁が敷かれていた。そのとき、いきなり首根を掴まれた。え、と思う間もなく、洛宝は英傑の手で藁の上に放りなげられた。

「飯でも作るわ。酒はないが我慢しろよー」

「……ぃ……っおまえ——！」

痛みにうめきながら上体を起こし、洛宝は言葉をなくす。

英傑は笑っていた。この状況で、不自然なほど陽気に。しかも負傷している洛宝をこうも手荒く扱うのは、なにごとにも如才ない英傑らしからぬ行動に思えた。

洛宝は立ちあがって、逆に英傑を寝藁に引きたおした。すると、堂々と立っていた体があっさりと転がる。洛宝はぞっとし、起きあがろうとする英傑を押しかえして腰帯を解(ほど)き、上衣をめくりあげた。

腹部に三本の深い爪痕(つめあと)があった。ぱっくりと裂けてはいるが、血は流れていない。かわりに、傷のまわりの皮膚が黒ずんだ紫に変色していた。

（魅毒(みどく)——）

鬼物の牙や爪はときに毒を持つ。魅毒と呼ばれるそれは肉を腐らせ、精神を破壊する。すぐ解毒しなければ、生きながらに腐り死ぬという非業の死をとげることになる。

平然としているように見えた。違うのだ。意識が混濁しているだけだ。動けているのは、「動くと命が危ない」と警告を発するはずの本能が働いていないからだろう。

洛宝は立ちあがり、英傑に背を向ける。と、その手を痛いほど強く掴まれた。

振りむくと、上体を起こした英傑が必死の形相でこちらを見つめていた。

「行くな」

さっきまでの笑みが消えていた。恐怖に満ちた、すがる目をしている。

「毒抜きの薬草を探しにいくだけだ。すぐに戻る」

「頼む、行かないでくれ。ひとりにするな……っ」

洛宝は動揺した。英傑は今、河辺の小屋にいる認識はあるのだろうか。まさか、かつて一年近くも放置されたという牢の中だと思っていやしないか。

「放せ、英傑」

骨が砕けそうなほどにしがみつかれ、洛宝はとっさにその手を掴みかえした。

「おまえの牡丹が咲くのを私に視させるな……っ」

懇願が伝わったのか、英傑の手からふっと力が抜ける。洛宝は腕を引きぬき、「かならず戻る」と言い残して小屋を出た。

片足を引きずり、近くの林に向かう。清州の植生は白淵山のものとはまるで違う。見慣れない草ばかりだ。しかも月光があるとはいえ、林の中は暗い。それでも持てる知識をすべて活かして、使えそうな薬草を摘んで集める。小屋に戻ると、捨てられた道具や岸辺で拾った石などを使って、擦り、混ぜ、練り、薬を作った。腹部の傷に塗りこむが、すでに英傑は意識を失っており、話しかけても反応が返ってこなかった。

(落ちつけ。牡丹の花は咲いていない。死にはしない)

本当に？　いま咲いていなかったとして、次の瞬間にはどうだ。目を離した直後に、咲きはじめることもあるのではないか。

――あなたはその牡丹の力をどれだけ知っていますか。

李少鬼の言葉が重たい不安となって襲いかかってきた。

そのときふいに閃いた。

（そうだ、李少鬼。あの男なら）

医術に長けたあの道士なら、英傑を助けられるのではないか。

だが、李少鬼は楊荘亮側の人間だ、治療を引きうけてくれるとは思えない。

――対価でもないかぎりは。

洛宝は急いで英傑の着衣を探った。目当てのものは、上衣の裏側に糸で縫いつけてあった。玉の指環だ。

糸をちぎろうとして、一瞬、躊躇にその手が止まる。

（この指環は、文飛が私に託したもの――）

洛宝は唇を結んで、小屋を飛びだすなり、使いとする精怪を呼ぶために長嘯した。

李少鬼が馬に乗ってやってきたのは明け方近くになってからだった。李少鬼は迎えでた洛宝を見下ろし、渋々といった様子で下馬する。

「せっかく逃げたのに、わざわざわたしを呼びますかねえ」

「精怪に伝えさせたとおりだ。対価に指環をやる。英傑を助けろ」

「それがひとにものを頼む態度――」

最後まで聞くよりも早く、洛宝はその場にひざまずき、叩頭した。

地べたに額をこすりつける洛宝の頭上から、呆れきったため息が聞こえた。

「では、先に指環を渡してください」

勢いよく立ちあがり、急いで指環を手渡す。李少鬼は渋い顔でそれを袖にしまった。

「魅毒の除去は一刻を争います。あなたにも手伝ってもらいますよ、丁道士」

それからは昼夜を問わず、英傑の治療に当たった。医術に関しては素人同然の洛宝は「邪魔です」の一言で小屋への立ち入りを禁止された。かわりに、炊事洗濯、近隣の里への買い出し、薬草採り……命じられればなんでもやった。

李少鬼は洛宝の怪我の手当ても請け負った。「不要だ」とことわったのだが、足首の骨折に、肋骨のひび、鬼神の攻撃による負傷、と洛宝もひどい状態で、李少鬼に押しきられた。誰のせいだと言いたいが胸のうちにしまう。

時折、小屋の中から獣が吠えるような絶叫が聞こえた。李少鬼は開腹手術などという物騒な術を使うという。まさか腹を裂かれているのかと思ったが、信じるほかなかった。

――李少鬼が洛宝の小屋への立ち入りを許したのは、河辺にたどりついてから四日後のことだった。

「魅毒はすべて除き、傷の治療も済んでます。もう大丈夫でしょう。頑丈なひとだ」

小屋に入ると、英傑は藁の上に敷かれた清潔な布の上で眠っていた。

血の気が戻っている。

洛宝は言葉もなく立ちすくみ、顔をゆがめると、李少鬼に深々と頭を垂れた。

「……感謝する、李道士」

李少鬼は「いーえ」とそっけなく言って、洛宝に地べたに座るよううながした。素直に脚を伸ばして座ると、李少鬼はいつもどおり怪我の治り具合をたしかめていく。

「あなたの怪我もだいぶよくなりましたし、今日で引きあげさせてもらいます」

「そうか……」

「というわけで、改めて問わせてもらいますが、わたしの仲間になりませんか？」

右足首の包帯をはずしながらの問いかけに、洛宝は首をかしげた。

「なぜ、おまえはそうも私を仲間に求める？」

「母親の腹にいるときのことって覚えてますか」

唐突な問いかけに、考えるまでもなく「まるきり」と答える。

李少鬼は腫れあがった足首に膏薬を塗りこみつつ、薄く笑んだ。

「わたしはすべてを覚えています。あたたかくて赤い胎内も、羊水のぬくもりも全部。ただ、少々、居心地がよすぎたようです。産み月を経ても、わたしは腹の中にいました。はやく生まれたい。そう願い、やがて窒息しかけるほど大きくなると、ついに母の腹を両腕で突きやぶって、外へと生まれでました。……あのときの歓喜、よく覚えています。

五感のすべてで世界の素晴らしさを堪能しました。ですが、母の腹を破って生まれたわたしは『生まれながらに不孝』と忌み嫌われました。……長らく物乞いをして、どうにか命をつないでいましたが、とある巫者に拾われましてねえ、命を救われました。こちらでは黒巫者なんて呼ばれてますけど」

「こちら――もしかして、煉狼族の巫者か」

洛宝が言うと、李少鬼は誇らしげにほほえみ、うなずいた。

「召鬼法も医術もその方に教わりました。もっとたくさん学びたかったですが……あいにくその方、昇仙しちゃいまして。今はもうお会いすることもかないません」

神仙になったのだ。数年がかりで白淵山で仙府を探してまわったが、ついに見つけることのできなかった洛宝にとっては、神仙が実在するという話はすこし驚きだった。

「でも、医術は世の枠組みの外にあったわたしを、内側に帰してくれた。こんな不孝者のわたしですが、ひとを治療すると感謝されるのです。嬉しかったな」

洛宝の足首に的確に包帯を巻きなおし、固定していく。

「とはいえ、『生まれながらに不孝』とされたわたしには、友と呼べる者はひとりもいなかった。あなたも似た立場だったのではと邪推します」

似ていない、とは言えない。もちろんそんな凄惨な生まれ方はしていないが、洛宝もまた、人の死期を視るという異能によって、ひとの世からはずれてしまった。

洛宝に文飛がいたように、李少鬼にもその黒巫者がいたのだろう。

「だから、似た立場の私を仲間に欲するのか」

「ええ。人生初のお友達にできればと思いました。……ですが」

李少鬼は眠りつづける英傑に目をやった。

「わたしとは違いましたね。あなたにはすでに友がいる」

洛宝は目を見開く。李少鬼は「羨ましいです」と囁いた。

そして、右足首を手の中から解放すると、にこりと笑った。

「ところで、わたしへの報酬が指環だけというのは不誠実と思いませんか？　讖書を欲しているのは楊閣下であって、わたしではありませんよ」

洛宝は眉を持ちあげ、「だろうな」と苦笑した。

「そう言うと思っていた。いいぞ。持っていけ。右目でも、左目でも、好きにしろ」

早々に決心して、李少鬼を前に目を閉じる。

「……本当に情の深い方ですねえ。ああ、悔しい」

冷たい指が左のこめかみに触れる。そのまま目尻を滑り、左の眼窩のふちをなぞった。

――覚悟していた痛みはいつまでもやってこなかった。目を開けると、いつの間にか眼前に英傑が背を向けて立ち、李少鬼が驚きに満ちた表情で跳びしさるところだった。

「英傑、いい。これは――」

「黙れ！」

荒い呼吸の奥で怒りに満ちた声を発する。この数日で痩せ衰えた英傑の体からは、瀕死(し)の重傷を負った身とは思えないほどの闘気があふれだしていた。

「なんてひとでしょう。その傷で動けるなんて……」

李少鬼は唖然(あぜん)と呟(つぶや)くが、英傑がなおも拳(こぶし)をかまえるのを見て、憎らしげにしながらも、滑るように小屋の出入口から出ていった。

英傑はしばらく血走った目を外に向けていたが、急に膝(ひざ)から崩れ落ちた。

「じっとしていろ！……あ、傷が開いてるじゃないか、こいつ！」

「そんなことより、今なにをしようとした。目をやろうとしたのか、あいつに！」

「私の目を私がどうしようが勝手だろう。ほら、腹から血が噴きだしてるじゃないか。せっかく治してやったのに無駄にするな、馬鹿が！」

「ああ⁉」と英傑は視線を落とし、腹に巻かれた布が赤く染まりはじめたのに気づいて、急に不思議そうな表情になった。

「なんだこりゃ。なにがあったんだ？……うわー痛(いて)ぇえ……」

正気に戻ったらしい英傑の間抜けなうめき声に呆れる。

「おとなしく横になっていろ、愚か者」

洛宝は冷ややかに言って立ちあがり、英傑を残して小屋を出た。

砂利の岸辺に立つ。李少鬼の姿はすでにない。洛宝はぼんやりと水面(みなも)を見つめる。

李少鬼に指環を渡したことを悔いてはいない。だが、胸にはぽっかりと空洞が開いていた。ようやく摑(つか)んだ文飛の魂をふたたび失ってしまったみたいだ――。

足音がした。振りむくと、英傑が腹を押さえつつ、近づいてくるところだった。

「指環を渡したのか」

英傑が力なく呟く。洛宝は顔をそむけ、「渡した」と答える。

「目玉まで渡そうとした」

「そうでもしなければ、李少鬼は納得しそうになかったからな」

「そうまでして俺を助けようと――」

「しつこいな！　そうだよ、おまえを助けるために指環を渡したし、眼球も渡そうとした！……なんだそのため息は」

羞恥に顔を赤らめていた洛宝は戸惑い、英傑に目をやった。

英傑は乱れた砂色の前髪を手で掻きまぜて、「わからん」とうめいた。

「言いたいことが山ほどある気がするが、言葉がなにも浮かんでこねえ」

洛宝は呆れかえり、「おまえは本当に自分のことがわかっていないな」とぼやいた。

湿り気を帯びた風が頬をなでる。風を追って真っ青な空を見上げる。当分、雨の降りそうもない空模様だ。

じりじりと照りつける陽光に、久しぶりに暑いという感覚を思いだす。

この数日、今が夏だということすら忘れていた。

――助かったのだ。

実感がこみあげる。洛宝はそっと口元をほころばせた。

四

水面が揺らぐ。光がちかちかとまたたき、小魚が眼前を泳ぎさっていく。

浅瀬に身を横たえていた洛宝は、水の冷たさを堪能する。

白淵山は龍脈の通った地だ。陥湖や、道観にある泉に身を沈めると、身が清まり、全身が気で満たされていくのを感じる。それに比べれば、清州の名もわからぬこの河は物足りない。霧深い白淵山の峰々が恋しくなり、洛宝は口から気泡を吐きだす。

洛宝、と水上から名を呼ばれる。洛宝は水面から上体を起こした。濡れそぼった前髪の間から目を向けると、砂利の岸辺で英傑が呆れた顔をして立っていた。

「溺れてんのかと思ったぞ。洗濯してくるって言ってなかったか？」

「洗濯している。自分ごと」

着衣のまま水に沈んでいた洛宝は、のろのろと岸辺にあがる。

「洗濯ってのはな、手を使ってごしごしやるもんだ。あんたのはただの無精だ」

「斗斗なみにうるさい奴だな……」

洛宝はぼやいて、長い黒髪をまとめて水気をしぼる。ついでに長衣の袖もしぼってから、腕を枕にして草地に寝転がる。日差しも強いし、すぐ乾くだろう。

英傑はやれやれと頭を振ってから、上衣を脱いで洗濯をはじめた。洛宝は首だけをそちらに向け、その屈強な体軀をしげしげと観察した。

「しかし、ずいぶんとまた派手な傷が増えたものだな」

魅毒に侵された傷痕だ。三本の爪痕は糸で縫われ、周囲の皮膚は黒く爛れている。

「見た目はひどいが、魅毒はきれいに除かれている。……李少鬼はどんな治療をしたんだ？　術中、おまえ、ずっと絶叫しつづけていたぞ」

「……肉を削がれたり、骨を削られたりした記憶がうっすらあるが、思いだしたくない」

豪胆な英傑がぶるぶると震えて答える。洛宝もまたぞっとなった。

李少鬼の治療のおかげで命拾いをしてから、五日が経っていた。

治療は済んだとはいえ、英傑がまともに歩けるようになるまでにはそれだけの日数がかかった。それでもそこらの者よりはるかに回復は早い。洛宝が朝晩と丹力を与えたおかげもあるだろうが、そもそも鍛え方が違うようだ。

「それで、今日行く約束になっているんだな？　その螺青城市ってところに」

これから英傑は東に二十里のところにある螺青城市に行くことになっていた。精怪を介して連絡をつけた郭健明と落ちあう約束をしているのだ。

「州府まで行くのに、沈大人の力を借りたからな。礼をしておきたい。それに、洛宝が楊荘亮から聞いた話も直接伝えておきたいし」

英傑に、楊荘亮と交わした会話の内容を包み隠さずに伝えたところ、「沈大人にも報せるべきだ」と言われ、渋々ながらに精怪に伝言を頼んであった。あらかた郭健明にも伝わっているはずだ。

「洛宝はどうする。ついてくるか。それとも白淵山に戻る……わけはねえか。指環を取りかえさねえとな」

洛宝は顔をしかめる。指環を取りかえす気でいると、英傑に伝えた覚えはない。だが、すっかり見透かされているようだ。

英傑から視線をはずし、眩いばかりの空を目を細めて見つめる。

「どうして文飛は私に指環を託したんだろうな……」

英傑は上衣を洗う手を止める。

「楊荘亮が讖書を執拗に欲していたというのはわかる。あの男は帝位を自分のものだと妄信しているからな。だが、文飛が必死になって讖書を見せまいとした理由はなんだ」

「讖書は予言の書なんだよな。なら、本当に『楊荘亮が帝位につく』と書いてあって、見られたらまずいと思ったとか？」

「なぜ見られたらまずいんだ？　そう書かれていたとして、いったいなにが問題だ」

洛宝はこみあげる嫌悪感に顔をゆがめる。

「あの男が皇帝にふさわしいなんて思っているわけじゃない。ただ、命を賭してまで、讖書を見せまいとした理由が、私にはわからない」

楊荘亮は「あの男は沈遠の気に入りだった。讖書になにが記されているかを知り、私に帝位をとらせまいと邪魔だてした」と言っていた。本当にそうだろうか。

「沈大人と近しかったとはいえ、一介の文官にすぎなかった兄が、楊荘亮ほどの権力者に盾つくには、相当な事情があったはず。けど……その事情が見えてこない」

英傑は洗い終えた上衣をパンッと引っ張って水気を払った。

「なら、一緒に行こう。来るのは健明だけだろうが、もしかしたら沈大人に渡りをつけてもらえるかも。そしたら、当時の話をもうすこし詳しく聞ける」

洛宝は眉を寄せた。

「あの沈遠とかいう男、本当に信用していいのか」

「ん？　立派な方だぞ。稀代の賢人と言われてる人だしな。なんでだ？」

「指環を見たときの反応、おかしいと思わなかったか？　ずいぶん取り乱して見えた」

古代の遺物にすぎない。そう言いながら、沈遠はあきらかに動転していた。

「それに……あんなおぞましいモノを背負った奴、信じられるものか……」

え？　と首をかしげる英傑に、洛宝は「いや」とかぶりを振る。

「とりあえず螺青城市にはついていく。楊荘亮の動きも知りたい。……けど、そこから先はもう首をつっこむなよ、英傑。郭健明に会ったあとは別行動だ」

英傑はきょとんとし、にやりと笑った。

「なんだよ。俺が危ない目に遭うのはもういやだってかー？」

「ああ、いやだ。おまえの牡丹は視たくない。だから、ひとりにしてくれ」

からかう口調が癪に障り、意趣返しのつもりで素直に言ってやる。英傑は目を丸くするが、しばらく黙っていたかと思うと、首を横に振った。

「悪いな。ことわる。大事なもんを対価にしてまで助けてくれた奴への恩に報いないってのは、俺の流儀からはずれる」

洛宝は顔をしかめて、英傑をにらみつけた。

「私がおまえを助けたのは、おまえが私を州府まで助けにきたからだ。それをまた恩に着られたら、応酬はいつまでつづいても終わらないだろうが」

「そりゃそうだな。けど、もう決めた。あきらめろ」

英傑は快活に笑う。洛宝はうなり、それ以上なにも言えずにため息をついた。


出立は、照りつける日差しに服が乾いた昼すぎになった。世話になった小屋を、わずかな荷を手にして後にする。河岸を行き、見つけた船着き場から舟に乗りこむ。ゆるやかな水流に身をゆだねることしばし――ふたりは螺青城市に到着した。

南北に細長い形をした清州の北端にあり、金景までは運河で二日足らずという距離だ。交通の要所で、行きかう人馬や船の数も多い。だが、本来なら活気にあふれているはずの城市はどこか重たい空気に包まれていた。

「刺史さまが道士たちとともに金景に向かわれたとか……」

「長らく朝廷には参内していないはずだが。なにごともなく終わればいいがね……」

ひそひそと城市の民が語る声が聞こえてきて、洛宝と英傑は顔を見合わせた。

ふたりが向かったのは、玉香楼と呼ばれる妓楼を兼ねた酒楼だった。名を告げると、亭主がすぐに二階の奥の間へと案内してくれる。

室内に足を踏み入れた瞬間、勢いこんで出迎えたのは沈遠だった。これに面食らったのは英傑だけでなく、洛宝も同様だった。先ほど耳にした噂話によれば、楊荘亮は金景に向けて出立したという。当然、沈遠も金景に戻っているものと思ったのだが。

「よくぞ無事で。……無茶をしなさる。楊荘亮には近づくなと言ったろう。丁道士」

「おまえに従う義理は、私にはないからな」

背後に控えていた郭健明が「貴様」と鼻息を荒くした。英傑がそれを手で制する。

「それで、どうして沈大人がここに？　楊荘亮は道士を連れて金景に向かったと聞いた。道士たちは鬼神を従えてる。皇城を離れていていいのか」

問われた郭健明が答えようとしたときだった。

「それよりも、丁道士、まず訊きたい。指環は無事か」

沈遠が前のめりに問うてくる。洛宝は目をすがめた。

「指環は李少鬼に渡した。やむをえない事情があってそうなった」

そっけなく答えると、沈遠の皺で覆われた顔は見る間に青ざめていった。

「やはりか。……先だって楊荘亮から朝廷に文が届いた。ずいぶん直截に参内の目的を記してあった。……讖書を開き、天意を見定める。拒めば、鬼神が災厄をもたらす、と」

英傑がすばやく郭健明に顔を向けた。

「楊荘亮は、今どこに」

「金景の西、兗州の近くまで馬列を進めています。李少鬼を含む道士が十人、兵士が三人。州軍による挙兵もあるかと案じましたが、どうやら鬼神頼みの来訪のようです」

「皇城の守りは」

「万全に」

「鬼神に対して万全なんてわけあるか。道士が十人なら、おそらく鬼神は十体以上。個体差はあるが、一体が千人力と言うから、一万の兵士を連れているようなもんだ」

声を低くする英傑に対し、淡々と答えたのは沈遠だった。

「陛下にはすでに身を隠していただいた。讖書の本体――青銅の円盤を保管した宝物殿には精鋭の兵を配し、厳重に守らせておる。どれも対鬼神戦術に長けた者たちじゃ」

洛宝は沈遠の言葉に違和感を覚えて、眉根を寄せた。

「つまりそれは、鬼神と正面衝突することになったとしても、楊荘亮に讖書を見せる気はないということか。……わからないな。どうしてそうまでして讖書を見せまいとする？」

そう問うと、沈遠の表情がこわばった。まるでなにかを恐れているかのように。

(恐れ……なにに対してだ。讖書を恐れているのか？　どうして)

洛宝はなにも答えようとしない沈遠をまっすぐに見つめ、ふと、その背に目をやった。

「沈大人。道士としてひとつ訊いておきたい。いったい、どれほどの悪行を重ねれば、そこまで多くの幽鬼に取り憑かれるはめになるんだ？」

沈遠の体がびくりと震えた。英傑が虚をつかれた様子で洛宝に顔を向けてきた。

「なんの話だ、洛宝。悪行？　幽鬼って……俺には見えないが」

「だろうな。もはや幽鬼と呼べる代物じゃない。もっと禍々しい……呪いのたぐいだ」

洛宝は袖から複数枚の霊符を取りだし、顔の横に構えた。

「今、見せてやる」

霊符を沈遠目がけて放つ。幾十枚ものそれは意思を持った生き物のように横一列に連なり、一反の布が巻きつくがごとく沈遠を囲って回転をはじめた。洛宝はさらに一枚の霊符を取りだし、口にくわえ、呪咒を唱えた。

「責め苦を受けし霊魂よ、その姿を現すがいい」

そして、それは忽然と出現した。

「な……、なんだ、これは——」

洛宝の目には、はじめて沈遠に会ったときから視えていた。だが、今はじめて目の当たりにする英傑と郭健明は、おののきのあまりに後じさった。

沈遠の丸まった背には、おびただしい数の幽鬼がしがみついていた。一体一体を別個に識別することはできない。体が癒着しあい、巨大な肉の塊と化している。肉の隙間からは頭と腕だけがぼこぼこと生えていて、互いを押しのけあいながら、沈遠の耳元へと顔を寄せ、なにかを囁きかけていた。

「ひとりひとりの存在は薄い。誰かが『そこにいる』と言わなければ気づかないほどに。

けど——おまえには聞こえていたのだろう？　その者たちの怨嗟の声が」

沈遠はすとんとその場に座した。炯々とした目で洛宝を見据える。

「そうか。おぬしには視えておったか。文飛にも視えておったよ。やはり兄弟じゃのう」

洛宝は瞠目する。沈遠はふっと息をつくと、いたわりのこもった声で呟いた。

「丁道士。おぬし、この者たちを冥府に送ってやれるか」

「……それは、呪いから解放されて、楽になりたいという意味か」

「いいや。わしはこの者らの怨嗟を背負っていく覚悟でおる。だが、もしもわしのせいでこの者らが冥界に旅立てずにいるのなら、あまりに哀れじゃ」

洛宝は、恨み言を囁きつづける幽鬼たちを見上げ、「試してみよう」と答えた。

「太乙救苦天尊——急々如律令勅。望みし者に鬼門を開き、受けいれたまえ」

洛宝は霊符を口に食み、天に救いを求め、厳かに乞いねがう。

すると、音もなく天井が割れ、開いた隙間から光が降りそそいだ。幽鬼たちが一斉に顔を上げる。幽鬼は次々と燃えあがり、炭と化し、霧散していく。すべては怖いほどの静寂の中でおこなわれた。

やがて天井の裂け目が閉じ、光がふっと消失した。洛宝は視線を沈遠の背へと戻す。

その背には、いまだ多くの幽鬼たちが群がっていた。

「私に送ってやれるのはこれぐらいだ。あとの者はおまえを呪いつづけることを選んだ」

沈遠はかすかにほほえみ、顔の前で手を重ねあわせ、深く平伏した。

「感謝する。この者たちはわしが背負っていかねばならぬ、いわば業。この身が死したのち、冥府の王が彼らの陳情を聞き、わしを断罪してくださるだろう」

そう言って、沈遠はゆっくりと身を起こした。

「――これから話すことは、他言無用に願いまする」

まだ沈遠を信じる気にはなれなかった。だがその双眸(そうぼう)は、覚悟を決した者だけが放つことのできる静穏な光を宿していた。

「讖書とは、ただの予言の書ではない。天意を操る書じゃ」

「天意を操る書……？」

「うむ。そして、その恐ろしさをわしに教えてくれたのが文飛であった」

洛宝は息を呑(の)み、拳(こぶし)を握りしめた。

「知っていることをすべて教えてくれ。文飛の身にいったいなにが起きたのかを」

沈遠は静かにうなずき、そっと語りはじめた。

「そもそものはじまりは、およそ十二年前であった」

十二年前、ある盗掘者が古代王朝の王墓を荒らした。多くの副葬品が盗まれたが、すぐに盗掘者は見つかり、処刑された。副葬品は欠けることなく戻され、いったん皇城に運びこまれることとなった。なにせ乾王朝は四十余年前の鬼神襲来によって、多くの宝物や祭具を失っており、古代王朝の品々は稀少(きしょう)価値が高かったのだ。そのため、副葬品は鑑定の上、墓に戻すものは戻し、宝物殿に収めるべきものは収め、検(あらた)めるべきものは各省へと送られることとなった。そして、その中に讖書はあった。

讖書は、玉の指環と青銅の円盤――ふたつが対になったものだ。およそ「書」とは思えぬ形状ではあったが、王墓の副葬品目録に「讖書」と記載があったことから、世に伝え聞く予言の書のことであろう、と推測された。

とはいえ、古代王朝の遺物だ。記された予言もせいぜい古代期に限られると思われた。それゆえに、讖書はただ国史編纂のための参考図書として、著作局にまわされることとなった。その鑑定を行ったのが、古代史の編纂を担当していた文飛だった。

「古代の呪物……それも神具となると、個人として興味があってのう。文飛には、讖書を開くときには声をかけてくれと頼んであった」

ある日のこと、沈遠も見守る中、文飛は玉の指環を青銅の円盤のくぼみに嵌めこんだ。円盤からは光の帯が放たれ、ある絵が虚空に投射された。

それは一見、大樹のようだった。一本の太い幹があり、そこから尋常でない数の枝が伸びている。枝には無数の葉が生いしげり、崇高なまでに美しかった。

しかし、近づいてよくよく絵を観察した文飛は、驚きの声をあげた。

――閣下。これはすべて文字です。

針の先ほどもない小さな文字が集まって、大樹を形づくっていた。さらに驚くべきことに、手で触れたところがまたたく間に拡大され、細かな文字も読めるようになった。

文飛はすぐに讖書の解読に入った。すべて古文字で記されていたため、解読には時間を要したが、半年が経ったころには、大樹の「幹」の解読があらかた終わった。

それによりわかったのは、恐るべき事実だった。

「この讖書は生きている、今なお新たな予言を生みだしつづけている、と文飛は言った」

「生きている……」

「うむ。大樹の幹には『すでに決した過去』が記されておった。そして、幹より先に伸びる枝葉には、これから起こりうる出来事——未来が記してあった」

幹から先の解読は困難をきわめた。枝葉の数があまりに多く、見ている間にもどんどん形が変化していく。枝はどこまでも伸び、どうやら数百年先までの未来が記してあるようだった。ただ、その内容はあまりに不可解で、文字としての解読はできても、意味を読みとることはできなかった。せいぜい数年先までの解読で精一杯。だが、讖書の価値を悟るにはそれで十分だった。

「ある日、わしは無数に茂る葉の中に、恐ろしい予言を見つけた。『楊荘亮が帝位を簒奪して皇帝となる』という予言じゃ」

洛宝は沈遠をまじまじと見つめた。

「さらに恐ろしいのは、奴が皇帝になったあと。廷臣の粛清、民衆による反乱、北の煉狼族の再襲来、民衆の虐殺、それから——乾王朝の滅亡」

王朝の滅亡、と呆然と口にする英傑にうなずきを返し、沈遠は白い眉を揺らした。

「近くそれが起こると知り、わしは焦った。文飛とともにほかの葉の解読を進めたが、多くの葉が似たり寄ったりの未来をたどっておった。しかし、その中に一枚だけ、希望の持てる未来を見つけた。楊荘亮が帝位の簒奪を試みるも失敗するという未来じゃ。その葉を選びさえすれば、乾王朝の滅亡は免れることができる。……すぐに皇帝陛下に進言した。ただ当時、玉座についておられた方は、政に関心を持たぬ方でのう……」

沈遠に横目を向けられた英傑は苦々しく笑った。おそらく、そのときの皇帝と、英傑が投獄された際に、ありえない冤罪を信じた暗愚な皇帝とは同一人物なのだろう。

「皇帝陛下のご威光なき中で、楊荘亮の権勢を押さえこむには、讖書の力が必要。そう判断した。……愚かしくもな」

そう言って、沈遠はどこか遠くを見つめた。

「望む未来を得るには、幾十枚もの葉が示した行動を正しくとる必要があった。文飛が解読し、わしがそれを現実で実行する。讖書はそれに呼応し、大樹の姿を変化させていった。わしが実行したことはすべて『幹』へと変わり、選ばなかった葉はひらひらと舞い落ちていった。――一年後、楊荘亮の造反は未遂のうちに終わった。さらに一年後に、二度目の簒奪をくわだてたときも、讖書を使って阻止した」

洛宝はぞくりとした。人々が今も語りつぐ簒奪侯の二度の造反は、沈遠と文飛とがまるで盤上の駒を操るようにして阻んでいたのか。讖書の持つ強大な力に圧倒される。

英傑もまた神妙な面持ちで眉をひそめ、呟いた。

「当時、なぜ楊荘亮の造反が失敗に終わったのか、誰もが不可思議に思ってたが……まさか、そんな裏があったなんて……」

「楊荘亮のことだけではない、多くの内乱、廷臣の造反、それらを未然に防いでいった。文飛には負担をかけたが、うまく使いさえすれば天下の安寧が約束される。これほどの歓(よろこ)びはあるまい。わしは讖書に夢中になった。……美しい大樹であった。不要な枝葉を摘みとるごとに、どんどん美しくなる。あれほど神々しい樹は見たことがない……」

ところが、どれほどの歳月が流れたころか、文飛が厳しい顔をして進言してきた。

──讖書は封印すべきです。閣下が摘みとっておられるのは、万民の命にございます。

「薄々、わしも気づいていたのじゃがの……あるときから、声が聞こえるようになった。わしに対する恨み言じゃ。讖書を使えば使うほどに声は増えていき、文飛がわしを見る目にも恐れが宿っていった。ひとりひとりの声に耳を傾けた文飛は、やがて察した。これらの幽鬼はすべて、わしが讖書に従い、とった行動の果てに、なんの罪すらなく死んでいった者たちだということに」

沈遠は「きれいごとを言う気はない」と呟く。

「天下泰平のためには、ときに民に犠牲を強いねばならぬこともある。しかし問題なのは、わしにその自覚がなかったということじゃ。文飛に言われるまで、民を殺している自覚がなかった。わしはただ大樹の枝を剪定(せんてい)しているぐらいのつもりであった。殺した者に自覚がなければ、殺された者は浮かばれぬ。怨嗟(えんさ)を無視されつづけた幽鬼たちはみずからを化け物へと変え、自力では冥界(めいかい)に行くこともできなくなってしまった。なんとむごいことをしてしまったのか……。人の身であることを忘れ、おこがましくも神のごとくふるまい、そのあげくに人の身では到底あがなえぬ業を背負ってしまったのじゃ」

沈遠は疲れたように肩を落とした。

「わしは讖書を封印することにし、それを文飛に一任した」

洛宝は息を詰め、眉を曇らせた。

「無責任だというそしりは受ける。しかし、自覚してなお讖書を見ると心がうずいた。気づくと、文飛に『讖書を渡せ』と迫っておる。わしから遠ざけてほしかったのじゃ。ゆえに、あの若者にすべてを託した。……おぬしが指環を持っているということは、それこそが文飛の選んだ封印方法だったのじゃろう」

そのとき、洛宝の脳裏に、文飛と生前かわした会話が鮮やかによみがえってきた。

——国史編纂の仕事なんて、いったいなにが楽しいんだ？

いつものように酒楼で酒を酌み交わしながら、洛宝は久方ぶりの休暇を得た文飛に、拗ねた口調で言った。朝廷づとめになってからめったに会えず、不満をぶつけたのだ。

だが、文飛はそんな弟をほほえましげに見つめ、彼には珍しく饒舌に語った。

——なにもかもだ、洛宝。今の世をどうしたら安らかにできるのか、過去から学べることは無数にある。……私の力はとても小さいけれど、過去の記録をまとめ、国史を記すことで、すこしでも穏やかな世を作れるなら、これほど嬉しいことはない。

へえ、と答えると、文飛は苦笑した。

――洛宝は王朝の行く末になんか興味ないって顔だね。

――ない。私は文飛ひとりが幸せならそれでいい。

きっぱりと答えると、文飛は目を丸くし、破顔した。

文飛は知っていた。並みいる王侯貴族が当家の専属道士にと乞うても、洛宝が決して応じなかった理由を。洛宝の関心は富や名声ではなく、つねに「人」に向いていた。王朝の行く末よりも、身近なひとの未来のほうがよほど大切だったのだ。

だから、洛宝に指環を託そうとしたのだろうか。洛宝なら、万一讖書を手に入れたとしても、国の行く末をどうにかしようなんて絶対に思わないとわかっていたから。

「わしの話はそれですべてじゃ」

沈遠が呟き、洛宝は物思いから解き放たれる。

「讖書は楊荘亮が思っているものとは違う。しかし、讖書を手に入れたあの男は、まさに神のごとくふるまうじゃろう。それを、わしは阻止したい」

「……それには同意する。私も奴に讖書を渡したくない」

楊荘亮が讖書をどう使うかなど、洛宝の知ったことではなかった。だが、文飛は楊荘亮には渡すまいとした。それで十分だ。

「文飛はきっと、沈大人とともに讖書を使うことで、世を平らかにできると信じていたんだ。その尊い願いを、楊荘亮に穢させはしない……」

洛宝はひとりごち、沈遠をまっすぐに見据えた。

「讖書を保管した宝物殿を、対鬼神戦術に長けた精鋭の兵に守らせていると言ったが、どれほどの精鋭であろうと、鬼神とまともにぶつかれば勝ち目はないと思う」

英傑もあとを追ってうなずく。

「俺も同意見です。大前提として、鬼神と戦うべきじゃない。……対鬼神戦術と言うが、鬼神を想定した訓練なら俺もやってた。俺が防衛を任されてた北の地は、煉狼族と常に一触即発だったからな。で、その俺でもこれってわけです」

英傑は上衣の裾を腰帯から抜きとり、傷を負った腹部をさらした。沈遠、それに郭健明は傷痕のむごたらしさに言葉をなくした。

「鬼神との正面衝突は絶対に回避すべきだ。そもそもひょうたんの栓を抜かせない。それに尽きると思う」

「ならば、どうしろと……」

英傑はちらりと洛宝に視線をよこしてくる。また無策か、と洛宝は呆れつつ、「そんなに讖書が見たいなら、見せてやったらどうだ？」と答えた。

「それはならんと言うておる！」

「わかっている。けど、讖書が手に入る公算が大きいうちは、奴もむやみに鬼神を解き放たないはずだ。……鬼神は暴れ馬のようなもの。李少鬼ですらまともに制御できていなかった。ほかの道士たちは言うまでもない。一度放てば、暴れるに任せるほかないんだ。だとしたら、楊荘亮も出しどころには慎重になるはずだ。――だから、讖書が見たいと言うなら、見せてやると言う。少なくとも、見せている間は鬼神はひょうたんの中のはずだ。なんとか隙を作って、その間にひょうたんをどうにかできれば……」

問題は、その隙をどう作るかだ。

(あの男、まるで隙というものを感じなかった)

会話がまともに成立しないほどの揺るぎない自信。あれを打ち砕くにはどうすればいい。目に焼きついているのは、道士の首を容赦なく刎ねとばした楊荘亮の姿だ。みずから手を下すことを厭わぬほどに、あの男は無能な者を嫌っている——。

ふいに、楊氏の祠堂で祖霊たちの期待を一身に受けるさまが脳裏をよぎった。

父母を敬い、祖霊を祀る。それはこの国に生きる者にとって、神を祀る以上に重要なことだ。陥湖の水神が母の墓を荒らした者に祟りを与えたように、鹿頭村の酒坊の主が故郷を捨てたあともなお、父母の墓を祀りたいと願ったように。とくに、血統を重んじる貴族であれば、その思いはいっそう強い。

(楊家の祖霊たちは楊荘亮に期待をかけている。だが、期待とはひるがえせば不満。祖霊をきちんと祀ることができていない己の「無能」さを、楊荘亮はどう思っている……)

そうして思いついた策を口にすると、英傑は驚き、沈遠は唖然となった。

「おぬしに……そんなことができると？」

「できる。けど、私にできることはそれだけだ。そこから先のことは——英傑」

視線をやると、英傑は思案げに、うなずいた。

「そうだな。肝心のひょうたんをどうするか……まあ、健明と相談してみるよ」

軽い口調に「任せた」とうなずきかえした洛宝は、ふっと顔から表情を消した。

「私情に囚われ、楊荘亮を殺すことだけはならんぞ」

不穏な気配を察してか、沈遠が言った。洛宝は冷ややかに沈遠を横目に見る。

「帝位纂奪をもくろんだ罪は、今度こそ皇帝陛下の御前で裁かれるべきじゃ。纂奪を望めば、楊荘亮ほどの大物であろうと処分は免れぬのだと世に知らしめたい。それでこそ後顧の憂いを断てるというもの。かつては讖書によって未遂で終わらせたがゆえに、裁くことができなんだ。こたびこそは……」

「わかった」

洛宝は答える。あっさり返事をしすぎたのか、沈遠が疑わしげに凝視してくる。

「楊荘亮を殺せば、おぬしが罪に問われる。たとえ罪を免れえたとしても、楊氏に与する貴族たちを敵にまわすことになろう」

「わかったと言っている。――楊荘亮に文をしたためてくれ。『天意は己にありと思うならば、試すがいい』とでも記し、皇城の門を開いて待つ旨を伝えておけ」

「……すぐ手配しよう。楊荘亮の現在地からなら、早ければ明後日には金景につく」

明後日。その言葉に、洛宝は顔を曇らせる。

（楊荘亮と州府で顔をあわせてから九日か……）

胸のうちに黒い靄が広がっていく。洛宝は奥歯を嚙みしめた。

「なら、私たちが金景に着くまで、適当に理由をつけて足止めしておけ。——私がやろうとしていることは、相当に丹力を消耗する。英傑、どこかに宿をとってくれ。酒を飲んだら、すぐに瞑想に入る」

英傑が「酒な」と笑ってうなずく。洛宝はすみやかに沈遠に背を向けた。

「文飛はおぬしが己のために苦しむことを決して望みはしまい」

背中を追ってくる沈遠の言葉に、洛宝は拳をきつく握りしめた。

（そんなことわかっている。文飛のことなら、おまえよりもよほど！）

部屋を出て、酒楼の階段を足早におりる背に、英傑が名を呼びかけてくる。

「楊荘亮を殺す気でいるんだな」

横に並んだ英傑がひっそりと問う。

殺す。いっさい飾らないその言葉に、洛宝は表情を消す。

「……止めても無駄だ」

「止めねえよ。言っただろうが、恩に報いるって」

あっさりと返され、洛宝は勢いよく英傑をにらみつけた。

「なぜだ。私が楊荘亮を殺すのを見逃せば、下手すればおまえも罪に問われるんだぞ」

「おーう。一蓮托生だな」

あくまで気楽な口調だ。洛宝は唇を噛みしめた。

「——牡丹が咲いていなかったんだ」

震える声で吐き捨てると、英傑が顔をこちらに向けた。

「九日前、楊荘亮の頭上にはなにも咲いていなかった。だから、私がこの数日以内にあの男を殺すことはない」

牡丹が咲いた者は二十日前後で死ぬ。だからもし数日後、洛宝があの男を殺すことができるなら、洛宝の目には州府でまみえたとき、すでに牡丹が視えていたはずなのだ。

まさか、殺す気がないとでもいうのか。

こんなにも憎く思っているのに、どうしてそれを自分が望んでいないというのだろう。

どうであれ、自分はなんらかの理由で殺しそこねるのだ。

「牡丹が咲いてなかったからといって、あきらめる気はないんだろう？」

英傑の言葉に、洛宝はうつむきかけた顔を持ちあげる。

「前に言ってたよな、あんたは自分の牡丹は視ることができないって。なら、洛宝の牡丹が咲かないよう、俺が背中を守ってやる。思う存分に仕返ししてやれ」

英傑は悠然と笑って、「宿とってくるわー」と軽やかな足どりで階段をおりていく。

洛宝は立ちつくし、英傑の背中を見送った。

五

乾帝国の皇都・金景は、四十年ばかり昔、鬼神の襲来から逃れてきた王侯貴族によって急ごしらえに築かれた。かつての都に比べると洗練されておらず、城郭は薄く、街並みも雑然とし、その中心にある皇城もまた荘厳とは言いがたい。

それでも都の民の生活は豊かだ。王侯貴族たちはことあるごとに覇権を争ってきたが、三年前に帝位についた皇帝は幼いながらに賢く、沈遠という賢人を太保に迎えていることもあり、平らかな治世を築いていた。

だが、簒奪侯、楊荘亮の参内によって、金景はにわかに緊張に包まれた。民衆の怯えた目は、つい先ほど、清州の軍旗をはためかせた楊荘亮率いる馬列を吸いこんだ城門をじっと見つめていた。

「久方ぶりじゃな、楊荘亮よ。最後にまみえたのはいつであったか……ちと老けたのう」

皇城の一角、宝物殿の前庭で楊荘亮を出迎えたのは沈遠だった。数人の近習を従えただけの沈遠の柔らかな笑みを、楊荘亮は冷ややかに睥睨する。

「白々しい。清州に送りこまれた貴様の間諜を、これまでに何十人、屠ってきたと思っている。おまえの目は常に私にあった。私が無様に老いさらばえていくさまもつぶさに見て、ほくそ笑んでいたはず」

楊荘亮は横目に李少鬼を見る。李少鬼は恭しく己の手を掲げた。そこにのせられていたのは、美しい螺鈿の箱におさめられた玉の指環である。

「天命に従い、讖書を開く。宝物殿を開け、沈遠」

楊荘亮の背後で、道士たちがひょうたんに手をかける。

沈遠はそれらを一瞥し、すっと脇にのいて、道を譲った。

「陛下よりすでに許しを賜っておる。己に天意があるかないか、試してみるがよい」

楊荘亮たち一行は、宝物殿の対面にある奉天殿に通された。天井は見上げるほどに高く、立ち並ぶ列柱には極彩色の龍が彫刻されている。ここは皇帝が各地から招いた賓客を迎えいれ、宴を開いたり、あるいは季節の行事をおこなったりする格式高い場所だ。

やがて宝物殿から、漆塗りの箱を両手に捧げもった者がやってきた。奉天殿の中央に設置された台に、箱から取りだされた青銅の円盤が置かれる。

「楊閣下。指環の呪力はたしかにこの円盤に向いています」

李少鬼が言って、螺鈿の箱から指環を取りあげ、楊荘亮へと捧げる。

「これが讖書……」

楊荘亮は万感の思いをこめて呟き、受けとった指環を頭上高くに掲げた。

「冥界におわす父母よ、偉大なる祖霊方よ。見届けたまえ。我に天意のあらんことを」

指環が円盤のくぼみに嵌めこまれる。すると、青銅の円盤がリィ……ンと涼やかな音をたて、シュルシュルと回転をはじめた。やがて円盤より燦然たる光が放たれる。

〈求めに応じ、ここに天命を告げる〉

不可思議にして、清澄なる声が奉天殿に神々しく響きわたった。

楊荘亮は優美な仕草でひざまずき、叩頭する。背後に従う道士たちもそれに倣った。

〈楊荘亮は皇帝の器にあらず〉

声が天命を告げる。楊荘亮は額を床につけたまま、その声を聞く。

〈楊荘亮は皇帝の器にあらず〉

〈楊荘亮は皇帝の器にあらず〉

〈楊荘亮は皇帝の器にあらず〉

ゆっくりと楊荘亮が顔を上げる。その表情はこわばり、目は見開かれていた。

ふっと、奉天殿が闇に没した。

ざわめきが起こる。直後、ドンッ、と重たい音とともに床が振動した。まるで奉天殿の壁を、外から破城槌で破壊しようとする者がいるように、ドンッ、ドンッ、と低く重たい音が幾度となく響きわたる。

やがて鬼門の方角にある壁が轟音とともに崩落し、外から真っ赤な光が差しこんだ。

「なんだ……っ」

道士があげた声を掻き消し、車輪の音が轟いた。赤い光の中から、二頭立ての戦車が次々と出没し、天井近くの中空を駆けずりまわる。戦車の上に立つのは、赤い甲冑をまとった兵士たちだ。人間ではない。その肌は赤く、あるいは青く、身の丈は軽く十尺を超える。槍を突きあげ、怒号をあげて、楊荘亮たちの前に降りたった。

楊荘亮はその場に膝をついたまま、ぐっと黙して赤い兵団を凝視した。

『我らは冥府の兵団なり。罪人をここへ』

戦車の上に立っていた兵士のひとりが朗々たる声をあげる。すると光の中から、今度は荷車が現れた。車を牽いてきた兵士は楊荘亮の前で止まると、その覆いをはずす。楊荘亮がわずかにうめく。荷車に転がっていたのは、粗末な麻布の貫頭衣に身を包み、ぼさぼさの髪をしたふたりの幽鬼だった。やせ細った体は、鎖で幾重にも縛められている。兵士が鎖を摑み、ふたりを荷車から引きずりおろした。

『子の罪は祖の罪。天命なき身で帝位を奪わんとした咎により、この者らに罰を下す』

兵士が手にしていた鞭をふるった。容赦ない打擲に悲鳴があがる。さらに何度となく背を打たれ、ふたりは憎らしげに楊荘亮をにらみつけた。

『なんたる不忠者、日者により予言を受けながら、天命を得られなかったとはなにごとか！　見よ、我々までが罪人の祖として鎖で縛られ、無体な扱いを受けている』

『見るがいい、無能の子よ。我らが存命中に楊氏の名を高めることができなかったばかりか、冥府においてまで我が身を貶めようとは……！』

楊荘亮は唇をわななかせ、眼前で鞭打たれる己の父母を見つめた。

――それらの光景を、洛宝は苦痛にすがめた目で見据える。額には脂汗がにじみ、霊符をくわえた唇は震え、頭は軋むように痛んでいる。

目の前の光景は、すべて洛宝が生みだした幻術だ。冥府の兵団も、鞭打たれる楊荘亮の両親も、讖書が告げた宣託も、青銅の円盤すらもが。楊荘亮の意識に深く干渉し、あの男の心を鏡として、奴がもっとも恐れるものを発現したにすぎない。

さすがにこれほどの大幻術を行使するのは身にこたえる。丹力が見る間に消耗し、まるで足りない分を補おうとするように体力までが奪われていく。

それでも、隙は作れた。

洛宝は近くの柱の陰に立つ英傑に目を向けた。英傑もまた口に霊符をくわえている。幻術の影響を受けなくさせるための霊符だ。

英傑はうなずき、対面の壁ぎわに立つ郭健明ら兵士に目を向けた。冥府の兵団が奉天殿に現れたとき、その轟音にまぎれて殿内にしのびこんできた者たちだ。彼らもまた霊符を口に含んでいる。兵士たちは無音のまま弓を構えると、つがえた矢を一斉に放った。

「ぐぁ……っ、な、なんだ……！」

「矢だ、どこから……ぎゃっ」

次々と放たれる矢が、道士が腰から下げたひょうたんを破壊、あるいはその手を的確に射貫(いぬ)いていく。幻術に囚(とら)われたままの道士たちはひとたまりもなく恐慌をきたし、口々に冥府の王の名を叫んで命乞(いのちご)いをはじめた。

その中で、楊荘亮だけは動じなかった。飛んでくる矢にはいっさい注意を向けず、目の前で冥府の兵士から罰を受ける父母を凝視する。

その面貌(めんぼう)に浮かぶのは、たしかな恐怖。――だが。

「――ありえぬ」

ふいに楊荘亮が言った。

「天意はたしかに我が身にある。なのになぜ、いつもこの手からすり抜ける！」

まるで喉の奥から血を吐くような激しさで否定する。

「邪魔だてしているのは誰だ。いったい誰が私の宿命を捻じ曲げた！」

憎悪に満ちた眼が周囲を睥睨する。その血走った眼に、洛宝の背筋がすっと冷えた。

楊荘亮はおそらく本能で、己の道が何者かに捻じ曲げられたことを感じとっているのだ。

「許されよ。天が望まずとも、私はかならずや帝位を掴みとる。たとえ天意に背いた罰として、偉大なる祖霊方がさらなる苦難に瀕しようとも、私は決してあきらめぬ……！」

楊荘亮は己を罵る父母に背を向けて、一歩、また一歩と、奉天殿の外に向かって歩きだす。洛宝は目を見張った。どこへ行く気か。まさか外に出て、その足で皇帝の首を落としにでも行く気か。

（なんて奴――）

幻だと気づいたとしても解くことができない、それが洛宝の幻術だ。とくに標的の中心に据えた楊荘亮は、今、耐えがたいほどの葛藤に襲われているはず。その恐怖がどれを指すのかは洛宝にもわからない。両親の失望か、親不孝か、無能と罵られることか。

だが、具象化した恐怖に抗い、前進するその姿からは、途方もない気迫が感じられた。

しかし楊荘亮の歩みは遅かった。歯を砕かんばかりに食いしばり、獣のごとくうなり、まるで巨石を背負わされているかのように重々しい足どりだ。幻影は確実に楊荘亮の精神を蝕んでいる。このままいけば、楊荘亮の心は破壊され、廃人と化すだろう。

だが——これ以上は、こちらの丹力がもたない。

限界がきた。洛宝は霊符を口から吐きだし、意識の集中を解く。一瞬にして奉天殿を占領していた冥府の兵団は姿を消し、楊荘亮もまた我を取りもどした。

「楊荘亮を捕縛せよ！」

郭健明が叫んだ。同時に、楊荘亮が声をあげる。

「鬼神を解き放て！」

どうやら兵士たちの矢はすべてのひょうたんを壊すことはできなかったようだ。ふたりの道士が急いでひょうたんの栓をはずす。二体の鬼神が出現し、洛宝の対面の壁ぎわに立つ、郭健明たち目がけて突進をはじめる。洛宝は視線を巡らせた。楊荘亮は味方の兵士ふたりに両脇を支えられながら、奉天殿の外へと向かっていた。郭健明が「追え！」と叫ぶが、兵士は目の前の鬼神を相手どるので手いっぱいのようだ。

「洛宝。これを」

そばにやってきた英傑が剣を洛宝に差しだしてくる。愛剣の舞獅剣ではなく、もっと細身の剣だ。洛宝の丹力が枯渇することを見越して、用意しておいたのかもしれない。

「場が混乱してる今なら、楊荘亮を追っても誰にも見咎められない。こっちは郭健明に任せりゃ大丈夫だ。行くぞ」

洛宝はうなずき、重い体と痛む右足を引きずって混戦状態の奉天殿から外へと出た。

晴天の下に出ると、楊荘亮らは前庭から延びる道へと入ろうとするところだった。英傑は背負っていた弓を構えるなり、二本同時に矢を射った。短い悲鳴があがり、楊荘亮を支えていた兵士ふたりがどっと地面に倒れる。

目を丸くする洛宝だが、英傑は空になった矢筒と弓を捨てるなり言った。

「李少鬼がいない。俺は奴を捜す。洛宝は楊荘亮を追え」

――洛宝の牡丹が咲かないよう、俺が背中を守ってやる。

あの言葉どおりに、英傑は動いている。洛宝が戸惑う間にも、英傑は怪我の名残りを感じさせぬ軽やかな動きでどこかへと去っていった。

兵士の支えを失った楊荘亮に追いつくのはそう難しくはなかった。洛宝が疲弊している以上に、楊荘亮の体にも幻影に抗った影響が強く残っているようだった。道の両脇にそびえる紅殻色の壁を支えに前へと進むが、その足どりはのろい。どこへ向かっているのだろう。皇城の地理に詳しくない洛宝にはわからない。そして、どうでもよかった。

徐々に距離を詰める。やがて薬草園らしき庭園に入る。水草の浮いた池のそばで、ついにその背をとらえた洛宝は、

「楊荘亮！」

と叫ぶなり、剣を振りあげた。

同時に、楊荘亮が振りむきざまに剣を鞘から抜いた。幅広の刀身で洛宝の剣を打ちはらう。洛宝はよろめきながらも体勢を整え――眉を寄せた。

楊荘亮は口から血泡を噴いていた。血走った目は激しく蠢き、焦点が合っていない。

「まだ私の邪魔だてをするか、丁文飛。この死にぞこないめが」

正気を失っているのか。洛宝を死んだ文飛と見誤っている。洛宝はぎりっと奥歯を嚙みしめ、ふたたび剣を構えた。

「どちらが死にぞこないだ。有象無象が……！」

体の痛みも忘れ、刺突に出る。楊荘亮が剣を振ってそれを払う。たとえ幻影に蝕まれていたとしても、軍人である楊荘亮に剣の腕でかなうはずはなかった。それでも洛宝はがむしゃらに立ち向かった。

だが、胸の奥には虚しさがあった。

（なぜ牡丹が咲かない）

この男が奉天殿にやってきたとき、あるいは牡丹が咲いているのではと期待した。天帝は気まぐれにも、普段ならば二十日前に咲かせる花を、遅く咲かせるのではないかと。

しかし、咲いていない。どうして。なぜだ。今をおいて、楊荘亮を殺す機会などきっと二度と巡ってこない。剣の技量が足りていないからか。

それとも――迷いがあるのか。

（巻きこんでいいのか）

楊荘亮と剣を交わしながら、洛宝は己の中にある迷いと向きあう。

（こんな男などのために）

洛宝を止めることなく、ついてきてくれた英傑のことを――。

呪咒を詠唱するかすかな声が耳に届いた。はっと声のほうに顔を向けた洛宝は、薬草園の木陰に李少鬼の姿を見つける。

次の瞬間、手に握られたひょうたんから鬼神が飛びだした。それはまるで二足で立つ巨大な牡牛のような凶悪な姿をしていた。

「てめぇの相手はこっちだ！」

鬼神が洛宝を認識するよりもはやく、英傑がその前に立ちはだかった。鬼神が太い腕を振りまわす。英傑はそれを刀身で受けとめるが、重たい一撃に後ろに弾きとばされる。英傑の顔は苦痛にゆがんでいた。傷が癒えきってはいないのだ。

そして、洛宝に生じた隙を、楊荘亮は見逃さなかった。

「もう一度、冥界に送ってくれる、丁文飛めが……！」

楊荘亮が体当たりするように洛宝にしがみつくと、ともども池へと落下した。

水の中に没した洛宝は、腕をふるって必死に抗った。だが、楊荘亮の執念はすさまじかった。しがみつかれたまま、振りほどくことができない。

薄れる意識の底で、楊荘亮がやっと手を放した気がしたが、浮きあがることができなかった。いや、その考えすら浮かばずに、洛宝は水底へと沈んでいく……。

――洛宝……。

誰かの声がした。

黒く塗りつぶされた意識に、優しい声がしのびこむ。

――まだこっちに来てはいけない……。

目を見開く。無我夢中で体を動かす。頭が爆ぜそうなほどの苦しみと戦い、ついに水面から顔を出す。うまく息が吸えず、ふたたび溺れかける。誰かに後ろ襟を摑まれた。岸まで引きずりあげられる。顔を上げると、そこに立っていたのは英傑だった。激しく咳きこみつつも、洛宝は「李少鬼は」とたずねる。英傑はかぶりを振る。

「逃がした。それよりも……」

英傑の視線を追った洛宝は、楊荘亮が近くの岩場に這いあがるのを見つける。

「李少鬼、なにをしておる……！　鬼神を――はやく呼びだせぇ……っ」

だが、その声に李少鬼が応じることはなかった。どうやら見限られたようだ。

楊荘亮は四つん這いになって割れた声をあげていた。

英傑は洛宝の濡れた腕を摑んで助けおこすと、手にしていた舞獅剣を差しだしてきた。

「使うか。ちと重いが」

先ほど借りた剣は水中で手放してしまっていた。

「おまえ、本当に止めないんだな……」

思わず呟くと、英傑はわずかに笑った。

洛宝は剣を受けとる。それはまるで英傑の命そのもののように重たい。

「なぜだ……っ」

楊荘亮が地面に伏したまま声をあげた。

洛宝はゆっくりと近づき、自分と同じく濡れそぼった姿の楊荘亮を見下ろす。

「なぜだ。なぜ、いつも手から零れおちる。なぜだ……！」

なぜだと繰りかえすばかりとなった楊荘亮の姿は憐れで、惨めだった。

洛宝は唇を結び、受けとったばかりの舞獅剣を、かたわらに従う英傑の手に返した。

「……いいのか？」

「もういい。こんなぶざまな男に大事なものを懸ける価値はない。……戻ろう」

そして、力なく立ち去りかけた――そのときだった。

視界の隅に、鮮やかな紅紫色が閃いた。

驚き、振りむくと、楊荘亮の頭の上に大輪の花が咲いていた。

（なぜ、今……）

みずから手を下すことをあきらめた今になって、死を告げる牡丹が咲くなんて。

戸惑う洛宝をよそに、牡丹はゆっくりと花開いていく。

かすかな芳香をただよわせながら、楊荘亮の醜くゆがんだ顔を覆い隠していく。

嫣然と咲きほこる百華の王は、おぞましいほどに醜悪で、そして美しかった。

終

洛宝は藁の上に悠々と寝そべり、大欠伸をした。

「あー、暇だ。これでうまい酒でもあれば、牢暮らしもそう悪くはないんだが」

蒼白な顔で壁ぎわに座っていた英傑は、心底、羨ましげに洛宝を見やった。

「……よく牢の中でそんな気楽にすごせんなー」

皇城の牢獄である。楊荘亮の騒動から、丸一日が経っていた。

あのあと洛宝と英傑は駆けつけた兵士によって捕縛され、投獄された。楊荘亮も捕らえられたという。牢番の話によれば、楊荘亮が皇城内で鬼神を解き放ったとあって、朝廷はかなり動揺しているとのことだった。ほかにもいろいろと不安げに語っていたが、洛宝にとってはどうでもいい話ばかりだ。楊荘亮に牡丹が咲いた以上、近いうちにあの男は死ぬ。重要なのはそれだけで、それ以外のことに興味はなかった。

(なぜ、あの瞬間に牡丹は咲いたんだろうな……)

投獄されて以来ずっと考えていた。だが、何度考えても結論は同じだ。

わからない。

死は天が定めたもの。一介の人間にすぎない洛宝がいくら考えたところで、きっと答えは出ない。それでも、もし牡丹の異能に明確な法則を見出したいなら、李少鬼の言うとおり、もっと大勢の人間と交わり、より多くの死を見届けねばならないのだろう。

(ひとりでも手一杯なのに、そんなもの耐えられるか)

洛宝はげんなりと思って、ふいに舌打ちをした。

(それにしても、沈大人はいったいなにをしている。さっさとここから出せ)

ひそかに英傑の様子を探る。投獄されてから目に見えておかしい。牢の中という事実が心に負担をかけているのだろう。洛宝が悠然とかまえているのも、英傑が多少でも気楽になれればと思ってのことだが、限界がある。

物音がした。洛宝は勢いよく立ちあがって格子に駆けよった。

「遅いぞ。すぐにここから出せ」

現れたのは、郭健明をともなった沈遠だった。老爺はやれやれと肩を落とした。

「……まったく。殺すなとあれほど言っておいたろうに。人払いはしてあったが、おぬしが楊荘亮を追いつめるのを見た者がいる。投獄はふたりの安全を確保するためじゃぞ」

「約束どおり殺さなかっただろう。御託はいいから、出られる算段がついたなら出せ」

沈遠は吐息をもらし、洛宝をにらみつけている郭健明をうながした。

牢の鍵がはずされ、格子戸が開かれる。洛宝はすかさず英傑を振りかえった。しかし、英傑はぼんやりと虚空を見つめたままだった。

「出るぞ、馬鹿が」

ああ、と力なく言って立ちあがる英傑を引きずり、洛宝は牢の外へと出た。

「丁道士。牢獄から出たら、すぐに馬車に乗ってもらう。そのまま皇城を出よ。城郭の外に二頭、馬を用意してあるから乗りかえるように。——これを」

手渡されたのは頭巾のついた外套だ。真夏に外套ということはつまり、誰にも気づかれぬよう宮中を去れということだろう。洛宝は素直にそれを身にまとう。

「朝廷に戻る気はないか、劉邑鉄」

沈遠が英傑に語りかけた。洛宝は頭巾をかぶりながらふたりに目をやる。

「陛下は聡明な御子じゃ。わしも老いた。せめて没する前に、できるだけ多くの忠臣をおそばに侍らせたいが」

虚ろな目をしていた英傑だが、我にかえると、静かに首を横に振った。

「沈大人には並々ならぬ恩義を感じています。ですが……その気にはなれない」

英傑が答えると、沈遠は小さく息をつき、「そうか」とほほえんだ。郭健明は納得のいかない様子でたたずんでいたが、英傑はそれに気づくと、ぽんとその肩に触れた。

「よく鬼神を二体もやっつけた。あの兵士たち、おまえが育てたんだって？　やるなあ」

郭健明はぐっと表情をこわばらせ、思いきったように口を開いた。

「劉将軍のご指導があったからこそです。私は……ずっと将軍のお戻りを——」

なにかを言いかけるが、英傑の申しわけなげな表情を見て、目を伏せた。

「……どうかご健勝であらせられますように。劉英傑殿」

英傑は笑みを浮かべ、「おまえもな」と返す。

洛宝はそれを見届けてから、身をひるがえした。その背に、沈遠から声がかかる。

「待て。去る前に……丁道士、指環をこちらに」

奉天殿での騒動の際、どさくさにまぎれて英傑が回収し、指環は今また洛宝の胸に紐で吊るされていた。

「わしが至らぬばかりに文飛にすべてを押しつけてしまった。指環は今度こそわしが、朝廷が責任をもって管理しよう」

そう言って差しのべられた沈遠の手は、かすかに震えている。洛宝は首を横に振った。

「この指環は、文飛の遺志を継ぎ、私が封印する。……沈大人は持たないほうがいい」

沈遠は目を見張り、ふと背負った幽鬼たちの声に耳を傾けるようにし、うなずいた。

「そうか。そうじゃな。……どうかよろしく頼む。道士殿」


金景の城門を出て、馬に乗りかえたところで、洛宝は英傑に目をやった。

「白淵山に帰る前に、ちょっと寄りたいところがあるんだが、いいか」

くつわを並べて向かった先は金景の南西、荒野を抜けた先にある箔州の片田舎——洛宝の生まれた村だった。

村はずれにある家の前には、中年の女が立っていた。伏し目がちの瞳は美しく、日に焼けた肌はなめらかだ。なにかの作業の途中か、籠を手にしている。英傑が察して「もしかして母上か」と呟く。洛宝はうなずき、すこし離れた場所で馬を下りた。

母がこちらを振りかえった。その顔がさっとこわばる。物も言わずに家の中へと入っていく。洛宝が途方に暮れて立ちつくしていると、ふたたび家から出てきて足早に近づいてきた。ぐいと腕を掴まれ、手になにかを押しつけられる。

「あなたが出ていったあと、この文が文飛の部屋から見つかりました」

わずかに瞳をうるませ、けれど、怒った口調で母が言う。

「墓参りに行きなさい。今度こそ、ちゃんと弔ってあげて」

洛宝は渡された文をそっと握りしめ、小さくうなずいた。

英傑を母のそばに残し、洛宝はひとり森の中にある、丁家の墓所へと向かった。

きれいに整えられた墓の前で端座し、そっと文を広げる。

綴られていたのは、八年前、文飛の身に起きた出来事のあらましだった。

そのほとんどは、洛宝もすでに知っていることだ。楊荘亮に讖書を渡すよう迫られていたことなどが淡々と記されている。その中にひとつだけ知らなかった事柄があった。

それは、己の死期を悟った文飛が、それをどう感じたかということだった。

当時、文飛は楊荘亮に「讖書を渡さねば命はない」と脅され、死の恐れの中で日々をすごしていた。「いっそ渡してしまおうか」とも思ったが、そんなとき洛宝によって死を予兆された。それは動揺をもたらしもしたが、同時に文飛の心を安らかにした……。

『死がたしかなものなら、怯える必要はもはやない。卑劣な脅しに屈することなく、最期まで誇りを持って生きぬけることを嬉しく思う。おまえは優しい子だから、きっと牡丹を視てしまったことを気に病むだろう。でも、どうか苦しまないでほしい。私はとても晴れやかな気持ちで逝くのだから』

流麗な筆運びからは、文飛の穏やかな声が聞こえてくるようだった。

『いずれ精怪が指環を届ける。誰の目にも触れぬよう封印してほしい。あるいは、指環を狙う者が現れるかもしれないが、兄の最後のわがままと思い、守ってやってほしい』

そして結びには、昔、文飛が幼い弟に伝えた言葉が添えてあった。

『いつか、おまえを恐れぬよき友と出会えることを願っている。——丁文飛』

読みおえると同時に、洛宝は顔をゆがめ、文に額を押しあてた。

会いたい、と強く思う。

墓を暴いてまで招魂を試みた理由は、本当はただそれだけだったのかもしれない。

——かすかな気配を感じた。

顔を向けると、木漏れ日の中、淡い人影のようなものがたたずんでいた。

幽鬼。そう断言できないほどに儚げな影だった。

だが、それはたしかにそこにいて、その顔は笑っているようにも見えた。

洛宝は目を見開き、そっと微笑した。

「いずれまた冥界(めいかい)で会おう、文飛」

囁(ささや)きかけると、幽鬼はその姿を揺らし、音もなく消えていった。

＊＊＊

『うわああ、洛宝さま、英傑さま、どこに行ってたんですかあーっ』

白淵山の廃れた道観の牌楼をくぐるなり、野太い声が空から降ってきて、英傑はぎょっとなった。

「誰の声だ？……おい、なんだ、あの巨大な化け物は！」

道観の背面にそびえたつ岩の峰に、これまで見たことがない化け物が立っていた。姿は虎に似ているが、その体長は三倍近くある。尾は牛のように細く長く、斑点模様の金毛からは炎がぼっぼっと噴きあがっていた。それが土埃をあげ、猛然と岩の傾斜を駆けおりてくる。

「落ちつけ、英傑。斗斗だ」

「……えっ⁉」

斗斗だという巨大虎はふたりの目前で足を止めると、「ぽぽぽん」と音をたて、十四の小さな精怪に分裂した。虎の仔に似た姿は、まさしく斗斗たちにほかならない。

「なにを驚いている。白淵山には人喰いの精怪が棲んでいると聞いたことはないのか」

「い、いや、聞いてるが……え、まさか――」

「この道観がいったいなぜ廃墟になったと思っているんだ？　私がはじめてここに来た

ときには道士の屍だらけだったんだぞ」

英傑は絶句した。洛宝はおかしげに笑い、足元に転がってきた精怪を抱きあげた。

「このもふもふどもめ！　きちんと緑雲閣を守っていたか？」

『もちろんです。ちゃんとお掃除していました。洛宝さまがいないので、掃除の必要がないぐらいに片づいていましたけど——キャッキャッ、くすぐったいですぅ！』

陸路を使い、どうにか龍渦城市に帰りついたのは、金景を出てひと月近くも経ったころだった。英傑としては「長旅からようやく帰ってきた」という感覚なのだが、龍渦城市で待っていたのは出立前と変わらぬ蒸し暑い夏のつづきだった。市場で買い物をし、明洙楼にも寄って、仕事の成果を報告した。紅倫には「ずいぶん帰りが遅かったが、遊んでたんじゃないだろうね」と疑われたが、大貴族である沈遠から受けた仕事の話をしたらまた調子に乗りそうなので、適当にごまかしておいた。

そして、昼下がりの今、ようやくの帰還となったわけだが……。

「それじゃあ、またあとでな。英傑」

竹林の中にある緑雲閣の前に到着すると、洛宝は大欠伸をして、中へと入っていった。斗斗たちが『履、そろえて脱いでくださいね』とちょこまかついていく。

英傑は「あとで？」と首をかしげながら、庵への小道を歩きはじめた。

庵に着き、庭に面した扉を開け、隅に置いておいた甕を部屋の中央に引きずりだす。そこに張碧と沈遠から受けとった報酬を加えると、甕は銭でいっぱいになった。

英傑は甕から目をそむけ、ぼんやりと庭を見つめた。

『英傑さま。起きてらっしゃいますか』

はっと振りむくと、庵の出入口から斗斗がひょこっと顔をのぞかせていた。

『お疲れでなければ、これから酒宴を開きませんか？』

緑の竹林で英傑を待っていたのは、精怪たちと、なぜか得意げな顔をした洛宝だ。洛宝はふふんと不敵に笑い、背中に隠しもっていた酒甕を「どうだ！」と見せびらかしてきた。酒甕の表面には「千日酒」と記された赤札が貼られている。

「おい、これ、千日酒じゃないか。どこで手に入れたんだ」

英傑が驚くと、洛宝は鼻高々に「沈大人からもらった」と答えた。

「前に酒坊の主が自慢してたろう、沈太保から大量に注文があったって。だから、牢を出たあとに『持ってたらよこせ』と言ったんだ。そしたら馬の背に積んでおいてくれた」

いつの間に。とことん権力に媚びない洛宝に、呆れるやら、感心するやらだ。

「というわけで……宴だ！」

洛宝はその場にあぐらをかくと、酒甕の蓋に手をかけた。だが、はずれない。相当きつく埋まっているようだ。英傑がかわると、きゅぽんっ、と勢いよく抜けた。

「……ほおぉぉお……」

ふわりと舞いあがる芳醇な香りに、洛宝と英傑はそろって感嘆の息をついた。一気に酩酊感に襲われる。そういえば千日酒は香気だけで人を酔わせる酒だと聞いたことがある。蓋が固かった理由は、香りを外に逃がさないためだったのだろう。

「ついに勝負を決する日が来たなあ、英傑」

早々に酔いどれた口調で洛宝が言う。英傑はにやりと笑った。

「そうだな。俺が先に酔いつぶれたら――ああ、待った」

勝負などしなくても、すでに甕の金は貯まった。それを伝えようとすると、洛宝は
「いや、賭けはいい」と先んじて言った。

「今回はなにも賭けない。私とおまえ、どちらがより酒に強いかをただ勝負する」

英傑は眉を持ちあげ、顔をほころばせた。

「いいぞ、受けて立つ」

その日の酒宴はただただ賑やかなものとなった。洛宝は酒を呑み、市場で仕入れた酒肴を食べ、満足げに笑う。英傑も琴を奏でる合間に杯を傾ける。精怪たちは追いかけっこしたり、木登りしたりと大はしゃぎだ。斗斗だけは審判役をしっかりつとめようと張りきり、羽扇を牛の尾に絡め、ふたりのそばで凜々しく座っている。

「それでー？　おまえはこれからどうする気だー？」

洛宝が体を左右に揺らしながら訊いてきた。

英傑は琴を弾く手を止め、「考えてねえ」と素直に言う。

「まあ、金も貯まったし、約束どおり龍淵城市に戻って、家でも建てるかな」

「ふぅーん」

「……なんだよ、つれない反応だな。ちょっとは引きとめるとか、してくれねえのかよ」

「誰が、そんな惨めな真似するか。けど、住むあてが決まったら教えろ。おまえと酒が呑みたいとき、どこにいるかわからないと困るからな」

英傑は目を丸くする。斗斗が『洛宝さまが素直なことをおっしゃってる！』と目を細め、羽扇を左右に振りまわした。洛宝はご機嫌に鼻歌をうたっている。

『でも、酒宴をするなら斗斗も参加したいです。英傑さま、先々のご予定がないのでしたら、いっそこのまま白淵山に住まわれては？　ねえ、洛宝さま』

斗斗の言葉に、洛宝は「ひっく」としゃっくりをして答えた。

「いたいなら好きにしろ。道観は広いし、べつに困らない」

「いいのか？」

思わず問いかえしたその勢いに、英傑と洛宝は同時に驚く。

「……いたいのか。ここに」

「いや、いていいってんなら……いたい、気もする」

「はっきりしない奴だ」

「だから俺は自分のことがよくわかんねえんだよ」

いっそ開きなおって言うと、洛宝は眠たげな目をふっと細めた。

「英傑。なんでおまえが眠れなくなったのか教えてやろうか」

わずかに目を見張る。洛宝は手にした杯をふらふらと顔の前で揺らす。

「きっかけはいろいろあるんだろう。だがな、要するにおまえは、ある男の幽鬼に取り憑かれてしまっているんだよ」

「ある男って……俺の元義兄弟のことを言いたいなら、あいつは死んじゃいないが」

「幽鬼というのは、おまえのことだ。劉邑鉄」

洛宝は「斗斗」とかたわらの精怪をうながした。斗斗は羽扇をその場に置いて、軽やかな足どりでどこかへ去っていった。しばらくして戻ってくると、口には木片をくわえ、牛の尾には筆と朱墨の入った小壺を巻きつけていた。それらを受けとった洛宝が木片にさらさらと文字を書いていく。

「これは、義兄弟の裏切りによって投獄され、誰も助けてくれずに、孤独のままに牢の中で死んだ、とある将軍様の墓だ」

酔いに乱れた筆跡で「劉邑鉄之墓」と木片に記し、洛宝はそれを英傑の前の地面に突きさした。さらに千日酒の甕を摑み、傾け、酒を木片に垂らす。

「そしておまえは劉邑鉄という幽鬼に憑かれた龍渦城市の便利屋だ。名を劉英傑という。さあ、幽鬼のことは手厚く祀ってやったぞ。さっさと牢から出てこい、英傑」

そう命じる洛宝の目が、力強く英傑を見据える。

その目に魅入られた瞬間、目の前から洛宝の姿がふっと掻き消えて――、
気づくと、牢の中にいた。

一瞬にして恐怖が身を貫く。だが、よく見れば格子戸は開いていた。

驚きながら、牢の外へと足を踏みだす。

そこは白淵山の竹林だった。

顔を上げる。葉の隙間から差しこむ日差しが目を焼く。

山の風が頬をくすぐる。息を吸いこむと、蒸した土の匂いが胸いっぱいに広がった。

なんだか長い長い悪夢から覚めたみたいに、清々しい気持ちだ……。

「……あれ。もしかしてこれ、洛宝の幻術か？」

そう口にして振りむくと、洛宝はいつの間にか草地に横たわって眠っていた。

見渡してみれば、斗斗たち精怪も、思い思いの場所に転がり、寝息をたてている。

英傑はぼんやりと立ちつくし、洛宝のそばに腰をおろす。

「俺の勝ち、か」

洛宝は完全に酔いつぶれている。両腕に酒甕を抱え、牡丹のごとき美貌は幸せそうに笑っていた。その安らかで、だらしない寝顔を見ているうち、ふと眠気を覚えた。

まさかと英傑は笑う。きっと千日酒の酔いがまわったのだろう。洛宝が酔いつぶれるほどだから、この酒の威力は相当すごい。三年も眠れていなかったのに、こんなにもあっさりと眠れるはずはないのだから。

けれど、心は不思議なほどに安らいでいた。

瞼が重たい。逆らう気になれず、ゆっくりと目を閉じる。もうなにも考えなくていい。

今はただ、この優しいまどろみの中に……。

＊＊＊

『いけない、寝ちゃってた！』
斗斗はぱちりと目を覚まし、あわてふためいた。
酒呑み対決の審判役なのに眠ってしまった。優秀な家僕としては大失態だ。
おろおろしつつ、地面に落ちていた羽扇を見つけ、尾の先で摑みとる。
そして、転がるように洛宝と英傑のもとに駆けよった。
『おふたりとも、勝負は決しましたか。——あれ』
斗斗は銀色のひげをそよがせ、羽扇をどっちつかずに振った。
『珍しい。英傑さままで居眠りしていらっしゃる』

主な参考文献

『捜神記』干宝／竹田晃訳（平凡社）
『幽明録・遊仙窟他』劉義慶・張鷟他／前野直彬・尾上兼英他訳（平凡社）
『山海経 中国古代の神話世界』高馬三良訳（平凡社）
『列仙伝・神仙伝』劉向・葛洪／沢田瑞穂訳（平凡社）
『不老不死 仙人の誕生と神仙術』大形徹（志学社）
『修訂 中国の呪法』澤田瑞穂（平河出版社）
『中国の呪術』松本浩一（大修館書店）
『古代の中国文化を探る—道教と煉丹術—』今井弘（関西大学出版部）
『道教の本 不老不死をめざす仙道呪術の世界』（学習研究社）
『道教の神々』窪徳忠（講談社）
『世説新語』目加田誠著・長尾直茂編（明治書院）
『古代中国の24時間 秦漢時代の衣食住から性愛まで』柿沼陽平（中央公論新社）
『中国古代の生活史』林巳奈夫（吉川弘文館）
『中国の城郭都市 殷周から明清まで』愛宕元（筑摩書房）

本書は書き下ろしです。
この物語はフィクションであり、実在の人物・
地名・団体等とは一切関係ありません。

牡丹と獅子

双雄、幻異に遭う

翁 まひろ

令和6年 7月25日 初版発行

発行者●山下直久

発行●株式会社KADOKAWA
〒102-8177 東京都千代田区富士見2-13-3
電話 0570-002-301(ナビダイヤル)

角川文庫 24246

印刷所●株式会社暁印刷
製本所●本間製本株式会社

表紙画●和田三造

●お問い合わせ
https://www.kadokawa.co.jp/（「お問い合わせ」へお進みください）
※内容によっては、お答えできない場合があります。
※サポートは日本国内のみとさせていただきます。
※Japanese text only

ISBN 978-4-04-115118-1 C0193

◇◇◇

角川文庫発刊に際して

角 川 源 義

第二次世界大戦の敗北は、軍事力の敗北であった以上に、私たちの若い文化力の敗退であった。私たちの文化が戦争に対して如何に無力であり、単なるあだ花に過ぎなかったかを、私たちは身を以て体験し痛感した。西洋近代文化の摂取にとって、明治以後八十年の歳月は決して短かすぎたとは言えない。にもかかわらず、近代文化の伝統を確立し、自由な批判と柔軟な良識に富む文化層として自らを形成することに私たちは失敗して来た。そしてこれは、各層への文化の普及滲透を任務とする出版人の責任でもあった。

一九四五年以来、私たちは再び振出しに戻り、第一歩から踏み出すことを余儀なくされた。これは大きな不幸ではあるが、反面、これまでの混沌・未熟・歪曲の中にあった我が国の文化に秩序と確たる基礎を齎らすためには絶好の機会でもある。角川書店は、このような祖国の文化的危機にあたり、微力をも顧みず再建の礎石たるべき抱負と決意とをもって出発したが、ここに創立以来の念願を果すべく角川文庫を発刊する。これまで刊行されたあらゆる全集叢書文庫類の長所と短所とを検討し、古今東西の不朽の典籍を、良心的編集のもとに、廉価に、そして書架にふさわしい美本として、多くのひとびとに提供しようとする。しかし私たちは徒らに百科全書的な知識のジレッタントを作ることを目的とせず、あくまで祖国の文化に秩序と再建への道を示し、この文庫を角川書店の栄ある事業として、今後永久に継続発展せしめ、学芸と教養との殿堂として大成せんことを期したい。多くの読書子の愛情ある忠言と支持とによって、この希望と抱負とを完遂せしめられんことを願う。

一九四九年五月三日